RELATOS
PARA
AMANTES
DE LA
LECTURA

ALMA CLÁSICOS ILUSTRADOS

RELATOS
PARA
AMANTES
DE LA
LECTURA

Ilustrado por
Natalia Zaratiegui

Selección, prólogo e introducciones de
Antonio Iturbe

Títulos originales: *Вдохновение*; *The Tractate Middoth*; *Herself*; *Baxter's Procrustes*; *The Legacy*; *A Society*; *Voyage de noce*; *Sombre récit, conteur plus sombre.*

© de esta edición:
Editorial Alma
Anders Producciones S.L., 2023
www.editorialalma.com

[O] @almaeditorial
[f] @Almaeditorial

© de la selección de textos, prólogo e introducciones de los relatos: Antonio Iturbe

© de las traducciones:
Inspiración: Jorge Ferrer
El tratado Middoth: Carlos Gardini y Mirta Meyer*
Ella, El procusto de Baxter, El legado y *Una sociedad:* Catalina Martínez Muñoz
Je ne parle pas français: Eugenia Vázquez Nazarino
Luna de miel y *Relato oscuro, narrador más oscuro:* Sofía Tros de Ilarduya
La inocencia de Reginald: J. L. Piquero
Mendel, el de los libros: Itziar Hernández Rodilla

© de las ilustraciones: Natalia Zaratiegui

Diseño de la colección: lookatcia.com
Diseño de cubierta: lookatcia.com
Maquetación y revisión: LocTeam, S.L.

ISBN: 978-84-18933-84-4
Depósito legal: B-4077-2023

Impreso en España
Printed in Spain

El papel de este libro proviene de bosques gestionados de manera sostenible.

ÍNDICE

PRóLOGO

Nos acercamos nuevamente al mundo de los escritores visto con sus propios ojos y dibujado con sus propios dedos a través de sus páginas. La ficción se usa a menudo en estos relatos no como una vía de escape de la realidad, sino como una manera de llegar a ella de manera más precisa.

Como veremos en estos cuentos, la forma de acercarse a su propio oficio es de lo más diversa y con herramientas distintas, pero casi siempre comparten, con distintos grados de sentido del humor y diferentes dosis de ácido sulfúrico, esa mezcla de pasión y desencanto que acompaña siempre al artista, empeñado en la obra perfecta que ponga sobre el papel ese arrebato interior que se fragua dentro de él. La pasión lo hace sentarse en una silla la mayor parte de su vida y juntar palabras con la misma ansiedad y la misma entrega con que un niño construye en la playa castillos de arena. El desencanto es inevitable porque siempre va el viento y se los lleva.

Hay un sistema infalible para detectar escritores mediocres: están muy satisfechos con sus obras. Los grandes autores saben que las palabras son un anzuelo burdo y que el pez plateado siempre se acaba escurriendo entre los dedos. Por eso el verdadero escritor no soporta a los pavos reales hinchados de aire y esa figura es vapuleada en varios de estos relatos. Seguramente, son relatos con truco: el escritor que critica la figura del autor mezquino, sediento de notoriedad o arrogante con sus logros literarios, siempre es otro.

Todos lo niegan, pero ningún escritor que publica es capaz de sustraerse a la atracción de remolino de la vanidad de ver sus obras multiplicadas en la imprenta. Por eso es el asunto que más merodea en estas páginas.

Mariano José de Larra en *Don Timoteo o el literato,* con su lanzallamas a máxima potencia, muestra a ciertas celebridades asentadas en la inercia o el hábito de halagarlas más que en los logros literarios: «Nuestro país ha caminado más deprisa que esos literatos rezagados». Otra que no tenía problema para lanzar andanadas contra los pavos reales es Emilia Pardo Bazán, de la que mostramos su cuento *Perlista,* donde nos explica en el arranque: «El gran escritor no estaba aquella tarde de humor de literaturas. Hay días así, en que la vocación se sube a la garganta, produciendo un cosquilleo de náusea y de antipatía. Los místicos llaman *acidia* a estos accesos de desaliento. Y los temen, porque devastan el alma».

El tema de los escritores y su camino hacia lo sublime lleno de baches pocas veces se ha explicado de manera más precisa que en el cuento *Inspiración* de Isaak Bábel. Bábel, que tanto sufrió al torcerse el sueño de la revolución comunista, tan opuesto él mismo a la pomposidad que repetía constantemente que solo un genio podía permitirse añadir dos adjetivos a un nombre, acabaría siendo ejecutado por mandato de Stalin acusado de conspirador, sus libros destruidos y su nombre silenciado. Pero él les ha vencido porque nosotros los seguimos leyendo. Cualquier aspirante a escritor debería leer este cuento en el que un autor cree que ha escrito unas líneas de oro y su amigo no sabe cómo decirle que solo son chatarra.

Una forma de hacer bajar al escritor de sus pedestales de academicismo y de soberbia intelectual es la que nos muestra de manera alegre Cecilia Böhl de Faber en los relatos y coplillas del acervo popular que reúne en *Flores humildes.* Un texto hilvanado con una ligereza encantadora pero lleno de sustancia. Se afanaba en la idea de ir a la raíz, lejos de los cenáculos donde: «¡Oh, poetas! Si queréis mover el corazón, como es vuestra misión, aprended algo menos en las aulas y algo más del pueblo, que sencillamente cree y siente».

Benito Pérez Galdós tenía sus propias ideas sobre la literatura. En *Un tribunal literario,* que publicó en 1872, despliega todo su arsenal de guerra química —que no era pequeño— contra el éxito de cierto tipo de novela altamente sentimental, avalada por críticos supuestamente refinados, pero que a él le parecen unos cursis. Un texto de hace cien años que podría haberse escrito ayer por la tarde. Critica con dureza el éxito comercial de cierta literatura de entretenimiento que utiliza el romanticismo exacerbado y las pasiones desatadas como salsa para aliñar un guiso bien meloso. Otorga al crítico rango de aristócrata: duque de Cantarranas, que suena a *cantamañanas.* «Yo cuando leo y no lloro, me parece que no he leído», le dice muy serio el crítico al autor que duda sobre cómo modelar su obra. Galdós desconfía de esa novela romántica que tanto gusta todavía, aunque su gran momento haya pasado. En otro de sus textos de esa época, *La conjuración de las palabras,* habla de «un Sustantivo, alto, delgado, flaco y medio tísico, llamado el Sentimiento».

En *El «Procusto» de Baxter,* publicado en la revista *Atlantic Monthly* en 1904, Charles Chesnutt, uno de los primeros escritores norteamericanos de raza negra, señala de manera divertida el esnobismo de los clubs con altas pretensiones culturales. Es un asunto inspirado en el Rowfant Club de Cleveland, que lo rechazó a él mismo como miembro. A veces la propia realidad también tiene final feliz: ocho años después de publicarse el relato, tal vez debido a la buena acogida que tuvo, a Chesnutt le ofrecieron formar parte del club y él aceptó, convirtiéndose en uno de sus miembros más activos.

Pocos autores ganan en agudeza mental e ironía a Virginia Woolf, a la que hemos querido tener en estéreo y leeremos en un par de piezas afiladísimas. En una de ellas, *El legado,* vemos el poder de los diarios escritos, que hacen que las historias perduren más allá de la muerte y los que se han ido sigan susurrándonos al oído, o incluso gritándonos. En *Una sociedad* utiliza su ironía para relatar la historia de un absurdo testamento que obliga a Poll a leer todos los libros de la biblioteca de Londres y, de paso, dejar clara su lucha como mujer en ese arranque del siglo xx: «¿No sabes que nuestra fe en la inteligencia de los hombres es la mentira más grande?».

Es evidente que la ironía crítica no falta en estas páginas. Katherine Mansfield resulta demoledora con la figura del escritor en el brillante relato *Je ne parle pas français.* El escritor parisino de la historia, con sus injustificadas ínfulas de gran autor y su carácter débil pero receloso, resulta despreciable e insignificante, seguramente porque ha perdido la fe en el alma humana, si es que alguna vez la tuvo.

El libro como objeto también tiene su importancia para el escritor. Guy de Maupassant se sirve del poder evocador de los libros para hablar de ese momento en que el amor que no se ha desgastado es capaz de iluminar una vida entera en *La luna de miel.* También nos adentraremos en el encanto de las bibliotecas, que tienen en su silencio algo de fantasmagórico, como sucede en *El tratado Middoth,* de M.R. James. Igual que Horacio Quiroga puede ser también enigmático en su cuento *Las rayas;* una pista para su lectura: cuando habla de los dobles significados de las palabras seguramente está pensando en otro de sus cuentos titulado *Rayas,* donde nos habla de unos voraces peces ocultos en las aguas opacas del río.

Saki nos habla de los libros que se escriben en el aire de las conjeturas con consecuencias físicas. Nos toparemos en estas páginas con nombres muy conocidos de la historia de la literatura, pero también rescatamos otros injustamente caídos en el olvido en nuestro país. Es el caso de Zona Gale, novelista, escritora de cuentos y dramaturga estadounidense que se convirtió en la primera mujer en ganar el premio Pulitzer de teatro en 1921. Precioso su cuento sobre un poeta tan evanescente como la propia poesía. También recuperamos la voz de Auguste Villiers de L'Isle-Adam, autor simbolista amigo de Baudelaire y admirador de Edgar Allan Poe. En *Relato oscuro, narrador más oscuro* conjuga la oralidad, el teatro escrito y la narrativa de manera virtuosa.

De alguna manera, esta reunión de relatos sobre el mundo de los escritores y su aspiración a la perfección literaria inevitablemente condenada al fracaso es un homenaje a los que, pese a todas las derrotas, no pierden la fe en los libros. Como Mendel, que «leía como otros rezan; como los borrachos, aturdidos, se quedan con la mirada perdida en el vacío». *Mendel, el de los libros,* un bellísimo relato que Stefan Zweig escribió en 1929 en estado de gracia, es una de esas historias que se leen una vez y nunca se olvidan. Mendel, con la cabeza metida en su pacífico mundo de libros, no fue vencido por los tiempos porque su historia a algunos nos sigue conmoviendo profundamente. Pasen y lean.

Antonio Iturbe

Inspiración

ISAAK BÁBEL (1894-1940)

Bábel nació en Odesa, actual Ucrania, y estudió en Kiev. Vivió de joven la revolución rusa con entusiasmo pero sin dejar de admirar los modelos literarios franceses, especialmente el naturalismo, que ponía una lupa sobre los descosidos de la realidad cotidiana. Su estatus familiar, judíos comerciantes de posición desahogada, le dio siempre la posibilidad de retratar a la clase social acomodada, pero sin dejar de tener un agudo sentido crítico. Durante la guerra civil, su experiencia militar en Polonia como capitán le sirvió para escribir su libro *Caballería roja* en 1926, donde no ofrece la mirada triunfalista que algunos esperaban. Durante el mandato de Stalin, fue ejecutado por considerar que no era suficientemente adepto a las ideas del régimen y sus obras fueron prohibidas.

Su obra más famosa son las narraciones breves que reunió en *Cuentos de Odesa,* donde hay muchos apuntes de la propia experiencia en su ciudad y sus ambientes, pero siempre con una ironía que a veces llega al patetismo. En el cuento que mostramos, *Inspiración,* se ve muy bien el patetismo de Isaak Bábel al abrir de par en par los ojos a la realidad sin edulcorantes. Muestra las ínfulas de un amigo escritor que cree tener entre sus manos una obra de oro cuando no llega ni a hojalata. Pone el dedo en una de las llagas que más duelen a los escritores: la dificultad para ser autocríticos con las propias creaciones.

INSPIRACIÓN

Isaak Bábel

Quería dormir, y estaba de mal humor. En eso apareció Mishka, que venía a leerme un relato.

—Cierra la puerta —me dijo y sacó una botella de vino—. Esta es mi noche. He terminado el relato. Creo que tengo algo genuino aquí. Bebamos, amigo mío.

El semblante de Mishka estaba pálido. Unas gotas de sudor le perlaban la cara.

—Esos que niegan que la felicidad existe no se enteran de nada —dijo—. La felicidad radica en la inspiración. Ayer me pasé toda la noche escribiendo y ni me percaté de las primeras luces del alba. Después salí a dar un paseo. La ciudad es sorprendente a esa hora: el rocío, el silencio, las calles casi desiertas. Todo es transparencia, mientras el día avanza frío y azul, fantasmagórico y tierno. Bebamos, amigo. Mi sensación no me engaña: este relato marcará una nueva etapa en mi vida.

Mishka se sirvió vino y bebió. Sus dedos temblaban. Tenía unas manos de veras hermosas: finas, blancas, suaves, terminadas en unos dedos que se afinaban hasta acabar.

—Ahora tengo que colocarlo, ¿comprendes? —continuó—. Este relato se lo disputarán las revistas. ¡Con la de basura que se publica ahora! Lo importante es contar con un buen patrocinador. Me lo han prometido... Sujotin me lo colocará...

—Deberías revisarlo, Mishka —le dije—, porque no veo que tenga correcciones...

—Bobadas, ya lo revisaré después... En casa se ríen de mí, ¿comprendes? *Rira bien, qui rira le dernier.* Yo no digo nada, ¿sabes? Dentro de un año se verá, cuando comiencen a llamar a mi puerta.

La botella se vaciaba.

—Deja ya de beber, Mishka.

—La excitación hay que cultivarla —protestó—. Anoche, sin ir más lejos, me fumé cuarenta cigarrillos.

Mishka sacó el cuaderno. Era un cuaderno muy muy grueso. Me pregunté si no debía pedirle que me lo dejara. Pero a la vista de su frente pálida en la que se había hinchado una vena, y de su corbatita torcida y penosa, le dije:

—Bueno, Liev Tolstói, cuando escribas tus memorias, no te vayas a olvidar de mí...

Mishka sonrió.

—Eres un canalla que no valora nada haberme conocido —se quejó.

Me acomodé en la silla. Mishka se inclinó sobre el cuaderno. En la habitación reinaban el silencio y la penumbra.

—En este relato he querido ofrecer una obra nueva que aparezca envuelta en el leve humo de los anhelos, la dulzura, una sombra tenue, la insinuación... Me repugna, me repugna la vulgaridad de nuestras vidas.

—Déjate de prólogos —protesté—. Lee, va.

Mishka comenzó a leer. Yo escuchaba con atención. No me resultaba fácil. El relato era una birria y aburría. Un oficinista enamorado de una bailarina hacía guardia bajo las ventanas de la joven. Ella acabó marchándose de la ciudad. El oficinista se sintió dolido, porque el sueño de su amor había acabado en desengaño.

Pronto dejé de escuchar. Las palabras del relato eran sosas, viejas, lisas como astillas de madera. No mostraban nada: ni el perfil del oficinista ni quién era ella.

Miré a Mishka. Tenía los ojos encendidos. Los dedos aplastaban las colillas ya apagadas. Su cara, basta y alargada, tallada trabajosamente por un artista desmañado, la nariz gruesa y amarillenta que colgaba en medio de ella, los hinchados labios de un rosa claro: todo en ese rostro se iba iluminando y colmándose a la vez con la fuerza ineluctable del entusiasmo creador, que se siente tan alegre como confiado.

La lectura se prolongó un rato dolorosamente largo y, cuando terminó, Mishka se guardó el cuaderno torpemente y me miró.

—Te diré una cosa, Mishka —comencé con calma—, yo diría que aún hay que rumiarlo un poco... La idea es muy original y se aprecia la ternura... Pero después está el asunto de la ejecución, ¿me comprendes? Creo que hay que repasarlo un poco...

—Llevo tres años dándole vueltas a esto —me respondió Mishka—, y entiendo que haya alguna cosita que arreglar, sí. Pero... la esencia, ¿qué tal?

Le había llegado algo. Le tembló el labio. Doblado sobre sí mismo, dio una calada insoportablemente larga al cigarrillo.

—Has escrito una pieza maravillosa, Mishka —le dije cuando hubo acabado—. Te falta técnica, pero *ça viendra*. ¡Con la cabeza que tienes, caray!

Mishka levantó la vista y me miró. Sus ojos eran los de un crío: acariciaban, resplandecían, traslucían felicidad.

—Salgamos a la calle —dijo—. Salgamos, que aquí me ahogo.

Las calles estaban en penumbras y quietas.

Mishka me apretó la mano con fuerza y me dijo:

—Sé que no me equivoco: tengo talento. Mi padre quiere que me busque un empleo en la administración. Pero yo hago oídos sordos. En otoño me iré a Petrogrado. Sujotin me lo arreglará todo.

Se calló un instante para encender un cigarrillo con el otro, ya consumido.

—A veces siento una inspiración que me atormenta —continuó—. Y entonces sé que esto que hago lo estoy haciendo como se debe. Duermo mal, siempre con pesadillas, siempre angustiado. Me estoy tres horas dando

vueltas en la cama, antes de conciliar el sueño. Despierto por la mañana con dolor de cabeza, abotargado, dominado por una sensación horrible. Solo consigo escribir en las noches, en la soledad, rodeado de silencio, cuando mi espíritu arde. Dostoyevski siempre escribía de noche y se bebía un samovar entero. Yo tengo mis cigarrillos... El humo se acumula bajo el techo.

Llegamos a la casa de Mishka. La luz de una farola le alumbró el semblante. Su rostro impetuoso, enteco, amarillo, feliz.

—Todavía libraremos grandes batallas, ya lo creo—exclamó estrechándome la mano con fuerza—. Todo el mundo tiene los ojos puestos en Petrogrado.

—Pero hay que trabajar mucho, Mishka —le dije.

—Eh, Sasha, amigo mío —replicó, y añadió en tono burlón y paternal—: soy muy listo y lo que sé, lo sé bien, así que no me dormiré en los laureles. Ven a casa mañana. Le daremos otra leída a esto.

—De acuerdo —farfullé—, mañana nos vemos.

Nos despedimos. Volví a casa. Una gran tristeza me embargaba.

El tratado Middoth

MONTAGUE RHODES JAMES (1862-1936)

M. R. James (que así ha pasado a la posteridad literaria) estudió en el prestigioso Eton College y acabaría siendo uno de los miembros destacados de su dirección. De hecho, nunca se casó y consagró la vida a la universidad, los estudios medievales y su pasión por los libros antiguos. Fue un anticuario tenaz al que le encantaba perderse por iglesias antiguas y desvanes de caserones en los que rebuscar entre viejos legajos. Una actividad que debió alimentar otra de sus pasiones: los relatos de fantasmas. Dejó escritas algunas de las primeras reflexiones sobre el arte literario de la escritura de novelas de género terrorífico: «Dos ingredientes de la máxima importancia para guisar un buen cuento de fantasmas son, a mi juicio, la atmósfera y un *crescendo* hábilmente logrado, pero sin descuidar cierto grado de realismo».

El tratado Middoth fue publicado en la antología de 1911 titulada *Más historias de fantasmas*. Nos sitúa en un terreno que conocía muy bien: los bibliófilos anticuarios. Nos cuenta lo que sucede con un extraño testamento escrito en un código indescifrable que nos lleva al subgénero de los libros prohibidos, cuya posesión tiene consecuencias impredecibles. En ese tapiz de conexiones que es la literatura, la cuestión del libro prohibido llegará a su máximo esplendor unos pocos años después con el *Necronomicon* de H. P. Lovecraft.

EL TRATADO MIDDOTH

MONTAGUE RHODES JAMES

A fines de una tarde de otoño, un hombre anciano, de rostro delgado y canosas y pobladas patillas, empujó la puerta giratoria que conduce al vestíbulo de una famosa biblioteca y, dirigiéndose a uno de los empleados, declaró que se creía autorizado para utilizar la biblioteca y preguntó si podía retirar un libro. Sí, siempre que estuviera en la nómina de los que gozan de tal privilegio. Él extrajo su tarjeta —Mr. John Eldred— y, una vez consultado el registro, recibió una respuesta favorable.

—Ahora, otra cosa —dijo él—. Hace mucho que no vengo y temo perderme en este edificio; además, pronto será la hora de cerrar y me hace daño andar apresurándome para subir y bajar escaleras. Aquí tengo el título del libro que necesito: ¿hay alguien que esté libre para ir a buscármelo?

Después de un instante de reflexión el portero le hizo señas a un joven que pasaba.

—Mr. Garrett —le dijo—, ¿dispone usted de un minuto para atender a este caballero?

—Con sumo placer —respondió Mr. Garrett, y recibió la ficha con el título que le alcanzaban—. Creo que podré encontrarlo; casualmente está en la sección que inspeccioné hace poco, pero consultaré el catálogo por si acaso. Supongo que usted necesita esta edición en particular, ¿no es así, señor?

—Sí, por favor; esa, y no otra —dijo Mr. Eldred—. Se lo agradezco muchísimo.

—De ningún modo, señor, —respondió Mr. Garrett, y se apresuró a ir en busca del libro.

—Ya me parecía —se dijo a sí mismo, cuando su dedo, recorriendo las páginas del catálogo, se detuvo ante determinado título—. *Talmud: Tratado Middoth, con el comentario de Nachmanides,* Ámsterdam, 1707, 11.3.34. Sección Hebreo, por supuesto. No es una tarea muy difícil.

Mr. Eldred, arrellanado en un sillón del vestíbulo, aguardó con ansiedad el regreso de su mensajero, y no ocultó su decepción al ver que Mr. Garrett bajaba las escaleras con las manos vacías.

—Lamento desilusionarlo, señor —dijo el joven—, pero el libro no está.

—¡Oh, caramba! —exclamó Mr. Eldred—. ¿De veras? ¿Está usted seguro de no equivocarse?

—Ya lo creo, señor; pero es posible, si espera usted un minuto, que le presente al caballero que lo retiró. No debe tardar en irse de la biblioteca, *creo* haberlo visto sacar ese libro de la estantería.

—¡Pero caramba! No lo reconocería, supongo. ¿Era un profesor o un estudiante?

—No sé: estoy seguro de que no era un profesor. Lo habría reconocido; pero a esta hora no hay muy buena iluminación en ese sector de la biblioteca, y no le pude ver el rostro. Yo diría que era un anciano caballero de baja estatura, quizá un clérigo, cubierto con una capa. Si usted aguarda, no tardaré en averiguar si él necesita el libro con mucha urgencia.

—No, no —dijo Mr. Eldred—. Yo no… no puedo esperar ahora, se lo agradezco, pero debo irme. Intentaré pasar de nuevo mañana, si puedo, y quizá usted haya averiguado quién era.

—Seguro, señor. Tendré el libro para usted si…

Pero Mr. Eldred ya se había marchado, a mayor velocidad de la que uno podía juzgar saludable para él.

Garrett disponía de un momento libre y pensó: «Volveré a ese sector para ver si puedo encontrar al viejo. Es casi seguro que pueda postergar la consulta del libro por unos pocos días. No creo que el otro lo necesite por mucho tiempo». De modo que se dirigió a la sección Hebreo. Pero cuando llegó allí no había nadie, y el volumen marcado 11.3.34 ocupaba su sitio en el anaquel. Para la autoestima de Garrett era ultrajante no haber satisfecho a un usuario sin que mediara razón alguna; le habría gustado, de no atentar así contra las normas de la biblioteca, bajar el libro al vestíbulo en ese mismo momento, para que estuviera disponible en cuanto apareciera Mr. Eldred. A la mañana siguiente, de todas maneras, este le buscaría a él, de modo que le rogó al portero que le avisara llegado el momento. De hecho, se hallaba en el vestíbulo cuando vino Mr. Eldred, poco después de que abrieran la biblioteca, y cuando en el edificio no había casi nadie, salvo el personal.

—Lo siento mucho —le dijo—, no suelo cometer errores tan estúpidos con frecuencia, pero estaba seguro de que el anciano que vi sacaba precisamente ese libro y lo mantenía en la mano sin abrirlo, como suele hacer la gente, sabe usted, señor, que se propone retirar un libro y no meramente consultarlo. No obstante, iré arriba de inmediato y se lo traeré.

Hubo una pausa. Mr. Eldred se acercó a la entrada, leyó todos los avisos, consultó su reloj, se sentó y miró las escaleras, hizo cuanto suele hacer un hombre muy impaciente, hasta que transcurrieron unos veinte minutos. Por fin se dirigió al portero y preguntó si el sector de la biblioteca adonde había ido Mr. Garrett quedaba muy lejos.

—Bueno, precisamente eso me llamaba la atención, señor: él suele ser muy rápido; es probable que lo haya mandado llamar el bibliotecario, pero creo que en ese caso le habría dicho que usted estaba esperándole. Vamos a ver qué pasa; me comunicaré con él.

Y eso fue, en efecto, lo que hizo. A medida que recibía la respuesta su rostro se transformó, y formuló un par de preguntas suplementarias que le fueron contestadas con brevedad. Luego volvió a su mostrador y habló en voz más baja.

—Lamento informarle, señor, que algún inconveniente parece haberle ocurrido a Mr. Garrett. No estaba muy bien, parece, y el bibliotecario lo mandó a casa en un coche, por la otra salida. Algo así como un ataque, parece.

—¿De veras? ¿Quiere usted decir que alguien lo hirió?

—No, señor, ninguna violencia, sino, me parece, que ha sido un ataque, como se dice, de enfermedad. Mr. Garrett no es una persona de constitución muy fuerte. Pero en cuanto a su libro, señor, quizás usted pueda encontrarlo por su propia cuenta. Lamento que haya tenido inconvenientes dos veces seguidas...

—Eh... bueno, pero siento muchísimo que Mr. Garrett haya enfermado tan repentinamente mientras me hacía un favor. Creo que debo dejar el libro e ir a verlo a él. Supongo que usted podrá darme la dirección... ¡Ah!, y otra pregunta. ¿Vio usted si un anciano, quizás un clérigo, con... este... una capa negra, se marchó ayer de la biblioteca después de mí? Es posible que a lo mejor fuera un... es decir, que acaso esté parando... o mejor dicho, quizá yo lo conozca.

—Con capa negra, no, señor. Solo dos caballeros se fueron después que se retiró usted, señor, y los dos eran jóvenes. Uno era Mr. Carter, que se llevó un libro de música, y otro un profesor, que se llevó un par de novelas. Eso fue todo, señor; después salí muy satisfecho a tomar el té. Gracias, señor, muy agradecido.

Mr. Eldred, aún preso de ansiedad, partió de inmediato al domicilio de Mr. Garrett, pero el joven todavía no estaba en condiciones de recibir visitas. Se hallaba mejor, pero la casera juzgaba que sin duda había recibido una intensa conmoción, y pensaba, según las prescripciones del médico, que solo podría verlo al día siguiente. Mr. Eldred regresó a su hotel al caer la tarde, y temo que pasó una mala noche.

Al día siguiente pudo ver a Mr. Garrett. Este, cuando se hallaba bien, era un joven alegre y de agradable aspecto. Ahora estaba pálido y trémulo, acurrucado en un sillón junto al fuego, y demostraba cierta propensión a vigilar la puerta. Sin embargo, si bien había visitantes a quienes no estaba dispuesto a recibir, Mr. Eldred no se contaba entre ellos.

—Soy yo, en realidad, quien le debe a usted una disculpa, y ya desesperaba de poder ofrecérsela, pues ignoraba su domicilio. Me alegro mucho de que haya venido. De veras lamento causar tantos problemas, pero, sabe usted, no podría haber previsto esto... este ataque que tuve.

—Por supuesto que no; pero vea, yo algo entiendo de medicina. Discúlpeme las preguntas: doy por supuesto que ya habrá recibido muy buenos consejos. ¿Acaso tuvo una caída?

—No. Caí al suelo... pero no desde un lugar alto. En realidad, padecí una conmoción.

—O sea que algo lo sorprendió. ¿Fue algo que creyó ver?

—Creo que no se trata de *creerlo*. Sí, fue algo que vi. ¿Recuerda cuándo fue a la biblioteca por primera vez?

—Sí, por supuesto. Bueno, permítame suplicarle que no intente describirlo... no creo que sea bueno para su salud recordarlo.

—Pero ocurre que para mí sería un alivio contárselo a alguien como usted: quizá pueda darme una explicación. Sucedió cuando me dirigía a la sección donde está su libro...

—Por cierto, Mr. Garrett, se lo suplico; además, mi reloj me dice que me queda muy poco tiempo para hacer el equipaje y tomar el tren. No, ni una palabra más, quizá lo agite más de lo que usted imagina. Hay otra cosa que quería decirle. Me siento indirectamente responsable por este malestar y quisiera costear los gastos que...

Pero tal oferta fue rechazada en el acto. Mr. Eldred, sin insistir, se marchó casi de inmediato, pero no sin que Mr. Garrett le hubiese urgido a tomar nota del número de fichero del *Tratado Middoth,* que, según dijo, Mr. Eldred podía obtener cómodamente por su cuenta. Pero Mr. Eldred no reapareció en la biblioteca.

William Garrett recibió ese día otra visita, un joven de su edad y colega de la biblioteca, un tal George Earle. Earle era uno de los que había hallado a Garrett cuando este yacía sin sentido en el suelo de la «sección» o cubículo (que daba al corredor central de una vasta galería) donde estaban los libros hebreos, y Earle, naturalmente, estaba muy inquieto por el estado de su amigo. Apenas cerraron la biblioteca acudió a su alojamiento.

—Bueno —dijo, después de hablar de otros temas—, no sé qué es lo que te hizo mal, pero me da la impresión de que hay algo raro en la atmósfera de la biblioteca. Antes de encontrarte, venía por la galería con Davis, y le pregunté si no sentía un olor a moho, que no podía ser saludable. Si uno convive mucho tiempo con semejante olor, y te aseguro que era realmente insoportable, debe meterse en el organismo y perjudicarlo de algún modo, ¿no te parece?

Garrett meneó la cabeza.

—Estoy de acuerdo en lo que dices del olor... pero no se percibe siempre, aunque lo he advertido en los dos últimos días... una especie de olor a polvo, penetrante y poco natural. Pero no... no fue eso lo que me afectó. Fue algo que *vi*. Y quiero contártelo. Fui a la sección Hebreo para buscar un libro que me había pedido un hombre que esperaba abajo. El día anterior, con ese mismo libro, había cometido un error. Lo había ido a buscar para la misma persona, y estuve seguro de ver a un anciano sacerdote, envuelto en una capa, que lo sacaba. Le dije al hombre que habían retirado el libro, y él se fue para regresar al día siguiente. Entonces volví, por si el clérigo estaba dispuesto a dejármelo: no había ningún clérigo, y el libro se hallaba en el estante. Bueno, ayer, como te decía, fui de nuevo. Esta vez, bueno... eran las diez de la mañana, como recordarás, y ese lugar estaba más iluminado que nunca; allí estaba el clérigo otra vez, de espaldas a mí, mirando los libros del estante que yo necesitaba. Había dejado el sombrero sobre la mesa, y era calvo. Esperé un instante, mirándolo con cierta atención. Te digo que tenía una calva muy desagradable. Me parecía seca, terrosa, y las hebras de cabello que le quedaban eran similares a una telaraña. Bueno, hice un poco de ruido a propósito, tosí y moví los pies. Se volvió y me mostró el rostro, que yo jamás había visto. Te aseguro que no me equivoco. Aunque, por una u otra razón, no pude apreciar la parte inferior de la cara, vi la parte superior, y era absolutamente seca, con los ojos muy hundidos, y sobre estos, desde las cejas hasta los pómulos, había espesas telarañas. Como suele decirse, fue demasiado para mí, y ya no recuerdo nada más.

Las explicaciones que Earle dio de tal fenómeno no son de mayor interés; en todo caso, no lograron convencer a Garrett de que él no había visto lo que había visto.

 28

Antes de que William Garrett regresara a su trabajo, el bibliotecario insistió en que se tomara una semana de reposo y que cambiara de ambiente. A los pocos días, por lo tanto, Garrett estaba en la estación, con su maleta, y buscaba un compartimento para fumadores en el cual viajar hasta Burnstow-on-Sea, donde jamás había estado. Descubrió uno que le pareció el indicado. Pero al acercarse vio, frente a la puerta, una figura tan semejante a la de su ingrato recuerdo que, vencido por la náusea y casi sin saber qué hacía, abrió la puerta del compartimento más próximo y se precipitó en él como si la muerte estuviera pisándole los talones. El tren se puso en marcha; debía haberlo dominado una extrema debilidad, pues lo que percibió a continuación fue el aroma de un frasco que le aplicaban en la nariz. Su médico era una encantadora anciana, quien, junto con su hija, era el único pasajero que había en el vagón.

A no ser por tal circunstancia, difícilmente hubiese entablado conversación con sus compañeras de viaje. Pero, dada la situación, los agradecimientos, las preguntas y los comentarios generales fueron inevitables; y Garrett, antes de que el viaje culminara, no solo contaba con un médico, sino con alguien que lo alojara, pues Mrs. Simpson alquilaba habitaciones en Burnstow cuyas características, al parecer, las hacían harto convenientes. En esa época del año no había nadie en el lugar, de modo que Garrett compartió con frecuencia la compañía de madre e hija, que juzgaba más que aceptable. Trabó con ellas una relación tan favorable que a la tercera noche de su estancia lo invitaron a pasar la velada en su salón privado.

La charla reveló que Garrett trabajaba en una biblioteca.

—Ah, las bibliotecas son lugares muy acogedores —comentó Mrs. Simpson, dejando su labor con un suspiro—, pero lo cierto es que a mí los libros me han jugado una mala pasada o, al menos, *uno* de ellos.

—Bueno, los libros son mi medio de vida, Mrs. Simpson, y lamentaría pronunciar una palabra en contra de ellos: siento enterarme de que le hayan causado algún daño.

—Quizá Mr. Garrett pueda ayudarnos a resolver nuestro enigma, madre —adujo Ms. Simpson.

—No quiero comprometer a Mr. Garrett en una búsqueda que acaso lleve una vida, querida, ni incomodarlo con nuestros problemas personales.

—Pero si usted cree que existe una mínima probabilidad de que les sea útil, Mrs. Simpson, le encarezco que me diga cuál es ese enigma. Si se trata de aclarar algo con respecto a un libro, como usted comprenderá mi situación es inmejorable para el caso.

—Sí, comprendo, pero lo peor es que ignoramos el nombre del libro.

—¿Y no saben de qué se trata?

—No, tampoco.

—Solo que creemos que no está escrito en inglés, madre... lo cual no es una pista muy valiosa.

—Bien, Mr. Garrett —dijo Mrs. Simpson, que aún no había retomado su labor y contemplaba pensativamente el fuego—. Le contaré la historia. ¿Le puedo pedir, por favor, que no se la revele a nadie? Gracias. Es esta. Yo tenía un anciano tío, un tal doctor Rant. Es posible que usted haya oído hablar de él. No porque fuera un hombre eminente, sino por el curioso modo en que dispuso que lo sepultaran.

—Creo haber visto el nombre en alguna guía turística.

—Puede ser —dijo Ms. Simpson—. ¡Qué hombre más espantoso! Dejó instrucciones según las cuales debían ponerlo, sentado ante una mesa con su ropa habitual, en un recinto de ladrillos que había construido bajo tierra en un predio vecino a su casa. La gente de la zona, por supuesto, afirma haberlo visto por allí, con su vieja capa negra.

—Bueno, querida —prosiguió Mrs. Simpson—, no sé mucho al respecto, pero el hecho es que murió hace más de veinte años. Era clérigo, aunque por cierto no imagino cómo llegó a serlo. Pero no ejerció durante los últimos años de su vida, lo que me parece bien; vivía en su propia finca, una hermosa propiedad no muy lejos de aquí. No tenía esposa ni familia; solo una sobrina, o sea yo, y un sobrino, pero no tenía particular predilección por ninguno de los dos... y, dicho sea de paso, por nadie en general. En todo caso, mi primo le gustaba más que yo, pues John se le parecía mucho más por su temperamento y (temo que debo declararlo) por sus mezquindades. Habría sido diferente si yo hubiese sido soltera; pero era casada, lo que no era de su agrado. Muy bien: ahí estaba él con su finca y una buena suma de dinero, según supimos, a su completa disposición, y se suponía que nosotros (mi primo y yo) lo heredaríamos, a su muerte, por partes iguales. Un invierno, hace más de veinte años, según decía, enfermó, y me mandaron llamar para cuidarlo. Entonces aún vivía mi marido, pero el viejo no quería saber nada de él. Al llegar a la casa, vi que mi primo se alejaba de ella en un cabriolé y, por lo que noté, de muy buen ánimo. Entré e hice lo que pude por mi tío, pero no tardé en advertir que esa sería su última enfermedad; también él lo sabía. El día anterior a su muerte me hizo sentar junto a él todo el tiempo, y vi que había algo, y probablemente algo desagradable, que tenía intención de revelarme y que postergaba tanto como sus fuerzas se lo permitían, temo que con el expreso propósito de mantenerme intrigada. Aunque al fin me lo confesó:

»—Mary —me dijo—, Mary, hice testamento a favor de John: él es dueño de todo, Mary.

»Bueno, por supuesto que fue una amarga sorpresa, pues nosotros (mi marido y yo) no éramos gente adinerada, y si él hubiese podido vivir más holgadamente, creo que su existencia se habría prolongado. Pero poco o nada le dije a mi tío, salvo que tenía el derecho de actuar según su voluntad: en parte porque no se me ocurría nada que decirle, y en parte porque estaba segura de que aún había más; lo había, en efecto.

»—Pero, Mary —me dijo—, John no me gusta mucho, y redacté otro testamento a *tu* favor. Tú puedes ser dueña de todo. Solo que debes hallar el testamento, ¿entiendes? Y no tengo ninguna intención de revelarte dónde está.

»Luego comenzó a reírse, y yo aguardé, pues una vez más estuve segura de que él no había concluido.

»—Así me gusta —dijo después de un rato—, espera, y te diré tanto como a John. Pero déjame recordarte que no podrás acudir a la ley con lo que te diga, pues no dispondrás de ninguna prueba salvo tu propia palabra y creo que John es el menos adecuado para oficiar de testigo, llegado el caso. Estupendo, pues eso queda aclarado. Ahora bien, se me ocurrió no redactar ese testamento de un modo ordinario, de manera que lo escribí en un libro, Mary, en un libro. Y hay varios miles de libros en esta casa. Pero cálmate, no te tomes la molestia de revisarlos, pues no es uno de ellos. Está muy bien guardado en otro lugar: un lugar donde John puede ir y descubrirlo cualquier día, con solo enterarse, y tú no. Es un buen testamento: está firmado y testificado como corresponde, aunque no creo que a los testigos los descubras muy pronto.

»Aún guardé silencio; si hubiese esbozado el mínimo movimiento, habría sido para aferrar a ese viejo miserable y sacudirlo. Él se reía para sus adentros, y al final dijo:

»—Bueno, bueno, veo que lo has tomado con calma, y como quiero que los dos empecéis en igualdad de condiciones, y John tiene cierta ventaja, pues puede ir adonde está el libro, te diré un par de cosas que a él no le dije. El testamento está en inglés, pero, si alguna vez llegas a verlo, no te darás cuenta de ello. Esa es una, y la otra es que cuando yo muera hallarás un sobre dirigido a ti sobre mi escritorio, y en su interior algo que podría ayudarte en la búsqueda, si tienes suficiente ingenio.

»Murió pocas horas más tarde, y si bien apelé a John Eldred por ese motivo...

—¿John Eldred? Discúlpeme, Mrs. Simpson... creo conocer a un tal John Eldred. ¿Qué aspecto tiene?

—Hará diez años que lo vi por última vez. Hoy sería un hombre delgado, algo más que maduro, y a menos que se las haya afeitado, tendría las mejillas cubiertas por pobladas...

—... patillas. Sí, ese es el hombre.

—¿Dónde lo conoció usted, Mr. Garrett?

—No creo poder recordarlo —mintió Garrett—, en algún lugar público tal vez. Pero usted no había concluido la historia.

—En realidad no tengo mucho que añadir, salvo que John Eldred, por supuesto, jamás prestó atención a mis cartas y ha gozado de la finca a partir de entonces, mientras que mi hija y yo hemos debido dedicarnos al hospedaje en esta región, el cual, debo decir, no resultó tan ingrato como yo temía.

—Pero en cuanto al sobre...

—¡Ah, es cierto! Bueno, ese es nuestro enigma. Alcánzale a Mr. Garrett el papel que hay en mi escritorio.

Tratábase de una pequeña tarjeta, que solo tenía cinco cifras, sin ninguna separación: 11334.

Mr. Garrett reflexionó, y sus ojos se iluminaron. Súbitamente hizo una mueca y preguntó:

—¿Supone que Mr. Eldred dispone de alguna pista que no tenga usted, con respecto al título del libro?

—A veces creo que sí, y por lo siguiente: mi tío debió de hacer testamento muy poco antes de morir, creo que eso fue lo que él mismo dijo, y se deshizo del libro casi de inmediato. Pero todos sus libros estaban escrupulosamente catalogados; John tiene el catálogo, y puso especial cuidado en que ningún libro, de la especie que fuera, fuese vendido, con el objeto de que no saliera de la casa. Yo sé que él suele frecuentar libreros y bibliotecas, así que imagino que ha de haber descubierto qué libros faltan de la biblioteca de mi tío, de los que están registrados en el catálogo, y debe andar en su busca.

—Entiendo, entiendo —dijo Mr. Garrett y se sumió en sus reflexiones.

Al día siguiente recibió una carta que, según le explicó con gran aflicción a Mrs. Simpson, hacía imprescindible que interrumpiera su permanencia en Burnstow.

Aunque deploraba dejarlas (y no menos deploraban ellas su partida) presentía el comienzo de una crisis de suma importancia para Mrs. (y, ¿debemos aclararlo?, para Ms.) Simpson.

Durante el viaje en tren Garrett se sentía intranquilo y excitado. Se esforzó por recordar si la signatura del libro que había solicitado Mr. Eldred tenía alguna relación con las cifras consignadas en la tarjeta de Mrs. Simpson. Pero, consternado, advirtió que la conmoción sufrida la semana anterior lo había afectado a tal punto que no podía recordar nada en cuanto al título o naturaleza del volumen, o aun del sector donde lo había buscado. Y, sin embargo, los otros sectores de la biblioteca perduraban en su memoria con toda nitidez.

Había otro detalle (y al recordarlo dio un furioso golpe en el piso): al principio había vacilado —y luego se había olvidado— en preguntarle a

Mrs. Simpson el nombre del lugar donde vivía Eldred. Eso, al menos, podría preguntárselo por carta.

Por lo menos, las cifras del papel le brindaban una pista. Si se referían a una signatura de la biblioteca, solo cabía una cantidad restringida de interpretaciones: 1.13.34, 11.33.4 o 11.3.34. Le bastarían unos minutos para comprobarlo, y si faltaba alguno de esos volúmenes, contaba con todos los medios para localizarlo. Emprendió la tarea en el acto, aunque tuvo que dedicar algunos minutos a explicarle a la casera de su alojamiento y a sus colegas por qué había regresado tan pronto. El 1.13.34 estaba en su lugar y no contenía ningún texto extraño. Al aproximarse al Sector 11, en la misma galería, recibió el impacto de su ingrato recuerdo. Pero *debía* proseguir. Después de inspeccionar el 11.33.4 (que fue el primero que halló, y que era un libro totalmente nuevo), recorrió con los ojos los *in-quarto* de la signatura 11.3. Halló el hueco que temía: faltaba el 34. Se aseguró de que el volumen no había sido mal colocado, y luego se dirigió al vestíbulo.

—¿Salió el 11.3.34? ¿Recuerda el número?

—¿Recordar el número? ¿Por quién me toma, Mr. Garrett? Vea, ahí tiene las tarjetas; revíselas usted mismo, ya que tiene el día libre.

—Bueno, ¿entonces volvió a venir un tal Mr. Eldred? Ese caballero que estuvo el día en que enfermé. ¡Vamos! Debería recordarlo.

—¿Qué se piensa? Por supuesto que lo recuerdo: no, no anduvo por aquí desde que usted salió con permiso. Aunque... veamos. Roberts se acordará. Roberts, ¿te acuerdas del apellido Eldred?

—Claro —dijo Roberts—. Ese que mandó un chelín como adelanto por el franqueo de su encargo, y ojalá todos hicieran así.

—Es decir, ¿que le han enviado libros a Mr. Eldred? ¡Vamos, hablen! ¿Le enviaron alguno?

—Bueno, mire, Mr. Garrett: si un caballero envía su tarjeta como corresponde y el secretario dice que este libro puede salir y en la nota uno ya tiene la dirección para el encargo y le mandan una suma de dinero suficiente para cubrir los gastos de ferrocarril, ¿qué hubiera hecho *usted*, Mr. Garrett, si puedo atreverme a preguntárselo? ¿Se hubiese usted tomado o no la molestia de mandarlo o hubiese tirado el papel debajo del mostrador y...?

—Actuó usted con toda corrección, Hodgson, por supuesto... con toda corrección. Solo quiero pedirle que por favor me facilite la tarjeta que envió Mr. Eldred, para averiguar su domicilio.

—Naturalmente, Mr. Garrett; mientras no me importunen para informarme que no conozco mi deber, estoy dispuesto a facilitar lo que sea, mientras esté dentro de mis posibilidades. La tarjeta está allí, en el archivo. J. Eldred, 11.3.34. Título de la obra: *T-a-l-m...* bueno, ahí la tiene, haga lo que quiera con ella... no es una novela, estoy casi seguro. Y aquí está la nota de Mr. Eldred donde pide el libro en cuestión, que, por lo que veo, él considera indispensable.

—Gracias, gracias. ¿Pero la dirección? No hay ninguna en la nota.

—Ah, cierto; a ver... espere, Mr. Garrett, la tengo. Bueno, esa nota vino dentro de la caja, que estaba preparada con mucho cuidado para evitar inconvenientes, lista para ser devuelta con el libro en su interior; y si algún error cometí en todo este asunto es el hecho de que me olvidé de registrar la dirección en mi libreta, esta que ve usted. Seguro que tuve buenas razones para no registrarla, pero, en fin, ahora no tengo tiempo, y seguro que usted tampoco, para averiguar cuáles fueron. Y... no, Mr. Garrett, no las conservo en mi memoria, si no para qué voy a hacer anotaciones en mi libreta... usted ve, es una libreta ordinaria, nada más, donde asiento todos los nombres y direcciones cuando me parece conveniente.

—Es una medida admirable, sin duda... pero... bueno, muchas gracias. ¿Cuándo salió el encargo?

—A las diez y media, esta mañana.

—Oh, bien; y ahora es apenas la una.

Garrett fue arriba, sumido en sus cavilaciones. ¿Cómo conseguir ese domicilio? Un telegrama a Mrs. Simpson: pero podía perder un tren si aguardaba la respuesta. Sí, había otra posibilidad. Ella había dicho que Eldred vivía en la finca de su tío. En tal caso, él podía hallar el lugar asentado en el libro de donaciones, que, como ahora conocía el título de la obra, no tardaría en verificar. No tardó, en efecto, en acudir al registro y, como sabía que el viejo había muerto hacía más de veinte años, le dio un amplio margen y retrocedió hasta 1870. Había una sola anotación posible: «1875, 14 de agosto, *Talmud: Tractatus Middoth cum comm. R. Nachmanidae,* Amstelod, 1707; donado por J. Rant, doctor en teología, de Bretfield Manor».

Una guía de localidades indicaba que Bretfield se hallaba a tres millas de una pequeña estación de la línea principal. Ahora correspondía preguntarle al portero si el nombre inscrito en el encargo era algo así como Bretfield.

—No, nada parecido. Ahora que usted lo menciona, Mr. Garrett, era algo como Bradfield o Brudfielt, pero nada parecido a ese nombre que dice usted.

Hasta allí, perfecto. Ahora, un horario. Podía tomar un tren en veinte minutos, y el viaje llevaría más de dos horas. Era la única oportunidad, pero no podía perderla. Y alcanzó el tren.

Si en su último viaje se había sentido nervioso, en este nuevo que realizaba, prácticamente se puso frenético. ¿Qué podría decirle a Eldred en caso de encontrarlo? ¿Que habían descubierto que el libro era una rareza y que debía devolverlo? Una falsedad evidente. ¿O que suponían que contenía importantes notas manuscritas? Eldred, por supuesto, le mostraría el libro, del cual ya habría arrancado la página. Acaso hallara rastros de la mutilación (un borde de la guarda desgarrada, probablemente) pero, en tal caso, ¿quién podría objetar lo que por cierto alegaría Eldred, que también él había advertido y deplorado el destrozo? Parecía una persecución sin esperanzas. La única oportunidad era esta: el libro había salido de la biblioteca a las 10:30, era, por tanto, improbable que lo hubiesen despachado en el primer tren, a las 11:20; si contaba con esa garantía, quizá tuviera la suerte de llegar al mismo tiempo que el encargo y tramar alguna historia que indujera a Eldred a entregárselo.

Al caer la tarde, descendió en el andén de la estación que, como la mayoría de las estaciones rurales, observaba un silencio poco natural. Aguardó a que se alejara el par de pasajeros que descendió con él y luego le preguntó al jefe de estación si Mr. Eldred vivía en las inmediaciones.

—Sí, muy cerca de aquí, me parece. Creo que va a pasar por aquí para recoger un envío —y le preguntó al mozo de cordel—: ¿Hoy ya pasó una vez por ese asunto, no es verdad, Bob?

—Sí, señor, así es. Y parecía pensar que yo tenía la culpa de que no hubiese llegado a las dos. De todos modos, aquí lo tengo —y el hombre exhibió un paquete cuadrado, al que Garrett echó una rápida mirada que le aseguró que contenía cuanto a él le interesaba en ese instante.

—¿Bretfield, señor? Sí... a unas tres millas. Si uno toma el atajo que atraviesa estos tres predios, el trayecto se reduce en media milla. Mire: ahí viene el cochecito de Mr. Eldred.

Apareció un vehículo con dos hombres; Garrett, al cruzar la parte trasera de la estación, reconoció en el acto a uno de ellos. El hecho de que condujera Eldred de algún modo lo favorecía, pues lo más probable era que no abriera el paquete en presencia de su sirviente. Por otra parte, no tardaría en llegar a su casa, y a menos que Garrett llegara unos minutos antes, todo concluiría. Debía apresurarse; su atajo lo guio por uno de los lados de un triángulo, mientras que el cochecito debía recorrer los otros dos, y además había que contar con una leve demora en la estación; Garrett recorría el tercer predio cuando oyó el cercano rechinar de las ruedas. Había avanzado cuanto le era posible, pero la velocidad del cochecito lo indujo a desesperar de su propósito: a ese ritmo, sin duda llegarían a la casa diez minutos antes que él, y diez minutos eran más que suficientes para que Mr. Eldred cumpliera su propósito.

En ese preciso instante la suerte sufrió un vuelco. En la quietud del anochecer, cada sonido se destacaba con nitidez. Jamás sonido alguno provocó tanto alivio como el que percibió Garrett: el cochecito se había detenido. Hubo un intercambio de palabras; luego el vehículo prosiguió su marcha. Garrett, presa de extrema ansiedad, pudo verlo atravesar el portillo (cerca del cual él estaba oculto) conducido por el sirviente y sin Eldred en su interior; dedujo que Eldred lo seguía a pie. Acechó desde atrás del elevado seto que había junto al portillo que conducía al camino y vio pasar esa enjuta silueta, que se apresuraba con el paquete debajo del brazo, mientras hurgaba en los bolsillos. Al cruzar el portillo, algo se le cayó sobre la hierba, pero con un sonido tan leve que Eldred no lo advirtió. Garrett aguardó un instante, cruzó el portillo, saltó al camino y lo recogió: una caja de fósforos. Eldred avanzaba y, entretanto, sus brazos hacían apresurados movimientos difíciles de interpretar a la sombra de los árboles que custodiaban el camino. Pero Garrett, al seguirlo con cautela, halló las claves de esos movimientos: un trozo de cuerda y la envoltura del paquete colgaban del seto, pero Eldred había querido arrojarlos por *encima*.

Ahora Eldred caminaba con lentitud, y era evidente que había abierto el libro y que estaba hojeándolo. Se detuvo, obviamente molesto por la falta de luz. Garrett se deslizó por una abertura y se mantuvo al acecho. Eldred, que escrutaba apresuradamente los alrededores, tomó asiento en un tronco caído junto al camino y acercó el libro a los ojos. Súbitamente lo depositó, aún abierto, sobre las rodillas y hurgó en todos sus bolsillos: la búsqueda, por cierto, fue en vano, lo cual lo enardeció.

«Ahora los fósforos te vendrían bien», pensó Garrett.

Eldred se había apoderado de una hoja y la arrancaba cuidadosamente, cuando sucedieron dos cosas. Primero, algo negro pareció caer sobre la hoja blanca y cubrirla, y luego, cuando el asombrado Eldred se volvió para mirar a sus espaldas, una pequeña forma oscura pareció irrumpir en la penumbra, con dos brazos que tendieron un manto de tinieblas sobre el rostro de Eldred, cubriéndole la cabeza y el cuello. Aunque este agitaba las piernas y los brazos con frenesí, no se oyó sonido alguno.

Luego se interrumpió todo movimiento. Eldred estaba solo. Había caído detrás del tronco. El libro yacía sobre el camino. Garrett, disipadas su furia y suspicacia al presenciar una lucha tan espantosa, salió y pidió ayuda a gritos, y también lo hizo, para su enorme alivio, un labriego que surgió de un predio vecino. Ambos se inclinaron sobre Eldred y lo examinaron, pero de nada valía, pues estaba indudablemente muerto.

—¡Pobre hombre! —le dijo Garrett al labriego—. ¿Qué cree usted que le pasó?

—Yo no estaba ni a doscientas yardas —dijo el hombre—, cuando vi que Mr. Eldred se ponía a leer su libro, y me parece que tuvo algún ataque... se le ennegreció la cara.

—Exacto —dijo Garrett—. ¿No vio a nadie cerca de él? ¿No habrá sido homicidio?

—No es posible... nadie pudo huir sin que usted o yo lo viéramos.

—Eso es lo que pensé. Bueno, pidamos ayuda. Llamemos al médico y a la policía; y será mejor que les dé a ellos este libro.

Era obvio que el caso exigía una investigación, y también que Garrett debería permanecer en Bretfield para prestar declaración. La pericia médica demostró que, si bien se había hallado un poco de polvo negro en el rostro y la boca del occiso, la causa de su muerte no era la asfixia, sino un ataque a su débil corazón. Surgió el libro fatídico, un respetable *in-quarto* impreso totalmente en hebreo, y cuyo aspecto difícilmente apasionaría ni siquiera a los más entusiastas.

—Dice usted, Mr. Garrett, que el occiso, en el momento previo a su ataque, parecía querer arrancar una hoja de este libro.

—Sí; creo que una de las guardas.

—Una de ellas está parcialmente desgarrada. Está escrita en hebreo. ¿Quiere inspeccionarla, por favor?

—También hay tres nombres en inglés, señor, y una fecha. Pero lamento declarar que no sé leer los caracteres.

—Gracias. Los nombres parecen firmas. Son: John Rant, Walter Gibson y James Frost, y la fecha es 20 de julio de 1875. ¿Conoce alguien estos nombres?

El párroco, que se hallaba presente, declaró que el tío del occiso, a quien este había heredado, se llamaba Rant.

Cuando le alcanzaron el libro, meneó la cabeza con asombro.

—Pero esto no se parece al hebreo que yo aprendí.

—¿Está usted seguro de que es hebreo?

—¿Qué? Sí... supongo... No, querido señor, tiene usted razón... es decir, su sugerencia es muy acertada. Por supuesto... no es hebreo, de ningún modo. Es inglés, y se trata de un testamento.

Llevó pocos minutos comprobar que se trataba, para mayor precisión, del testamento del doctor John Rant, que cedía la totalidad de sus bienes, cuyo último poseedor había sido John Eldred, a Mrs. Mary Simpson. Semejante documento justificaba, por cierto, la conmoción sufrida por Mr. Eldred. En cuanto a la mutilación parcial de esa hoja, el fiscal señaló que no tenía mayor sentido demorarse en especulaciones cuya exactitud jamás podría comprobarse.

El *Tratado Middoth,* naturalmente, pasó a manos del fiscal para ulteriores investigaciones, y Mr. Garrett le explicó, en forma privada, la historia y los hechos según sus propios conocimientos e inferencias.

Regresó a su trabajo al día siguiente, y mientras se dirigía a la estación pasó frente al sitio donde había muerto Mr. Eldred. No hubiera podido irse sin contemplarlo una vez más, aunque al recordar lo que había visto no pudo evitar, aun en esa mañana diáfana, un brusco estremecimiento. Caminó, no sin recelos, detrás del tronco caído. Vio algo oscuro que por un instante lo sobresaltó, pero comprobó que apenas se movía. Miró más de cerca y advirtió que se trataba de una espesa y sombría masa de telarañas; y, en cuanto la rozó cautelosamente con su bastón, varias enormes arañas surgieron y se perdieron en la hierba.

No requiere mayor imaginación conjeturar los pasos seguidos por William Garrett, desde su empleo en una gran biblioteca hasta su actual situación como futuro propietario de Bretfield Manor, hoy propiedad de su suegra, Mrs. Mary Simpson.

Ella

ZONA GALE (1874-1938)

Zona Gale se licenció en Literatura en 1895 en la Universidad de Wisconsin. Fue una pionera en el periodismo norteamericano y una escritora relevante en su tiempo, especialmente en teatro. Fue la primera mujer en ganar el premio Pulitzer en escritura teatral en 1921. No menos importante fue su faceta como activista en favor de la igualdad de las mujeres y miembro activo del Partido Nacional de la Mujer.

Como escritora encontró una gran fuente de inspiración en su pequeña población natal, Portage, en el condado de Columbia. De manera estilizada, la fuerza de la naturaleza de sus parajes está en ese lugar imaginario donde suceden algunos de sus cuentos que ella llama Friendship y que se publicaron en algunas de las revistas más importantes de la época como *The Outlook, The Broadway Magazine, The Delineator, Everybody's* o *Harper's Monthly Magazine*. La recopilación de estos cuentos de Friendship en que se ubica *Ella* fue publicada por MacMillan en 1908. En estas líneas encontramos la figura del poeta y su espejo en un relato enigmático que bordea sutilmente la frontera de la realidad sin descoserla en ningún momento.

ELLA

Zona Gale

En el fondo fue como si primero me hablaran de la refracción y después me enseñaran un arcoíris. Y es que en ese momento Calliope me dijo algo relacionado con cuando tenía veinte años. De buena gana me habría gustado romper la reticencia de un arcoíris como el de Calliope, pero los arcoíris no siempre son reticentes. Los he visto sugerir cosas infinitas.

En junio Calliope pasó dos semanas conmigo en la casa de Oldmoxon, y yo no quería dejar que se fuera nunca. Nuestra conversación era muchas veces tan impermeable como lo son las alas. Ese día yo le había contado un sueño intrascendente y fabuloso que había tenido. Trataba de una carretilla de rosas que yo iba atando a mis rosales del jardín en cuanto caían las flores originales.

Calliope asintió con plena comprensión.

—Pues eso no es tan raro como mi sueño —dijo—. Soñé conmigo misma, o sea, con la que soy en realidad normalmente —añadió, como si quisiera ponerme a prueba.

Creo que todos soñamos con quienes somos en realidad normalmente, solo que no lo soñamos hasta que llegamos a serlo. Algo por el estilo le dije a Calliope, y ella contestó:

—Lo soñé cuando tenía veinte años, un poco después de... bueno, de una racha no demasiado feliz. Pero antes quiero hablarte del cuadro. No teníamos muchos cuadros, pero en mi dormitorio había un antiguo grabado al acero de un poeta, en el que se veía a un hombre paseando por debajo de una especie de bóveda de árboles en flor. Tenía unos rasgos preciosos y una expresión como si viera el cielo. Yo me quedaba mirando el cuadro y casi me parecía como si estuviera en otra parte.

»Y una noche tuve ese sueño. Iba andando por un camino largo, verde y en penumbra, bastante ancho, y alrededor todo eran campos y no había nadie. Sé que tenía prisa: sí, al parecer tenía mucha prisa por reunirme con alguien, alguien a quien encontraría al final del camino. Y estaba feliz... ¿Has soñado alguna vez que eras feliz, o sea, cuando en la vida real no eras demasiado feliz? Es como cuando te duele un costado y consigues respirar hondo sin notar el dolor. En la vida real me sentía muy sola, odiaba Friendship y quería irme de aquí: ir a la ciudad a estudiar música o adonde fuera. Nunca había conocido nada que pudiera llamarse auténtico placer, aparte de mis paseos por el bosque de la estación. Había un bosquecillo en una hondonada, al otro lado de las vías del tren, y me gustaba sentarme allí conmigo misma. En esa época nunca era feliz de verdad, pero en el sueño... ¡qué feliz era! Más feliz que una mañana bonita.

Calliope me miró de reojo, como si sopesara mi capacidad de comprensión.

—Lo gracioso —añadió— es que, en el sueño, yo no era yo. No era yo tal como tú me conoces. Pensaba que era el poeta del cuadro, el hombre del grabado al acero con esa cara de estar viendo el cielo. Y no me resultaba extraño: era como si siempre hubiera sido así. Creía que de verdad era el poeta al que llevaba toda la vida viendo en el grabado. Aunque supongo que en realidad esa parte no era tan divertida como lo demás. Porque al final del camino me esperaba alguien, debajo de los árboles en flor, también como en el grabado. Era una chica. Y pensé que la miraba —yo, el poeta— y veía que la chica era yo, Calliope Marsh, con mi pinta de todos los días, como la cosa más natural del mundo. Como cuando te miras en el espejo.

»No me sorprendía nada. Nos saludábamos como si fuéramos amigos, como si los dos viviéramos aquí en el pueblo, y echábamos a andar por el camino como si siempre hubiera sido así. Y charlábamos como cuando estás con alguien con quien prefieres estar antes que con nadie. Yo pensaba que íbamos a alguna parte a ver a alguien, y hablamos de eso: "¿Crees que estarán en casa?", decía yo. Y la chica que era yo contestaba: "Sí. Estarán en casa. Siempre están en casa". Y nos quedábamos los dos contentos, como cuando estás seguro de algo. Y entonces... ay. Ojalá me acordara de lo que decíamos. Ojalá me acordara. Sé que era algo precioso y que las palabras sonaban suavísimas. Era como volver a nacer en otra parte. Y las dos sabíamos exactamente lo que quería decir la otra, y eso era lo mejor de todo.

Calliope dudó, como si tratara de explicármelo.

—Cuando tenía veinte años —dijo— me gustaba hablar de cosas de las que normalmente no se hablaba aquí, en Friendship... Bueno, de cosillas que había leído sobre gente famosa, y lo que hacían y decían y todo eso. Pero cuando lo sacaba en una conversación, la gente siempre pensaba que lo hacía para presumir. Y si citaba un verso en compañía, se hacía un silencio como si hubiera dicho una palabrota. El caso es que poco a poco me fui guardando esas cosas. Pero en el sueño hablábamos de todo. Hablábamos directamente de personas famosas del pasado, sin necesidad de empezar explicando: «El otro día casualmente leí...». Y yo hablaba del sol entre las hojas y de las formas de las nubes también directamente, sin miedo a que la chica que era yo me tomara por una afectada. Y decía cositas sobre..., por ejemplo, los duendes del bosque y las figuras que formaba el humo, sin miedo a que las madres me oyesen y no dejaran a sus hijos venir conmigo. Y luego me inventaba cosas... cosas que siempre tenía ganas de decir... como que esperaba encontrarme con el Verano paseando por el camino, por ejemplo; cosas que si le hubiera dicho a cualquiera por ahí en Friendship me habrían tomado por loca y nadie se atrevería a pedirme que le subiera el correo desde el pueblo. Decía todas esas cosas como si hubiera nacido para hablar de lo que pensaba de ellas. Y la chica que era yo me entendía. Y nos reíamos mucho: ¡cuánto nos reíamos! Eso era casi lo mejor de todo.

»Bueno, el sueño se esfumó, como pasa con los sueños. Y cuando me levanté solo era Calliope Marsh, que vivía en Friendship, donde la gente corta una hogaza de pan sobre la lápida de un panadero solo porque *era* panadero. La vida no mejoraba y me sentía cada vez más sola en Friendship. Por alguna razón, nadie del pueblo encajaba conmigo. Todos sabían perfectamente lo que decía pero, cuando hablaba de algo que me interesaba de verdad, era como si algo no acabara de hacer clic en su cerebro, con esa agradable sensación de estar entendiendo de verdad. Parecía que mis ideas no encajaban, como las piezas de una articulación, en la cabeza de nadie, sino que resbalaban. Y las ideas de los demás... Recuerdo pensar que para ellos las tres habilidades básicas eran las Relaciones, las Recetas y los Restos. En fin, se podía decir que solo tenía mis paseos por el bosque de la estación. Y cuando Jacob Sykes el viejo, o sea, el padre de Silas, dijo en la iglesia que Dios bajó para ser el enterrador de Moisés, me fui corriendo al bosque, como si me hubieran desollado el alma, y en parte tuve la sensación de que la hondonada me entendía. Pero claro, no puedes tener amigos si estás sola. Es como si quisieras sujetar un recogedor y barrer al mismo tiempo. No se puede; o no a conciencia. El caso es que cuando iba al bosque normalmente me llevaba un libro y buscaba cosas bonitas y me aprendía versos, con la esperanza de que si el sueño se repetía pudiera contárselas... contárselas, ya ves, a la chica que era yo. Porque para entonces me parecía que en realidad era más ese poeta que Calliope Marsh. Y así siguió todo hasta el día en que lo conocí: a ese hombre, al poeta.

—¡Ese hombre! —exclamé—. ¿Te refieres a... al poeta... al que eras tú?

Calliope asintió con confianza.

—Sí —dijo, con delicada emoción—. A ese me refiero. Te lo voy a contar, y tú mismo verás que tenía que ser él. Fue una tarde, hacia el final del verano, y lo reconocí enseguida. Había ido a la estación a hacer un envío en el tren de enlace, y él se bajó del tren y entró en la oficina del telégrafo. Y el tren arrancó y lo dejó en tierra. Ya había llegado al final del andén cuando él salió. De todos modos, no pareció que le diera importancia a que el tren se hubiera ido sin él. Simplemente se acercó a Bill, el mozo de equipaje, y se puso a hablar con él. Pero Bill no lo entendía... Es que Bill era

49

algo duro de mollera: había que repetirle las cosas muchas veces, y aun así casi siempre te entendía al revés. Supongo que por eso el hombre desistió y vino hacia mí.

»Al verle la cara, me quedé paralizada en el andén. Era joven. Tenía el pelo suave y una cara muy bonita, como si viera el cielo. Tampoco es que fuera idéntico a mi grabado —añadió Calliope despacio—. Por ejemplo, el hombre de la estación tenía barba y el poeta del grabado no. Digamos que era más bien la pinta. No se parecía a nadie que yo hubiera visto en Friendship. Tenía unas manos delgadas e inquietas, y llevaba un libro por todo equipaje. Y daba la sensación... no sé, como si estuviera haciendo algo que no hacía todos los días. Como si en parte estuviera ahí pero sobre todo en otro sitio, donde todo era mejor.

»—A lo mejor esta señorita lo sabe —dijo. Y no hablaba como la mayoría de la gente aquí en Friendship, ¿sabes?—. Le he preguntado al mozo —añadió, casi sonriendo, como si se riera de lo que pensaba que yo iba a contestarle—. Le he preguntado al mozo de equipaje si sabe de algún bosque encantado por aquí cerca de la estación. Tengo que esperar al tren de las 4:20 y no es mal momento del día para estar en un bosque encantado. Por lo visto no sabía.

»Y entonces, de repente, me di cuenta; me di cuenta. ¿No lo ves? —exclamó Calliope—. ¡Tenía que darme cuenta! Hablaba justo como hablábamos en mi sueño... medio en broma, y al mismo tiempo en serio también... por eso en el sueño me sentía tan contenta y como fuera de lo común. Y entonces supe quién era y lo entendí todo. La chica que era yo y que se sentía sola aquí en Friendship *no* era yo en realidad. Ser Calliope Marsh era la parte de casualidad, y eso no contaba. Pero lo demás sí era tal como lo había soñado. Por alguna razón, yo tenía otro ser. Y había soñado con él. Y estaba ahí, en el andén de la estación de Friendship.

Calliope me miró con melancolía.

—¿No pensarás que estoy loca? —preguntó.

Y a mi respuesta, dijo:

—Bueno —animándose—, fue así. Y no parecía que nunca hubiera habido una primera vez y que nunca fuese a llegar el final. Como si hubiera cosas más grandes que el tiempo y mucho más bonitas que la vida. Y le hablé como si lo conociera de toda la vida.

»—Pues sí —le dije, sin rodeos—. Seguramente se refiere usted al bosque de la estación. A mí siempre me parece un bosque encantado. Supongo que los duendes que salen del humo de la locomotora viven ahí —le dije sonriendo, porque estaba muy contenta.

»Recuerdo que pareció muy sorprendido y se le iluminó la cara, como si le hablaran en su idioma en un país de paganos.

»—¡Caramba! —dijo, como si me creyera solo a medias—. ¿Y va usted allí a menudo? Y supongo que los duendecillos de humo hablan con usted.

»—Voy casi todos los días —dije—, pero no hablamos demasiado. Más bien ellos hablan y yo escucho.

»Y entonces caí en la cuenta de lo gracioso que era que le hubiera preguntado a Bill por un bosque encantado.

»—¡A Bill! —dije—. ¿De verdad le ha preguntado eso a Bill?

»Ah, cómo nos reímos... cómo nos reímos. Igual que en el sueño. Parecía... parecía una broma muy *especial* —dijo Calliope—, y no era como una risa cómplice. Era como si llevara toda la vida riéndome de las mismas cosas... todos los días. Pero esta era una nueva receta de risa, con distintos condimentos, cocida en un horno rápido y para comer caliente.

»Bueno, echamos a andar por el camino, como si siempre hubiera sido así. Y hablamos, como cuando estás con las personas con las que prefieres estar antes que con nadie. Y me preguntó, muy serio, por los duendecillos de humo.

»—¿Cree que estarán en casa? —dijo.

»Y yo le dije: "Sí. Sé que estarán. Siempre están en casa".

»Y los dos nos quedamos tranquilos, como cuando estás seguro.

»Dimos un paseo por el bosque de la estación. Recuerdo que me hizo hablar mucho... mucho más de lo que había hablado nunca, aparte de en el sueño. Le conté las anécdotas de gente famosa que había leído y le recité algunos versos que me había aprendido y me gustaba cómo sonaban... Me acordé de todos para él, y él me escuchó con atención y oyéndolos todos tal como yo los decía. Fue así: los oía todos tal como yo los decía. Y hablé del sol entre las hojas y de las formas de las nubes, tranquilamente... y vi que no me tomaba por una afectada. Y también me inventé cosas y las dije... cosas que siempre me venían a la cabeza y que siempre quería decir. Y él se reía casi antes de que hubiera terminado... Ay, era maravilloso ver que se reía en vez de decir: "¿De qué narices hablas, Calliope Marsh?", como me habían dicho a veces. Y no paraba de decir: "Lo sé, lo sé", como si supiera lo que yo quería decir mejor que nada en el mundo. Luego me leyó partes del libro que llevaba y me dijo... cosas preciosas. De algunas me acuerdo... siempre me he acordado. De otras me olvidé, hasta que volvía a verlas en algún libro de vez en cuando, mucho después de ese día; y era como si hablara con alguien que había muerto. Siempre agradezco abrir los libros de otras personas y ver si a lo mejor encuentro algunas cosas más que me dijo. Pero supongo que la mayor parte las he olvidado del todo y no volveré a saberlas hasta la próxima vida. Como me olvidé de lo que decíamos en el sueño, hasta que las dos cosas se mezclan y brillan.

»Estuvimos hablando casi todo el tiempo mientras esperaba el tren de las 4:20. Y cuando eran cerca de las cuatro le conté mi sueño. No sé por qué pensé que debería saberlo. Y le conté que había soñado que yo era él.

»—Usted no se parece al hombre que soñé que era yo —le dije—. Pero habla usted igual... y hace como que se cree las cosas, y se ríe, y parece el mismo. Y tiene usted una cara distinta a la de la gente de aquí, de Friendship, igual que él, y parece como si viera usted las cosas no solo con los ojos —le dije—, como el poeta de mi grabado. Por eso sé que es usted: tiene que ser usted —le dije.

»De repente me miró fijamente, de una forma muy rara.

»—Yo también soy poeta —dijo—, ahora que lo dice. Un poeta muy malo, la verdad, pero una especie de poeta.

»Y entonces ya no tuve la menor duda.

»Recuerdo cómo me miró cuando lo comprendió todo. Y dijo:

»—Bueno y ¿quién sabe? ¿Quién sabe?

»Se quedó un buen rato callado. Pero yo no estaba disgustada, a pesar de que él parecía muy triste. No podía estarlo, porque saber lo que sabía era importantísimo.

52

»—Si puedo —me dijo en el andén de la estación—, vivo o muerto, volveré a verla algún día. Pero mientras debe usted olvidarme. Guarde el sueño: solo el sueño —añadió.

»Intenté volver a soñarlo —dijo Calliope—, pero nunca pude. Y él no ha vuelto en todos estos años, ni vivo ni muerto. Ni siquiera sé su nombre... y más adelante me acordé de que él tampoco me había preguntado el mío. Aunque supongo que todo eso es la parte de casualidad, y en realidad no cuenta. Fuera del sueño he estado, como si dijéramos, atrapada, atada y sin poder salir: era solo yo, tal como me conoces, con una infelicidad inmensa y todo eso. Pero en el sueño soñé con mi verdadero ser. Y entonces Dios me permitió conocerme a mí misma, solo esa vez, en el bosque de la estación, para enseñarme que no pasa nada, y que hay cosas que son más grandes que el tiempo y muchísimo más bonitas que la vida.

Calliope se quedó callada, con esa manera suya de suspirar y de mirar alrededor, y fue como si me hubiera sugerido cosas delicadas, como las que sugiere un arcoíris.

El *Procusto* de Baxter

CHARLES W. CHESNUTT (1858-1932)

Su abuelo fue un propietario de esclavos y su madre una mujer de color. Charles, de piel casi blanca y con rasgos caucásicos, podría haber pasado por blanco, pero eligió identificarse siempre como afroamericano. Como abogado y escritor, Chesnutt actuó de manera muy activa en favor de los derechos civiles de la gente de raza negra. Fue miembro de la National Association for the Advancement of Colored People y escribió mucho sobre la necesidad de implementar leyes favorables a la igualdad racial. Dos de sus libros fueron adaptados al cine (mudo en la época) en 1926 y 1927 por el productor y director afroamericano Oscar Micheaux.

Era un hombre culto, pero también tenía un gran sentido del humor y era poco amigo del excesivo envaramiento de ciertos críticos literarios. En este relato, publicado en la prestigiosa revista *Atlantic Monthly* en 1904, saca a pasear su ironía. Nos pone delante de un asunto peliagudo, que sigue ahora tan vigente como hace cien años: el escritor que desdeña el éxito... ¿lo hace por una creencia profunda en la pureza de la literatura o para disimular que lo ha intentado pero ha sido un fracaso? Es el caso de Baxter, el miembro más erudito del selecto club literario Bodleiano. Es reacio a publicar y cuando la directiva del club le propone hacer una tirada de cincuenta ejemplares de un poemario suyo no accede fácilmente. ¿Es desprecio a la banalidad de publicar o miedo a estrellarse?

EL *PROCUSTO* DE BAXTER

CHARLES W. CHESNUTT

E l *Procusto* de Baxter es una publicación del Club Bodleiano. Este club está integrado por hombres de cultura interesados por los libros y el coleccionismo de libros. Recibió su nombre, como es obvio, de la famosa biblioteca homónima, y no solo llegó a ser una especie de santuario en nuestra ciudad para los amantes de la buena encuadernación y las ediciones raras, sino que de vez en cuando recibía la visita ocasional de peregrinos llegados de muy lejos. Por el Bodleiano pasaron personalidades famosas del mundo de la literatura y el teatro, como Mark Twain y Joseph Jefferson. El club cuenta con una amplia colección de recuerdos personales de destacados autores, entre ellos un pisapapeles que en su día fuera de Goethe, el lápiz de grafito que empleaba Emerson, una carta de puño y letra de Matthew Arnold y una astilla de un árbol tallado por el señor Gladstone. Su biblioteca alberga una nada desdeñable cantidad de libros raros, entre los que figura una buena colección sobre ajedrez, juego este que apasionaba a algunos de sus miembros.

Las actividades de nuestra sociedad, sin embargo, no se circunscriben únicamente a los libros. Disponemos de una sede muy bonita, en cuya decoración se ha invertido discernimiento y buen gusto en abundancia.

Adornan el vestíbulo muchos cuadros, incluidos los retratos de los sucesivos presidentes del club. Además de los libros, puede que el rasgo más distintivo del club sea nuestra colección de pipas. Un amplio expositor de la sala de fumadores —un espacio en realidad superfluo, dado que se permite fumar en toda la sede— contiene el que acaso sea el surtido de pipas más completo que haya existido jamás en el mundo civilizado. A decir verdad, una regla no escrita es que nadie puede aspirar a ser miembro del club sin aportar una nueva variedad de pipa, que se adjunta a la solicitud de ingreso y, si el candidato es aceptado, se deposita en la colección del club, sin perder por ello su título de propiedad. Una vez al año, con motivo del aniversario del fallecimiento de sir Walter Raleigh, que, como se recordará, fue quien introdujo el tabaco por primera vez en Inglaterra, se celebra por norma un encuentro plenario. Este día se prepara una gran cantidad de la mejor mezcla de tabaco. A las nueve en punto, los miembros retiran su pipa del expositor, la cargan de tabaco y, con su presidente a la cabeza, fumando a todo fumar, desfilan en solemne procesión de sala en sala, escaleras arriba y escaleras abajo, hasta completar una ronda por toda la sede que concluye en la sala de fumadores. El presidente ofrece entonces un discurso y todos los presentes son llamados a decir algo, ya sea una cita o un sentimiento original, en alabanza de las virtudes de la nicotina. Concluida así la ceremonia, que recibe el ingenioso nombre de «cargar la espoleta», se procede a una limpieza exhaustiva de las pipas y a su restitución en el expositor.

Ahora bien, como ya he señalado, la *raison d'être* del club, y el elemento en que reside su fama, es su colección de libros raros, entre los que destacan con creces sus publicaciones propias. Hasta sus catálogos son obras de arte, impresas en ediciones numeradas y solicitadas por bibliotecas y coleccionistas de libros. En los comienzos de su historia, el club emprendió la publicación ocasional de libros que reunieran los criterios de esta sociedad cultural: piezas que pusieran el acento en aquellas cualidades por las que un libro resulta valioso para los coleccionistas. La antigüedad, naturalmente, quedaba excluida, pero en lo tocante a la calidad y curiosidad de la encuadernación, el uso de papel tela elaborado a mano, los bordes de las páginas picoteados o sin pasar por la guillotina, la amplitud de los márgenes y las ediciones limitadas, el club tenía plenos poderes sobre sus propias publicaciones. La cuestión de los contenidos, obligado es reconocerlo, era una consideración de menor relevancia. En un principio, la comisión de publicaciones decidió que únicamente los mejores productos de la inteligencia humana merecían ser consagrados en los hermosos volúmenes que planeaban publicar. La extensión de la obra era un elemento importante: los trabajos extensos no eran compatibles con los amplios márgenes y la gracia que confiere la esbeltez. Por ejemplo, imprimimos *La balada del anciano marinero* de Coleridge, un ensayo de Emerson y otro de Thoreau. Nuestro *Rubaiyat* de Omar Jayam era una traducción de Heron-Allen del manuscrito original que se conservaba en la Biblioteca Bodleiana de Oxford, una versión que, si bien no tan poética como la de Fitzgerald, era menos común. Hace unos años empezamos a publicar las obras de nuestros miembros. El *Ensayo sobre las pipas* de Bascom fue un logro muy respetable. Se publicó en una edición limitada de cien ejemplares que, por tratarse de una obra inédita hasta la fecha y registrada bajo el *copyright* del club, era lo suficientemente rara para ser valiosa. La segunda publicación propia fue el *Procusto* de Baxter.

He omitido decir que una o dos veces al año, en un acto debidamente comunicado, se celebra una subasta en el Bodleiano. Los miembros del club envían sus ejemplares duplicados, o aquellos libros de los que desean deshacerse por cualquier motivo, para ser subastados al mejor postor. En estas ventas, muy concurridas, las publicaciones del club han sido las más solicitadas a lo largo de los últimos años. Hace tres años, el ejemplar número 3 del *Ensayo sobre las pipas* de Bascom se vendió por quince dólares: el coste original de la edición era de un dólar con setenta y cinco centavos. En esa misma sesión, un ejemplar sin guillotinar de la misma obra se vendió por treinta dólares. En la siguiente subasta, el precio del ejemplar guillotinado ascendió a veinticinco dólares, mientras que el del ejemplar sin guillotinar alcanzó la suma de setenta y cinco dólares. El club siempre ha apreciado el valor de los ejemplares con sus páginas sin pasar por la guillotina, pero este espaldarazo económico aumentó inmensamente su atractivo. Este auge del *Ensayo sobre las pipas* tuvo un efecto contagioso sobre todas las publicaciones del club. El ensayo de Emerson pasó de tres a diecisiete dólares y el de Thoreau, un autor mucho menos leído y de escaso éxito comercial, según confesara el propio autor, aumentó algo su valor. Una vez inflados los precios, no se permitió que bajaran apreciablemente. Como cada miembro del club era dueño de uno o varios de estos valiosos ejemplares, todos tenían un interés evidente por conservar el precio. Sin embargo, la publicación que alcanzó los precios más elevados, y de no haber sido por una prudente reflexión posterior podría haber dado al traste con todo el sistema, fue el *Procusto* de Baxter.

Baxter era, quizá, el miembro más erudito del club. Licenciado en Harvard, había viajado y leído extensamente, y aunque no fuera un coleccionista tan entusiasta como algunos de nosotros, contaba con una biblioteca personal tan selecta como la de cualquier hombre de su edad en la ciudad. Tenía alrededor de treinta y cinco años cuando se afilió al club, y al parecer una experiencia amarga —cierta decepción en el amor o en sus ambiciones— había dejado huella en su carácter. De pelo rubio y rizado, tez clara y ojos grises, cabía esperar que Baxter fuera un hombre de temperamento afable y tendencia a la verbosidad. Pero, pese a sus ocasionales destellos de humor, su actitud habitual se caracterizaba por un leve cinismo que, sumado a su filosofía pesimista y lúgubre, tan ajena al temperamento que debiera acompañar a su tipo físico, solo podía explicarse mediante la hipótesis de una pena secreta como la que he sugerido. Cuál podía ser nadie lo sabía. Era un hombre de recursos y posición social, además de extraordinariamente guapo. Que siguiera soltero a los treinta y cinco años respaldaba en parte la teoría de un desengaño amoroso, si bien los pocos amigos íntimos de Baxter que pertenecían al club no podían verificarla.

Se me ocurrió, vagamente, que quizá Baxter fuera un autor sin éxito. Que era poeta lo sabíamos muy bien, y de vez en cuando circulaban entre nosotros copias mecanografiadas de sus versos. Pero siempre había manifestado tal desprecio por la literatura moderna, había expresado una compasión tan desmedida por los esclavos de la pluma, cuyo reconocimiento y sustento dependían del capricho de un público sin capacidad de discernimiento, que ninguno de nosotros sospechó jamás que tuviera aspiraciones de publicar, hasta que, como ya he dicho, un día se me ocurrió que la actitud de Baxter con respecto a la publicación podía entenderse como consecuencia además de como causa: que su desdén de la publicidad podía tener su origen fácilmente en su fracaso, o bien que el hecho de no haber publicado nunca pudiera deberse al desdén preconcebido de la vulgar popularidad que uno por fuerza debe compartir con el púgil o el maestro del balón del momento.

La idea de publicar el *Procusto* de Baxter no surgió de Baxter, justo es aclararlo. De todos modos, había hablado con varios miembros del club de su poema, hasta que todo el mundo tuvo noticia de que Baxter estaba trabajando en algo bueno. De vez en cuando leía breves pasajes a un pequeño círculo de amigos en el salón o en la biblioteca —nunca más de diez líneas de una vez ni a más de cinco personas—, y estos fragmentos nos dieron a unos cuantos de nosotros una idea bastante buena del motivo y el alcance del poema. Yo, por ejemplo, deduje que era una pieza muy en la línea de la filosofía de Baxter. La sociedad era el Procusto que, como el bandido de la Grecia antigua, capturaba a todo hombre nacido en el mundo y lo obligaba a encajar en algún modelo preconcebido, en general aquel para el que peor adaptado estuviera. El mundo estaba lleno de hombres y mujeres que se sentían como pez fuera del agua. La mayoría de los matrimonios eran infelices porque los contrayentes no estaban hechos el uno para el otro. La religión era principalmente superstición y la ciencia en su mayor parte *sciolismo;* la educación popular solo era un medio de obligar a los idiotas y reprimir a los brillantes, de tal modo que los jóvenes de la generación ascendente se adaptaran al mismo nivel, plano y anodino, de mediocridad democrática. La vida no tardaría en resultar tan monótonamente uniforme y tan uniformemente monótona que apenas merecería la pena vivir.

Fue Smith, creo, el primero en proponer que el club publicase el *Procusto* de Baxter. El propio poeta no mostró demasiado entusiasmo cuando se planteó la cuestión; al principio puso algunos reparos, con el argumento de que el poema no era digno de ser publicado. Luego, ante la propuesta de limitar la edición a cincuenta ejemplares, accedió a considerarlo. Cuando yo, recordando mi teoría secreta del fracaso de Baxter como autor, señalé que la edición al menos estaría en poder de los amigos, que sería difícil para cualquier crítico hostil hacerse con un ejemplar y que si no cosechaba éxito desde el punto de vista literario el alcance del fracaso quedaría limitado al tamaño de la edición, Baxter quedó visiblemente impresionado. Cuando la comisión literaria por fin decidió solicitar formalmente a Baxter el privilegio de publicar su *Procusto,* el autor consintió con evidente reticencia y a condición de supervisar personalmente la impresión, la encuadernación y el envío de los ejemplares, previa entrega del manuscrito a la comisión y consideración de sus opiniones sobre la impresión del libro.

El manuscrito se presentó puntualmente en la comisión literaria. Baxter había manifestado su deseo de que el poema no se leyera en voz alta en una reunión del club, como era la costumbre, pues quería presentarlo al mundo debidamente ataviado, y el comité llegó aún más lejos. Con plena confianza en el buen gusto y la erudición de Baxter, los integrantes de la comisión, en un alarde de gran delicadeza, se abstuvieron incluso de leer el manuscrito, contentándose con las explicaciones del autor sobre el tema general y los asuntos que bajo este se agrupaban. Los detalles de la producción se discutieron, sin embargo, a fondo. El papel sería de tela, hecho a mano, de la fábrica de Kelmscott Mills; el tipo de letra, gótica con las capitulares «rubricadas». La cubierta, elegida por el propio Baxter, sería de cuero verde oscuro, con una orla de gorros de bufón repujada en rojo, y las guardas de tafilete granate con un motivo en estampado ciego. Se autorizó a Baxter que contratara al impresor y supervisara la publicación. La edición completa de cincuenta ejemplares numerados se vendería en pública subasta, por adelantado, al mejor postor, a razón de un solo ejemplar por persona, y las ganancias se destinarían al pago de la impresión y la encuadernación; el remanente, si lo hubiera, iría a las arcas del club, y Baxter recibiría un ejemplar en concepto de remuneración. Baxter manifestó su desacuerdo en este punto, con el argumento de que su ejemplar probablemente valdría más del equivalente a las regalías de la edición, el diez por ciento habitual, pero al final se avino a aceptar un ejemplar de autor.

Mientras se consideraban los detalles del *Procusto,* alguien leyó, en una de nuestras reuniones, una nota de una revista en la que se afirmaba que un ejemplar precintado de una nueva traducción de los *Sonetos* de Campanella, publicados por el Club Grolier, se había vendido por trescientos dólares.

Esto causó una honda impresión en todos. Era una idea novedosa. Una nueva obra podía consagrarse de este modo en una especie de relicario de relicarios, y si este fuera el deseo del coleccionista, quedaría protegida para siempre de la profanación de cualquier mirada vulgar o incapaz de apreciar su valor. El poseedor de semejante tesoro podría disfrutarlo con los ojos de la imaginación, a la vez que experimentaba la exaltación de captar lo que para otros era inalcanzable. Tanto impresionó la idea a los miembros de la comisión literaria que se la presentaron a Baxter en relación con el *Procusto*. Comoquiera que Baxter no puso ningún reparo, se indicó a los suscriptores que quisieran recibir sus ejemplares precintados que se lo notificaran al autor. Formulé mi solicitud. Al fin y al cabo, un buen libro era una inversión y, si había algún modo de aumentar su rareza y por tanto su valor, yo estaba más que dispuesto a aprovechar la ventaja.

Una vez listo el *Procusto* para su distribución, cada uno de los suscriptores recibió su ejemplar por correo, en un bonito estuche de cartón. Todos iban envueltos en un papel transparente y fino, aunque muy resistente, que permitía ver con claridad el diseño y el repujado de la cubierta. Se incluyó en el envoltorio el número de cada ejemplar y se sellaron los extremos de los pliegues con lacre, estampado con el emblema del club, como garantía de inviolabilidad.

En la siguiente reunión del Bodleiano se habló mucho del *Procusto* y se llegó al acuerdo unánime de que era la mejor muestra de obra impresa jamás publicada por el club. En virtud de una curiosa coincidencia, nadie había llevado consigo su ejemplar, y las dos copias del club aún no habían llegado del encuadernador, que, según Baxter, se había retrasado con el fin de añadir ciertos retoques. A petición de un miembro que no había abonado la suscripción del volumen, se constituyó un comité integrado por tres socios para presentar una reseña del *Procusto* en la próxima reunión literaria del club. Tuve el dudoso honor de formar parte de este comité.

En cumplimiento de mi deber, era mi obligación leer el *Procusto*. Muy probablemente tendría que haber empleado mi propio ejemplar a tal efecto, de no haberse interpuesto una de las subastas del club entre el momento de mi designación y la fecha señalada para la discusión de la obra. En esta subasta, se puso a la venta un ejemplar del libro, todavía sellado, que fue adquirido por el precio sin precedentes de ciento cincuenta dólares. A la vista de la suma alcanzada y en atención a mis propios intereses, no podía estropear mi ejemplar, abriéndolo, y me vi así forzado a recabar información sobre el poema de otras fuentes. Como no quería parecer un mercenario, no dije nada de mi propio ejemplar y tampoco intenté pedir uno prestado. Sí le comenté a Baxter, someramente, que me gustaría echar un vistazo a su juego de pruebas, pues quería copiar algunas citas para mi reseña y prefería no confiar mi ejemplar a un mecanógrafo con este fin. Baxter me aseguró, dando amplias muestras de arrepentimiento, que las había tirado al fuego, por considerarlas de escasa importancia. Su indiferencia por los valores literarios me resultó algo exagerada. Las galeradas de *Hamlet*, corregidas por el propio Shakespeare, tendrían un valor casi incalculable.

En la siguiente reunión del club observé que Thompson y Davis, que integraban conmigo el comité, no tardaron en sacar el asunto del *Procusto* en la sala de fumadores y parecían impacientes por conocer las opiniones de los demás sobre el poema de Baxter, supuse que con la teoría de que la apreciación de cualquier reseña literaria dependía más o menos de la medida en que esta reflejaba la opinión de aquellos a quienes debía presentarse. Suponía, naturalmente, que Thompson y Davis habían leído el libro —lo habían comprado por suscripción— y ardía en deseos de conocer su opinión.

—¿Qué pensáis —pregunté— del pasaje sobre los sistemas sociales?

He olvidado decir que el poema estaba escrito en verso libre y dividido en partes, cada una con su título correspondiente.

—Bueno —contestó Davis, a mi juicio con cierta cautela—, no es exactamente spenceriano, aunque le hace algún guiño a Spencer, con una leve desviación hegeliana. Yo diría que es una armoniosa fusión de las mejores ideas de todos los filósofos modernos, con un fuerte aroma baxteriano.

—Sí —asintió Thompson—. El encanto de ese capítulo reside justamente en esa cualidad. El estilo es una emanación del intelecto del propio Baxter: se ha escrito a sí mismo en el poema. Conociendo a Baxter, estamos en posición de apreciar el libro, y después de haberlo leído nos parece conocer mucho más íntimamente... al auténtico Baxter.

Baxter había llegado mientras tenía lugar este diálogo y estaba junto a la chimenea, fumando una pipa. No tenía yo plena certeza de si la leve sonrisa que veía en sus facciones era una muestra de placer o de cinismo; de todos modos, era baxteriana, y para entonces yo había aprendido que no siempre se podía deducir la opinión de Baxter sobre ningún asunto a partir de su expresión facial. Por ejemplo, cuando murió el hijo del portero del club, un niño tullido, Baxter señaló, con muy poca delicadeza a mi juicio, que sin duda era lo mejor para el pobre diablo y que el portero se había quitado un buen peso de encima. Y una semana después, el portero me contó, en confianza, que Baxter había pagado una operación muy cara, con la esperanza de prolongar la vida del pequeño. No saqué por tanto ninguna conclusión de la sonrisa, algo enigmática, de mi compañero. Vi con cierto alivio que abandonaba la sala en este punto de la conversación.

—Por cierto, Jones —dijo Davis, dirigiéndose a mí—, ¿te han impresionado las ideas de Baxter sobre la degeneración?

Como había oído con frecuencia a Baxter manifestar sus opiniones sobre la tendencia al declive general de la civilización moderna, me sentí con seguridad para discutir sus ideas en términos generales.

—Creo —fue mi respuesta— que están en armonía con las de Schopenhauer, pero sin su amargura; con las de Nordau, pero sin su frivolidad. Su materialismo es el de Haeckel, presentado con algo del encanto de Omar Jayam.

—Sí —asintió Davis—. Responde a la fatigosa exigencia de nuestra época... el rechazo de un optimismo sin fundamento... y expresa por todos nosotros la valentía de la filosofía humana frente a lo desconocido.

Recordaba vagamente haber leído algo similar en alguna parte, pero se han escrito tantas cosas que es casi imposible discutir cualquier asunto de importancia sin tomar prestados de vez en cuando, de manera inconsciente, pensamientos o expresiones de otros. La cita, como la imitación, es un grado superior del halago.

—El *Procusto* —dijo Thompson, a quien se le había asignado la reseña de la métrica— está escrito en versos sonoros de inolvidable melodía y encanto; y al mismo tiempo tan estrechamente interrelacionados que difícilmente pueden citarse aislados sin demérito del autor. Para apreciar el poema hay que leerlo como un todo, y así voy a decirlo en mi reseña. ¿Qué dirás tú de la tipografía? —me preguntó. Me correspondía supuestamente analizar la excelencia técnica del volumen desde el punto de vista del experto.

—La composición es una joya —señalé con aire crítico—. La cubierta verde oscura tiene estampados espléndidos, la letra gótica inglesa y el papel tela de buena calidad lo convierten en una de nuestras publicaciones más selectas. La tipografía es sin duda la mejor de DeVinne, no hay nada mejor a este lado del Atlántico. El texto es como un río elegante y hermoso que surca con delicadeza la amplia pradera comprendida entre los márgenes de las páginas.

Por algún motivo me ausenté unos momentos de la sala. Al salir al vestíbulo casi me doy de bruces con Baxter, que estaba cerca de la puerta, delante de una estampa de caza de estilo algo cómico que había en la pared, y sonreía con un gesto de inmensa satisfacción.

—¡Qué escena tan ridícula! —observó—. Mira a ese hidalgo viejo y gordo a lomos de ese caballo alto. ¡Me apostaría lo que fuera a que no pasa de la primera valla!

Fue un buen farol, pero no consiguió engañarme. Detrás de aquella máscara de indiferencia, Baxter estaba impaciente por saber qué pensábamos de su poema, y se había quedado en el vestíbulo para oír nuestra conversación sin incomodarnos con su presencia. Disimulaba la alegría que le causaban nuestros comentarios fingiendo interés por la estampa de caza.

La noche de la presentación del *Procusto* había una nutrida asistencia de socios, además de unos cuantos invitados, entre ellos el primo de un socio, un joven inglés que por primera vez se encontraba de visita en Estados Unidos. Algunos lo habíamos conocido en otros clubes y reuniones sociales, y nos había parecido un muchacho muy alegre, rebosante de un entusiasmo juvenil y una ingenua ignorancia de lo americano que volvía sus opiniones refrescantes y, a veces, divertidas.

Los ensayos críticos fueron bien ponderados, aunque algo vagos. Se elogió a Baxter por sus excelentes dotes poéticas.

—Nuestro hermano Baxter —dijo Thompson— no debería seguir ocultando su talento. Esta joya, por supuesto, es propiedad del club, pero el mismo cerebro del que ha salido tan exquisita obra puede producir otras capaces de inspirar y deleitar a quien sepa apreciarlas.

—La visión que el autor tiene de la vida —observó Davis—, tal como se presenta en estos hermosos versos, nos ayudará a soportar la pesada carga de la existencia al revelarnos esas verdades profundas de la filosofía que encuentran esperanza en la desesperación y placer en el dolor. Confiemos que, cuando el autor se sienta preparado para ofrecer al mundo en general, de una forma más plena, los pensamientos de los que aquí se nos ha permitido probar una muestra, un pequeño rayo de luz de su fama se pose sobre el Bodleiano, que jamás perderá el orgulloso privilegio de decir que Baxter figuró entre sus miembros.

Yo destaqué a continuación la belleza del volumen como pieza de impresión y encuadernación. Conocía, por mis conversaciones con el comité de publicación, el tipo de letra, con sus capitulares rubricadas, y veía la cubierta a través del envoltorio de mi ejemplar lacrado. El cuero verde oscuro, dije, a modo de resumen, tipificaba la seria visión de la vida del autor, como algo que soportar con la mayor paciencia posible. La orla de gorros de bufón era un símbolo de las falsas apariencias con las que el optimista buscaba engañarse hasta creer que la vida era algo deseable. La complejidad del estampado ciego de las guardas era un presagio del destino ciego que nos dejaba en la ignorancia de nuestro futuro y nuestro pasado, incluso de lo que podía traer el presente. La letra gótica, con sus capitulares rubricadas, significaba un pesimismo filosófico ilustrado por la convicción de que uno debe encontrar en el deber, al fin y al cabo, pretexto para la vida y una esperanza para la humanidad. Sometida a la aprobación del Bodleiano, esta obra, de la que cabía afirmar que representaba todo cuanto el club defendía, bastaba por sí sola para justificar su existencia. Aunque no hubiera hecho otra cosa, aunque no hiciera nada más, el Bodleiano había producido una obra maestra.

En la mesa que tenía a mi lado, había un ejemplar sellado del *Procusto* que era, creo, de uno de los integrantes del comité, y lo levanté en alto un momento para subrayar uno de mis comentarios, pero volví a dejarlo en su sitio enseguida. Al tomar asiento, me fijé en que el joven Hunkin, nuestro invitado de Inglaterra, sentado al otro lado de la mesa, estaba examinando el volumen con interés. Leída la última reseña y ya extinguidos los generosos aplausos, algunos llamaron a Baxter.

—¡Baxter! ¡Baxter! ¡El autor! ¡El autor!

Baxter había escuchado la lectura sentado en un rincón y conseguido con notable éxito, según me pareció, esconder bajo su máscara de indiferencia cínica la euforia que seguramente sentía. Pero este arranque de entusiasmo era demasiado incluso para él, y saltaba a la vista que pugnaba con una fuerte emoción cuando se levantó para tomar la palabra.

—Caballeros y miembros del Bodleiano, me produce un placer libre de afectación... un placer sincero... quizá algún día sepan ustedes cuánto... no me atrevo a decirlo en este momento... ver el cuidado con que su comité ha leído mis humildes versos y la simpatía con que mis amigos han respondido a mis opiniones de la vida y la conducta. Les doy mil veces gracias y, si les digo que estoy demasiado emocionado para hablar, confío en que me disculpen por no añadir nada más.

Baxter volvió a su asiento mientras se reanudaban los aplausos, interrumpidos por una súbita exclamación.

—¡Caramba! —dijo nuestro invitado inglés, que seguía sentado a la mesa—. ¡Qué libro tan extraordinario!

Todos se congregaron a su alrededor.

—Miren —exclamó, sosteniendo el volumen—. Han hablado tanto del dichoso libro, amigos míos, que quería ver cómo era; así que he desatado la cinta y cortado las páginas con este abrecartas que hay aquí, y he descubierto... he descubierto que no hay una sola línea escrita. ¿No lo sabían?

La más profunda consternación siguió a este anuncio, que resultó ser completamente cierto. Todo el mundo comprendió por instinto, sin más indagaciones, que el club había sido víctima de una estafa. Baxter huyó en mitad del tumulto posterior, pero más tarde tuvo que comparecer ante una comisión, donde ofreció la endeble excusa de que los libros precintados y con las páginas sin cortar siempre le habían parecido una idiotez y simplemente

tenía curiosidad por ver hasta qué punto podían llegar las cosas, y el resultado demostraba su convicción de que un libro sin nada dentro era tan útil para un coleccionista como un libro que encarnara la obra de un genio. Se ofreció a pagar todas las facturas del falso *Procusto* o a sustituir los ejemplares en blanco por el texto real, como prefiriésemos. Tras semejante insulto, como es natural, al club ya no le interesaba el poema. Se le permitió, no obstante, abonar los gastos, y se le insinuó sin demasiada sutileza que su baja del club sería tramitada favorablemente. Nunca llegó a presentarla, porque se fue a Europa poco después y el asunto cayó en el olvido. Al calor inicial del disgusto por la hipocresía de Baxter, muchos repudiamos nuestros ejemplares del *Procusto,* algunos se los enviamos al autor por correo, acompañados de notas hirientes, y otros los arrojaron al fuego. Unos pocos espíritus más sabios conservaron los suyos y, al conocerse los hechos, los auténticos coleccionistas que había entre nosotros se percataron de que el volumen era en cierto modo una publicación única.

—Baxter —señaló nuestro presidente una tarde al selecto grupo de socios que nos habíamos reunido alrededor de la chimenea— era más listo de lo que pensábamos o de lo que él acaso reconocería. Su *Procusto,* desde la perspectiva del coleccionista, es completamente lógico y puede considerarse una cumbre de la edición. Para el auténtico coleccionista, un libro es una obra de arte, y su contenido no reviste mayor importancia que el texto de una ópera. La calidad de la encuadernación es un desiderátum y, en cuanto a su coste, el del *Procusto* no podría mejorarse. El papel está por encima de toda crítica. Al auténtico coleccionista le encantan los márgenes amplios, y el *Procusto,* que es todo márgenes, apenas roza el punto de fuga de la perspectiva. Cuanto menor sea el tamaño de la edición mayor es el deseo del coleccionista por hacerse con un ejemplar. Me han dicho que solo quedan seis ejemplares del *Procusto* sin guillotinar, y tres copias precintadas, de una de las cuales soy el afortunado propietario.

Tras esta información, no es de extrañar que, en la siguiente subasta, un ejemplar precintado del *Procusto* de Baxter se adjudicara, tras una animada puja, por doscientos cincuenta dólares, el precio más alto jamás alcanzado por un volumen publicado por el club.

El legado

VIRGINIA WOOLF (1882-1941)

Virginia Woolf es una de las autoras más influyentes del siglo xx y la figura clave del efervescente grupo de Bloomsbury, que reunió en Londres a algunos de los más agudos literatos y artistas británicos del primer tercio del siglo xx. En algunos de sus libros más celebrados pone en práctica la técnica del «flujo de conciencia», donde la historia se despliega por medio de las voces interiores de los diversos protagonistas en una polifonía de voces. Su compromiso por los derechos de la mujer fue siempre muy decidido. Se sigue reeditando, por ejemplo, *Una habitación propia*. Frente a situaciones como la de la maravillosa Jane Austen, escribiendo en la mesa del comedor mientras atiende a sus sobrinos y las tareas de casa, Woolf reivindica con firmeza para la mujer la necesidad de un espacio propio para crear.

En *El legado* vemos esa técnica del flujo de conciencia que nos permite penetrar en la perplejidad del viudo y en la voz de la mujer que ya no está. Ella ha dejado como legado un denso diario en varios volúmenes que su marido lee como si se adentrara en una tierra incógnita. De hecho, necesitará de una guía de lectura, la antigua secretaria de su mujer, Sissy Miller. El hombre, tan ocupado siempre en sus propias cosas, se da cuenta de lo muy poco que conocía a su mujer y de cuántas cosas pasaron desapercibidas sin percatarse.

EL LEGADO

Virginia Woolf

«Para Sissy Miller.» Gilbert Clandon cogió el broche de perlas perdido entre un montón de anillos y broches sobre la mesita de la sala de estar de su mujer y leyó la inscripción: «Para Sissy Miller, con cariño».

Era muy propio de Angela acordarse incluso de Sissy Miller, su secretaria. Y, sin embargo, qué extraño resultaba, pensó una vez más Gilbert Clandon, que lo hubiera dejado todo tan ordenado... un regalito para cada uno de sus amigos. Como si hubiera presentido su muerte. Gozaba de excelente salud cuando salió de casa esa mañana, seis semanas atrás; cuando cruzó la calle en Piccadilly y el coche la mató.

Gilbert Clandon estaba esperando a Sissy Miller. Le había pedido que viniese; le debía, eso pensaba Gilbert, esa muestra de gratitud, luego de tantos años de servicio. Sí, siguió pensando, mientras la esperaba, era extraño que Angela lo hubiera dejado todo tan ordenado. Todos los amigos habían recibido una pequeña muestra de su afecto. Cada anillo, cada collar, cada cajita china —sentía pasión por las cajitas— llevaba un nombre grabado. Y cada objeto le traía a Gilbert algún recuerdo. Este se lo había regalado él; ese —el delfín de esmalte con ojos de rubí— se lo había encontrado Angela en un callejón de Venecia. Gilbert recordaba el grito de alegría que lanzó al verlo. Para él, claro está, no había dejado nada en particular, a menos que se tratara del diario. Los quince volúmenes, encuadernados en piel verde, se encontraban apilados a su espalda, en el escritorio de Angela. Siempre, desde que se casaron, Angela había llevado un diario. Algunas de sus contadas... no podía llamarlas peleas, digamos riñas... tuvieron su origen en ese diario. Cuando Gilbert entraba y la encontraba escribiendo, Angela siempre cerraba el diario o lo tapaba con la mano. «No, no, no», Gilbert aun le oía decir, «quizá cuando me haya muerto». De modo que se lo había dejado, como herencia. Lo único que no habían compartido en vida de ella. Pero Gilbert siempre dio por sentado que Angela le sobreviviría. Si se hubiera detenido un momento a pensar en lo que estaba haciendo ahora estaría viva. Pero había cruzado la calle sin mirar, según declaró el conductor del vehículo en el curso de la investigación. No tuvo ocasión de frenar... El ruido de voces en el vestíbulo interrumpió sus reflexiones.

—La señorita Miller, señor —anunció la doncella.

Sissy Miller entró. Gilbert jamás había estado a solas con ella y, mucho menos, llorando. Estaba muy afectada, y no era para menos. Angela había sido para ella mucho más que una jefa. Había sido una amiga. Para él, pensó Gilbert, apenas se diferenciaba de cualquier mujer de su clase. Había miles de Sissys Miller: mujercillas vulgares, provistas de carteras negras. Pero Angela, con su capacidad para comprender a los demás, había descubierto todo tipo de cualidades en Sissy Miller. Era la discreción personificada, siempre callada; tan leal y digna de confianza que podías contarle cualquier cosa.

La señorita Miller no pudo decir nada al principio. Tomó asiento, secándose las lágrimas con un pañuelo. Luego hizo un esfuerzo.

—Perdóneme, señor Clandon —se disculpó.

Gilbert respondió con un murmullo. Por supuesto que la comprendía. Era natural. Sabía lo que su mujer había significado para ella.

—He sido tan feliz aquí —comentó Sissy Miller, mirando alrededor. Posó la mirada en el escritorio situado detrás de Gilbert. Allí era donde trabajaban ella y Angela. Porque Angela asumía las obligaciones que le caen en suerte a la mujer de un político eminente. Angela había sido su máximo apoyo a lo largo de toda su carrera. Gilbert la había visto muchas veces allí sentada con Sissy... Sissy ante la máquina de escribir, copiando cartas al dictado. Sin duda la señorita Miller estaba pensando lo mismo. Gilbert ya no tenía más que entregarle el broche que su mujer había dejado para ella. Parecía un regalo incongruente. Habría sido mejor dejarle algún dinero o incluso la máquina de escribir. Pero ahí estaba: «Para Sissy Miller, con cariño». Y, cogiendo el broche, se lo entregó a Sissy acompañado de un pequeño discurso que había preparado para la ocasión. Estaba seguro, dijo Gilbert, de que sabría apreciarlo. Su mujer lo había lucido en muchas ocasiones... Y Sissy contestó, al recibir el broche, como si ella también hubiese preparado un discurso, que lo guardaría como un tesoro... Gilbert suponía que la señorita Miller tendría otros vestidos más acordes con el broche de perlas. Sissy llevaba el abrigo negro y la falda negra que parecía ser el uniforme de las secretarias. Gilbert recordó entonces que iba de luto. Ella también había sufrido su tragedia personal... un hermano al que adoraba había muerto tan solo un par de semanas antes que Angela. ¿Había sido un accidente? Solo recordaba que Angela se lo había contado; Angela, con su capacidad de compasión, parecía terriblemente afectada. Entre tanto, Sissy Miller se había levantado. Se estaba poniendo los guantes. Era evidente que no quería molestar. Pero Gilbert no podía dejar que se marchara sin hablar de su futuro. ¿Qué planes tenía? ¿Podía hacer algo por ella?

Sissy tenía la mirada fija en la mesa ante la que se sentaba para escribir a máquina, la mesa donde estaban los diarios. Y, perdida en sus recuerdos de Angela, tardó en responder al ofrecimiento de Gilbert. Por un momento pareció no comprender. De manera que él repitió:

—¿Qué planes tiene, señorita Miller?

—¿Planes? Ah, no hay ningún problema, señor Clandon —exclamó—. Por favor, no se preocupe por mí.

Le había obligado a decir que no necesitaba ayuda económica. Se dio cuenta de que habría sido mejor formular ese tipo de ofrecimiento por escrito. Todo cuanto podía hacer ahora era decirle mientras le daba la mano: «Recuerde, señorita Miller, si puedo hacer algo por usted, será un placer...».

Luego abrió la puerta. Sissy Miller se detuvo un momento en el umbral, como si de pronto se acordara de algo.

—Señor Clandon —dijo, mirándole fijamente por primera vez; y por primera vez él se sintió sorprendido por la expresión de sus ojos, compasiva a la vez que inquisidora—. Si alguna vez puedo hacer algo por usted, recuerde, lo consideraré un placer, en recuerdo de su esposa...

Y dicho esto se marchó. Sus palabras y la expresión que las acompañaron resultaron inesperadas. Era como si la señorita Miller creyera, o esperase, que Gilbert la necesitaba. Una idea curiosa, casi fantástica, le asaltó cuando volvió a sentarse. ¿Sería posible que durante todos esos años en los que él apenas había reparado en ella, Sissy Miller hubiera albergado en su interior, como dicen los novelistas, una auténtica pasión por él? Se vio reflejado en el espejo al pasar. Tenía unos cincuenta años; y no podía dejar de reconocer que aún era, tal como demostraba el espejo, un hombre de aspecto muy distinguido.

—¡Pobre Sissy Miller! —dijo, medio riendo. ¡Cuánto le habría gustado compartir esa broma con Angela! Instintivamente se dirigió hacia los diarios. «Gilbert», leyó, abriéndolo al azar, «estaba guapísimo...». Era como si Angela hubiese respondido a su pregunta. Por supuesto, parecía decir Angela, eres un hombre a quien las mujeres encuentran muy atractivo. Por supuesto, Sissy Miller también lo pensaba. Continuó leyendo. «¡Qué orgullosa estoy de ser su mujer!» Y él siempre se había sentido muy orgulloso de ser su marido. En muchas ocasiones, cuando salían a cenar fuera, Gilbert la miraba desde el otro lado de la mesa y pensaba: ¡Es la mujer más adorable de todo el local! Siguió leyendo. Ese primer año Gilbert se presentaba como candidato al Parlamento. Recorrieron todo el distrito electoral. «Cuando Gilbert se sentó el aplauso fue abrumador. El público se puso en pie y cantó: "Es un muchacho excelente". Yo estaba muy emocionada.» Él también lo recordaba. Angela estaba sentada en la tribuna, a su lado. Gilbert aún veía la mirada que le dirigió, con los ojos llenos de lágrimas. ¿Y luego? Pasó las páginas. Habían ido a Venecia. Gilbert recordaba muy bien esas felices vacaciones, tras ser elegido. «Tomábamos helados en Florian.» Gilbert sonrió... Angela era todavía una niña; le volvían loca los helados. «Gilbert me ofreció un relato interesantísimo de la historia de Venecia. Me contó que los Duces...», lo había escrito todo con su letra de colegiala. Una de las cosas maravillosas de viajar con Angela era que siempre estaba ansiosa por aprender. Siempre decía que era terriblemente ignorante, como si ese no fuera precisamente uno de sus encantos. Luego —abrió el volumen siguiente— volvieron a Londres. «Tenía tantas ganas de causar buena impresión que me puse mi traje de novia.» Gilbert la veía sentada junto al anciano sir Edward, conquistando a aquel hombre maravilloso; su jefe. Leyó rápidamente, rememorando una escena tras otra a partir de aquellos fragmentos deshilvanados. «Cenamos en la Cámara de los Comunes... Fuimos a una fiesta en Lovegroves. Lady L. me preguntó si era consciente de mi responsabilidad como esposa de Gilbert.» Luego, a medida que pasaban los años —había cogido otro volumen del escritorio—, Gilbert se había dejado absorber cada vez más por su trabajo. Y Angela, claro está, empezó a pasar cada vez más tiempo sola. Al parecer, para Angela había sido muy doloroso no tener hijos. «¡Cuánto me gustaría», confesaba en una entrada, «que Gilbert tuviera un hijo!». Por extraño que parezca él nunca lo había lamentado demasiado. La vida le resultaba rica y plena tal como era. Ese año le ofrecieron un puesto menor en el gobierno. No era más que un puesto menor, pero el comentario de Angela fue el siguiente: «¡Ahora estoy completamente segura de que llegara a ser primer ministro!». Bueno, si las cosas hubieran transcurrido de otro modo tal vez habría sido posible. Aquí se detuvo a especular sobre lo que podría haber ocurrido. La política era un juego, pensó; pero la partida aún no había concluido. No a los cincuenta años. Recorrió rápidamente con la mirada más páginas, llenas de pequeños detalles, detalles insignificantes y felices que constituían la vida diaria de Angela.

Tomó otro volumen y lo abrió al azar. «¡Qué cobarde soy! ¡He vuelto a dejar pasar la oportunidad! Pero me parecía egoísta molestar a Gilbert con mis problemas cuando él tiene tanto en qué pensar. Y casi nunca pasamos la velada solos.» ¿Qué significaba eso? Ah, más adelante había una explicación... Angela se refería a su trabajo en East End. «Finalmente he hecho acopio de valor y se lo he contado a Gilbert. Se ha mostrado muy amable y complaciente. No ha puesto ninguna objeción.» Gilbert recordaba aquella conversación. Angela le había dicho que se sentía ociosa, inútil. Que le gustaría tener una ocupación propia. Quería hacer algo —se había sonrojado de un modo delicioso, recordó Gilbert, mientras hablaba sentada en esa misma silla— por los demás. Él se burló un poco de ella. ¿No le bastaba con cuidar de él y ocuparse de la casa? En todo caso, si eso le divertía, él no tenía nada que objetar. ¿Qué sería? ¿Un distrito? ¿Un comité? Solo debía prometer que no caería enferma. Y a partir de ese momento todos los miércoles iba a White Chapel. Gilbert recordaba lo poco que le gustaba cómo vestía Angela en esas ocasiones. Pero al parecer ella se lo había tomado muy en serio. El diario estaba lleno de referencias del tipo: «He ido a ver a la señora Jones... Tiene diez hijos... Su marido perdió un brazo en un accidente... He hecho todo lo posible por encontrar un trabajo para Lily». Gilbert pasó a otra parte. Su nombre aparecía cada vez menos. Su interés decreció. Algunas de las anotaciones no significaban absolutamente nada para él. Por ejemplo: «He tenido una violenta discusión con B. M. sobre el socialismo». ¿Quién era B. M.? No lograba adivinar a quién correspondían las iniciales; alguna mujer, supuso Gilbert, a la que Angela había conocido en uno de sus comités. «B. M. atacó con violencia a las clases altas... Después de la reunión di un paseo con él e intenté convencerlo. Pero es muy estrecho de miras.» De modo que B. M. era un hombre... sin duda uno de esos «intelectuales» como ellos mismos se llaman, violentos y estrechos de miras, como decía Angela. Al parecer ella le había invitado a visitarla. «B. M. ha venido a cenar. ¡Le dio la mano a Minnie!» El signo de exclamación sirvió para completar la imagen mental de Gilbert. Al parecer, B. M. no parecía acostumbrado a las criadas; le había dado la mano a Minnie. Tal vez fuera uno de esos trabajadores sumisos que airean sus opiniones en los salones de las damas. Gilbert conocía muy bien a esa clase de hombres y no sentía la menor simpatía por aquel espécimen en particular, fuera quien fuese el tal B. M. Ahí estaba otra vez. «He ido con B. M. a la Torre de Londres... Dice que la revolución esta próxima... Dice que vivimos en el Paraíso de los Idiotas.» Ese era precisamente el tipo de frase que diría B. M... Gilbert casi le oía decirlo. También lo veía con absoluta claridad... un hombrecillo rechoncho, de barba descuidada y corbata roja, vestido con un traje de *tweed,* como todos los hombres de su clase, hombres que no habían trabajado honradamente ni un solo día en toda su vida. ¿Tendría Angela el suficiente sentido común para darse cuenta de eso? Siguió leyendo. «B. M. dijo cosas muy desagradables de...» El nombre estaba tachado. ¿Sería el suyo? ¿Era esa la razón por la que Angela se apresuraba a cubrir la página cuando él entraba? Este nuevo pensamiento se sumó a su creciente antipatía hacia B. M. Había tenido la insolencia de criticarlo en su propia casa. ¿Por qué Angela no le había contado nada? Era impropio de ella ocultar las cosas; siempre había sido la inocencia personificada. Siguió pasando las páginas, buscando todas las alusiones a B. M. «B. M. me ha contado la historia de su infancia. Su madre trabajaba de asistenta... Cuando pienso en ello no soporto seguir viviendo con tanto lujo... ¡Gastarse tres guineas en un sombrero!» ¡Si Angela le hubiera hablado del asunto en lugar de calentarse la cabeza con cuestiones demasiado difíciles para ella! B. M. le había prestado libros. Karl Marx. «La revolución está próxima.» Las iniciales B. M., B. M., B. M. volvían a su mente una y otra vez. Pero ¿por qué no recordaba el nombre completo? Había un desenfado, una intimidad en el uso de las iniciales muy poco propio de Angela. ¿Le llamaría B. M. cara a cara? Siguió leyendo. «B. M. se presentó inesperadamente después de cenar. Por fortuna estaba sola.» Eso había ocurrido hacía solo un año. «Por fortuna», ¿por qué por fortuna?, «estaba sola.» ¿Dónde estaba él esa noche? Consultó su agenda. Había cenado en Mansion House. ¡Y B. M. y Angela habían pasado la velada solos! Intentó recordar lo que ocurrió aquella noche. ¿Lo esperó ella levantada cuando volvió a casa? ¿La habitación tenía el mismo aspecto de siempre? ¿Había copas encima de la mesa? ¿Había sillas juntas? No recordaba nada... absolutamente nada, nada salvo su discurso durante la cena en Mansion House. La situación se le hacía cada vez más inexplicable: su mujer recibía a un desconocido cuando estaba sola en casa. Tal vez el siguiente volumen le aclarase algo. Se lanzó precipitadamente sobre el último de los diarios... el que Angela había dejado inacabado al morir. En la primera página aparecía otra vez aquel maldito individuo. «He cenado sola con B. M... Se puso muy nervioso. Dijo que ya era hora de hablar con claridad... He intentado que me escuchara. Pero no quería. Amenazó con que si yo no...» el resto de la página estaba tachada. Había escrito «Egipto. Egipto.

Egipto» de arriba abajo. Gilbert era incapaz de pronunciar palabra; pero no cabía más que una interpretación: el muy canalla le había pedido que fuese su amante. ¡A solas en esta habitación! La sangre se le subió a la cabeza. Pasó las páginas a toda prisa. ¿Qué había respondido Angela? Las iniciales desaparecieron. Ahora era simplemente «él». «Ha venido otra vez. Le he dicho que no podía tomar ninguna decisión... le he suplicado que me dejase.» ¿La había amenazado en esta misma casa? ¿Por qué Angela no le había dicho nada? ¿Era posible que hubiese dudado siquiera un instante? A continuación leyó: «Le he escrito una carta». Luego había varias páginas en blanco. Más tarde decía: «Ha cumplido sus amenazas». Y después... ¿qué venía después? Pasó una página tras otra. Todas estaban en blanco. Hasta que allí, justo el día antes de su muerte, había escrito: «¿Tengo yo también valor para hacerlo?». Ese era el final.

Gilbert Clandon dejó caer el diario al suelo. Veía a Angela ante sus ojos. La veía en el momento de cruzar la calle, en Piccadilly. Angela tenía la mirada fija; los puños apretados. El coche se acercaba...

Gilbert no podía soportarlo. Tenía que saber la verdad. Corrió al teléfono.

—¡Con la señorita Miller! —Se hizo el silencio. Luego oyó que algo se movía por la habitación.

—Dígame —respondió finalmente la voz de la señorita Miller.

—¿Quién es B. M.? —tronó Gilbert Clandon.

Gilbert oyó el tictac del reloj barato sobre la repisa de la chimenea de la señorita Miller; luego oyó un largo y profundo suspiro. Sissy dijo al fin:

—Era mi hermano.

Era su hermano; su hermano que se había suicidado.

—¿Está usted ahí? —oyó preguntar a la señorita Miller—. ¿Hay algo que pueda explicarle?

—¡Nada! —exclamó Gilbert—. ¡Nada!

Ya tenía su legado. Angela le había contado la verdad. Se había arrojado a la calzada para reunirse con su amante. Se había arrojado a la calzada para huir de él.

Una sociedad

VIRGINIA WOOLF (1882-1941)

En vez de ir a la escuela Virginia Woolf, fue educada en la casa familiar de Kensington, rodeada de libros. Sin embargo, no tuvo una infancia dulce: su primera crisis depresiva llegó con la muerte de su madre. Los abusos sexuales de alguno de sus hermanos también la marcaron y tuvo crisis nerviosas que derivaron en alucinaciones auditivas y voces que la atormentaban. Tal vez esas voces influyeran en su capacidad para mostrar en su literatura el flujo de conciencia de sus personajes por medio de la voz que resuena en sus cabezas. Pese a todas las dificultades y angustias, en sus buenos momentos podía tener un gran sentido del humor, como lo atestigua una mítica broma en la que participó junto a otros miembros del Grupo de Bloomsbury en la que le tomaron el pelo al mismísimo almirantazgo haciéndose pasar por una misión abisinia disfrazados con turbantes y la cara pintada de negro.

Una sociedad, publicado en una reunión de cuentos cortos de 1921, tiene esa mezcla de ironía y reivindicación que eran muy propias de ella. También es un homenaje a *Lisístrata,* la comedia griega de Aristófanes. Nos muestra a siete mujeres que fundan una sociedad y prometen no traer niños al mundo hasta no satisfacer sus deseos de tener una vida propia más cultural e intelectual. Una idea de lo más adelantada a su tiempo.

UNA SOCIEDAD

VIRGINIA WOOLF

Fue así como ocurrió todo. Seis o siete de nosotras nos reunimos un día para tomar el té. Unas miraban al otro lado de la calle, al escaparate de una sombrerería donde la luz aún brillaba intensamente sobre plumas escarlata y babuchas doradas. Otras mataban el tiempo construyendo pequeñas torres de azúcar en el borde de la bandeja del té. Al cabo de un rato, si mal no recuerdo, nos sentamos junto al fuego y comenzamos, como de costumbre, a alabar a los hombres: qué fuertes, qué nobles, qué brillantes, qué valientes, qué hermosos eran... cómo envidiábamos a esas mujeres que por las buenas o por las malas conseguían amar a uno de por vida. Hasta que Poll, que no había dicho nada, rompió a llorar. Poll, debo aclararlo, siempre ha sido un poco rara. Su padre era un hombre extraño. Le dejó una fortuna, a condición de que leyera todos los libros de la Biblioteca de Londres. La consolamos lo mejor que pudimos; pero en el fondo de nuestros corazones sabíamos que todo era en vano, pues aunque le tengamos cariño, Poll no es ninguna belleza; nunca se ata los cordones de los zapatos; y debía de pensar, mientras las demás alabábamos a los hombres, que ninguno querría casarse con ella. Por fin se secó las lágrimas. Durante un rato no dimos importancia a lo que decía. Y por extraño que parezca era absolutamente sensato. Nos dijo, como sabíamos, que pasaba la mayor parte del tiempo en la Biblioteca, leyendo. Había empezado, explicó, por la literatura inglesa de la planta superior; y se abría camino rápidamente hasta *The Times,* en la planta baja. Y ahora que solo le quedaba la mitad, o quizá una cuarta parte, había ocurrido algo terrible. Era incapaz de seguir leyendo. Los libros no eran lo que pensábamos. «¡Los libros!», gritó, poniéndose en pie y hablando con una desolación tan profunda que jamás podré olvidarlo, «¡son en su mayoría indeciblemente malos!».

Por supuesto las demás exclamamos que Shakespeare escribió libros, y también Milton y Shelley.

—Sí, claro —interrumpió ella—. Ya sé que sois personas cultas. Pero no sois miembros de la Biblioteca de Londres.

Llegado este punto sus sollozos se reanudaron. Luego, se serenó un poco, abrió uno de los libros del montón que siempre llevaba consigo... *Desde una ventana* o *En un jardín,* o algo así llevaba por título, y lo había escrito un hombre llamado Benton o Henson o algo por el estilo. Leyó las primeras páginas. Escuchamos en silencio. «Pero esto no es un libro», dijo alguien. Poll escogió otro. Esta vez era una novela histórica, aunque he olvidado el nombre del autor. Nuestra agitación aumentaba a medida que ella avanzaba en su lectura. Ni una sola palabra parecía cierta y el estilo era execrable.

—¡Poesía! ¡Poesía! —exclamamos con impaciencia—. ¡Léenos un poco de poesía!

No puedo describir la desolación que se apoderó de nosotras cuando abrió un pequeño volumen y leyó en voz alta aquella verborrea, aquella sensiblería.

—Lo ha debido de escribir una mujer —dijo una de nosotras.

Pero no. Nos dijo que lo había escrito un joven, uno de los poetas más famosos del momento. Podrán imaginar la impresión que semejante descubrimiento produjo. Y aunque todas gritamos y le rogamos que no siguiera leyendo, ella insistió y nos leyó fragmentos de las *Vidas de los Lores de la Cancillería.* Cuando hubo terminado, Jane, la mayor y más sabia de nosotras, se puso en pie y declaró que había algo que no la convencía.

—¿Por qué —preguntó— si los hombres son capaces de escribir esta morralla, desperdician nuestras madres su juventud trayéndolos al mundo?

Todas guardamos silencio; y en el silencio, aún se oía sollozar a la pobre Poll:

—¿Por qué, por qué me enseñó a leer mi padre?

Clorinda fue la primera en reaccionar:

—La culpa es nuestra —dijo—. Todas sabemos leer. Pero nadie, salvo Poll, se ha tomado la molestia de hacerlo. Yo, por ejemplo, he dado por sentado que la obligación de una mujer es pasar su juventud trayendo hijos al mundo. Admiraba a mi madre por haber criado a diez hijos; y aún más a mi abuela por haber criado a quince. Y confieso que ambicionaba criar a veinte. Hemos pasado todo este tiempo suponiendo que los hombres eran igual de industriosos y sus obras igual de meritorias. Mientras nosotras hemos dado a luz a nuestros hijos, ellos, supongo, han creado libros y cuadros. Nosotras hemos poblado el mundo. Ellos lo han civilizado. Pero ahora que sabemos leer, ¿qué nos impide juzgar los resultados? Antes de traer otro hijo al mundo debemos jurar que averiguaremos cómo es el mundo.

De modo que constituimos una sociedad para responder a distintas preguntas. Una de nosotras visitaría un buque de guerra; otra entraría en el despacho de un académico; otra asistiría a una reunión de hombres de negocios; y todas leeríamos libros, veríamos cuadros, iríamos a conciertos, mantendríamos los ojos bien abiertos en la calle y haríamos preguntas sin cesar. Éramos muy jóvenes. Juzguen ustedes nuestra ingenuidad si les digo que esa noche, antes de despedirnos, llegamos a la conclusión de que el objetivo de la vida era producir gente buena y libros buenos. Nuestras preguntas debían ir encaminadas a descubrir hasta qué punto los hombres alcanzaban entonces estos objetivos. Prometimos solemnemente que no traeríamos al mundo un solo hijo hasta que estuviéramos satisfechas. Y nos pusimos manos a la obra; unas al British Museum; otras al King's Navy; otras a Oxford; otras a Cambridge. Visitamos la Royal Academy y la Tate Gallery; escuchamos música moderna en salas de concierto, asistimos a los tribunales y vimos nuevas obras de teatro. Nadie salía a cenar sin hacer a su acompañante ciertas preguntas y anotar minuciosamente las respuestas. Nos reuníamos con regularidad y contrastábamos nuestras observaciones. ¡Qué divertidas eran aquellas reuniones! Nunca me había reído tanto como cuando Rose leyó sus notas sobre el «Honor» y nos contó cómo se había disfrazado de princesa etíope y había subido a bordo de uno de los buques de su majestad.[1] Al descubrir el engaño, el capitán fue a visitarla (esta vez vestido de civil) y le exigió una satisfacción a su honor. «¿Pero cómo?», preguntó ella. «¿Cómo?», vociferó él. «¡Con la vara, por supuesto!» Viendo que él estaba fuera de sí y que había llegado su final, Rose se inclinó y recibió, con gran asombro, seis golpecitos en el trasero. «¡El honor de la marina británica ha sido vengado!», exclamó el capitán, y, cuando se levantó, Rose vio que el sudor le corría por el rostro mientras extendía temblorosamente la mano derecha. «¡Fuera de aquí!», exclamó ella, interpretando un papel e imitando la feroz expresión del capitán. «¡Mi honor aún no ha quedado satisfecho!» «¡Habla usted como un caballero!», replicó el capitán; y se sumió luego en honda reflexión. «Si seis azotes vengan el honor de la Marina Real», musitó, «¿cuántos azotes vengan el honor de un caballero?». Afirmó que prefería dejar el caso en manos de sus superiores. Rose replicó con altivez que no podía esperar. El capitán alabó su sensatez. «Veamos», exclamó de pronto, «¿tenía su padre un coche de caballos?» «No», respondió ella. «¿Y un caballo?» «Teníamos un burro», recordó Rose, «que tiraba del arado». Al oír esto el rostro del capitán se iluminó. «Mi madre se llama...», añadió Rose. «¡Por el amor de Dios, no mencione el nombre de su madre!», gritó el capitán, temblando como un álamo y ruborizándose hasta el cuero cabelludo; y transcurrieron al menos diez minutos hasta que ella logró convencerlo de que pasara a la acción. Finalmente el capitán decretó que si Rose le propinaba cuatro azotes y medio en la parte inferior de la espalda, en el lugar por él indicado (el medio azote se lo concedía, dijo, como reconocimiento al hecho de que el tío de la bisabuela de Rose había muerto en Trafalgar), su honor quedaría intacto. Y así se hizo; luego se fueron a un restaurante; bebieron dos botellas de vino que él insistió en pagar y se despidieron con promesas de amistad eterna.

A continuación escuchamos el relato de Fanny sobre su visita a los tribunales. En su primera inspección había concluido que los jueces, o bien

---

1   Alusión a la famosa broma del Dreadnought (febrero de 1910): Virginia Woolf y cinco cómplices se disfrazaron de emperador de Abisinia y su séquito para visitar el HMS Dreadnought.

estaban hechos de madera, o bien eran una representación de grandes animales parecidos al hombre y adiestrados para conducirse con extremada dignidad, hablar entre dientes y asentir con la cabeza. Con el fin de verificar su teoría decidió liberar al montón de moscardas azules que llevaba envueltas en un pañuelo en el momento crítico de un juicio, si bien no pudo juzgar si aquellos seres daban algún indicio de humanidad, pues el zumbido de las moscas producía un sopor tan profundo que se quedó dormida y se despertó justo cuando los prisioneros eran conducidos a los calabozos. Mas, a juzgar por las pruebas que ofreció, acordamos por votación que era injusto suponer que los jueces son hombres.

Helen estuvo en la Royal Academy, mas cuando le pedimos su informe de los cuadros se puso a recitar lo que leía en un volumen azul pálido: «¡Ah!, el roce de una mano desaparecida y el sonido de una voz serena.[2] El hogar es el cazador, el hogar en la montaña.[3] Él tiró de las riendas.[4] El amor es dulce, el amor es breve.[5] Primavera, la hermosa primavera, es la reina del año.[6] ¡Ah!, Inglaterra en abril.[7] Los hombres trabajan y las mujeres lloran.[8] El sendero del deber es el camino hacia la gloria...».[9] No resistíamos tanta palabrería.

—¡No queremos más poesía! —exclamamos.

—¡Hijas de Inglaterra! —empezó a decir, sacudiéndose como un perro—. Ahora rodaré por la alfombra y comprobaré si soy capaz de agitar lo que queda de la bandera del Reino Unido. Luego tal vez... —llegado este punto rodó enérgicamente. Se levantó, y había empezado a explicarnos cómo era la pintura moderna cuando Castalia la interrumpió.

—¿Cuál es el tamaño medio de un cuadro? —preguntó.

---

2   Lord Alfred Tennyson, «Break, Break, Break».

3   Robert Louis Stevenson, *Underwoods,* «Requiem», XXI.

4   Robert Burns, «It was a'for our Rightfu' King».

5   Puede ser una alusión al «Himno a Proserpina» de A. C. Swinburne: «El laurel vive solo una estación y el amor solo es dulce por un día; / Pero el amor se vuelve amargo con la traición y el laurel no sobrevive al mes de mayo».

6   Thomas Nashe, «Spring».

7   Robert Browning, «Home-Thoughts from Abroad».

8   Charles Kingsley, «The Three Fishers».

9   Lord Alfred Tennyson, «Ode on the Death of the Duke of Wellington».

—Aproximadamente sesenta por setenta y cinco centímetros —respondió. Castalia tomaba notas mientras Helen hablaba, y cuando esta hubo terminado y las demás evitamos mirarnos a los ojos, se puso en pie y dijo:

—Según vuestro deseo he pasado la última semana en Oxbridge, haciéndome pasar por asistenta. Así pude acceder a las habitaciones de varios profesores. Intentaré daros una idea de lo que vi... pero —se interrumpió— no sé cómo hacerlo. Es tan extraño. Estos profesores —continuó— viven en grandes casas construidas en torno a espacios verdes, como una especie de colmena. Gozan de todos los servicios y todas las comodidades. Les basta con apretar un botón o encender una lamparilla. Archivan ordenadamente sus documentos. Hay libros por todas partes. No hay niños ni animales, salvo una docena de gatos callejeros y un viejo pinzón real... un macho. Recuerdo —dijo— a una tía mía que vivía en Dulwich y cultivaba cactus. Entrabamos en el invernadero por la sala de estar y veíamos docenas de cactus, feos, achaparrados, llenos de pinchos, cada uno en su maceta. El aloe florecía cada cien años, eso decía mi tía. Pero no vivió para verlo... —Le pedimos que fuese al grano—. Bien —resumió—, cuando el profesor Hobkin salió, examiné su obra de toda una vida, una edición de Safo. Es un libro de aspecto extraño, de unos veinte centímetros de grosor; no contiene todo Safo. Ni mucho menos. La mayor parte del libro es una defensa de la castidad de Safo, negada por cierto alemán, y os aseguro que la pasión con que ambos caballeros discutían, la erudición que demostraban, la prodigiosa ingenuidad con que se disputaban el uso de cierto objeto que a mí me parecía ni más ni menos que una horquilla, me dejó perpleja; sobre todo cuando la puerta se abrió y apareció el profesor Hobkin en persona. Un anciano caballero muy agradable, muy dulce, pero ¿qué podía saber *él* de la castidad?

No la entendimos.

—No, no —protestó—; es la honestidad personificada, de eso estoy segura... no se parece en nada al capitán de Rose. Yo pensaba más bien en los cactus de mi tía. ¿Qué podían saber *ellos* de la castidad?

Una vez más le rogamos que no se desviara del tema: ¿contribuían los profesores de Oxbridge a producir gente buena y libros buenos: los objetivos de la vida?

—¡De eso se trata! —exclamó—. No se me ocurrió preguntar. No se me ocurrió que fueran capaces de producir nada.

—Creo —intervino Sue— que has cometido algún error. Es probable que el profesor Hobkin fuera ginecólogo. Un erudito es un hombre muy diferente. Un erudito rebosa ingenio y humor... puede que sea adicto al vino, pero ¿eso qué importa? Es un compañero delicioso, generoso, sutil, imaginativo... como todo el mundo sabe. Pasa su vida en compañía de los seres humanos más exquisitos que hayan existido jamás.

—Humm —observó Castalia—. Quizá debería volver e intentarlo de nuevo.

Tres meses después, poco más o menos, una tarde en que yo estaba sola, apareció Castalia. Había un no sé qué en su aspecto que me conmovió profundamente; no pude contenerme y crucé precipitadamente la habitación para estrecharla entre mis brazos. No solo estaba muy hermosa, sino que además parecía de un humor excelente.

—¡Qué contenta pareces! —exclamé, mientras ella tomaba asiento.

—He estado en Oxbridge.

—¿Haciendo preguntas?

—Ofreciendo respuestas.

—¿No habrás quebrantado nuestra promesa? —pregunté con ansiedad, observando algo extraño en ella.

—Ah, la promesa —dijo con indiferencia—. Voy a tener un bebé, si te refieres a eso. No puedes imaginarte —exclamó— lo emocionante, lo hermoso, lo gratificante...

— ¿Qué? —pregunté.

—Pues... pues... responder preguntas —replicó con cierta confusión. Y entonces me contó la historia completa. Pero en mitad de su relato, que me interesaba y me emocionaba más que todo lo que había oído hasta el momento, lanzó un grito sumamente extraño, mitad de alegría, mitad de asombro...

—¡Castidad! ¡Castidad! ¡Dónde está mi castidad! —exclamó—. ¡Socorro! ¡El frasco de las sales!

En la habitación solo había un tarro de mostaza, que yo ya me disponía a administrarle cuando recobró la compostura.

—Tenías que haberlo pensado hace tres meses —le dije con severidad.

—Es verdad —admitió—. Ahora de nada sirve pensarlo. Por cierto, fue una desgracia que mi madre me llamara Castalia.

—Vamos, Castalia, tu madre... —empecé a decir cuando ella se incorporó para coger la mostaza.

—No, no, no —dijo, negando con la cabeza—. Si fueras una mujer casta habrías gritado al verme... Pero en lugar de gritar corriste a abrazarme. No, Cassandra, ninguna de las dos somos castas. —Y continuamos hablando de parecido modo.

Entre tanto la habitación se fue llenando, pues era el día señalado para analizar los resultados de nuestras observaciones. Creo que todas sintieron lo mismo que yo al ver a Castalia. Todas la besaron y comentaron cuánto se alegraban de verla. Al fin, cuando estuvimos todas reunidas, Jane se puso en pie y anunció que era hora de empezar. Dijo que llevábamos cinco años haciendo preguntas y que, si bien los resultados no eran del todo concluyentes... Pero entonces Castalia me dio un codazo y susurró que ella no estaba tan segura de eso. Se levantó, interrumpiendo a Jane en mitad de una frase, y dijo:

—Antes de que continúes quiero saber... si puedo seguir en esta habitación, porque —añadió— he de confesar que soy una mujer impura.

Todas la miramos mudas de asombro.

—¿Vas a tener un bebé? —preguntó Jane. Castalia asintió con la cabeza.

Fue extraordinario ver las distintas expresiones en los rostros de cada una. Una especie de murmullo recorrió la habitación, y capté las palabras «impura», «bebé», «Castalia». Jane, visiblemente emocionada, preguntó:

—¿Debería marcharse? ¿Es impura?

Fue tal el alboroto que a buen seguro se oyó desde la calle.

—¡No! ¡No! ¡No! ¡Que se quede! ¿Impura? ¡Tonterías!

Pero advertí que algunas de las más jóvenes, chicas de diecinueve o veinte años, se mantenían al margen, como paralizadas por la timidez. Luego, todas nos acercamos a Castalia y empezamos a hacer preguntas, hasta que una de las más jóvenes, que se había mantenido en un discreto segundo plano, se acercó tímidamente y dijo:

—¿Qué es entonces la castidad? Quiero decir, ¿es buena, es mala o no tiene ninguna importancia?

Castalia respondió en voz tan baja que no llegué a oír lo que dijo.

—Me he quedado conmocionada —dijo otra— por lo menos durante diez minutos.

—En mi opinión —terció Poll, que se estaba volviendo muy cáustica de tanto leer en la Biblioteca de Londres—, la castidad no es más que ignorancia; un estado de ánimo vergonzoso. Solo deberíamos admitir en nuestra sociedad a mujeres impuras. Voto por que Castalia sea nuestra presidenta.

Esto dio pie a una violenta discusión.

—Es tan injusto tildar a las mujeres de castas como de impuras —aseguró Poll—. Algunas de nosotras ni siquiera tenemos la oportunidad de elegir. Además, no creo que la propia Cassy sostenga que actuó de ese modo por puro amor al conocimiento.

—Él tiene solo veintidós años y es hermoso como un Dios —dijo Cassy con embeleso.

—Yo propongo —dijo Helen— que solo se permita hablar de castidad o de impureza a quienes estén enamoradas.

—¡Qué fastidio! —observo Judith, que había estado investigando sobre asuntos científicos—. Yo no estoy enamorada y me muero por presentar mis propuestas para prescindir de las prostitutas y fertilizar a las vírgenes por decreto.

Siguió hablándonos de un invento que se instalaría en las estaciones de metro y otros lugares públicos y que, previo pago de una pequeña cantidad, salvaguardaría la salud de la nación, complacería a sus hijos y aliviaría a sus hijas. Había ideado un sistema para preservar en tubos herméticos el germen de los futuros lores de la Cancillería «o de poetas, pintores o músicos», continuó, «suponiendo, claro, que estas especies no se hayan extinguido y que las mujeres aún deseen tener hijos...».

—¡Claro que deseamos tener hijos! —exclamó Castalia con impaciencia.

Jane dio un golpe en la mesa.

—Eso es precisamente lo que debemos discutir —dijo—. Hemos pasado cinco años averiguando si teníamos justificación para continuar la especie humana. Castalia se ha anticipado a nuestra decisión. Pero las demás aún tenemos que decidirnos.

Las emisarias se levantaron entonces una por una para entregar sus informes. Las maravillas de la civilización superaban con creces nuestras expectativas, y cuando comprendimos por primera vez cómo el hombre vuela por el aire, habla a través del espacio, penetra en el corazón de un átomo y abarca el universo con sus especulaciones, un murmullo de admiración surgió de nuestros labios.

—¡Estamos orgullosas —exclamamos— de que nuestras madres sacrificaran su juventud por una causa como esta!

Castalia, que había escuchado con enorme atención, parecía más orgullosa que las demás. Jane nos recordó que aún teníamos mucho que aprender, y Castalia nos rogó que nos diéramos prisa. Nos adentramos en una vasta maraña de estadísticas. Aprendimos que Inglaterra tiene una población de tantos millones, y que tal y tal porcentaje de esta población pasa hambre constantemente y está en prisión; que la media de hijos de una familia trabajadora era esta y aquella, y que un elevado número de mujeres muere a consecuencia de enfermedades relacionadas con el parto. Se leyeron informes sobre visitas a fábricas, talleres, barrios bajos y astilleros. Se ofrecieron descripciones de la Bolsa, de una gigantesca financiera de la City y de una agencia gubernamental. Se discutió sobre las colonias británicas y se ofreció un informe sobre nuestro gobierno en la India, África e Irlanda. Yo estaba sentada junto a Castalia y advertí su incomodidad.

—A este paso nunca llegaremos a una conclusión —dijo—. Puesto que al parecer la civilización es mucho más complicada de lo que pensábamos ¿no sería mejor que nos ciñéramos a nuestra investigación inicial? Estábamos de acuerdo en que el objetivo de la vida era producir buenas personas y buenos libros. Pero no hemos dejado de hablar de aviones, fábricas y dinero. Hablemos de los hombres y de sus artes, porque ese es el meollo de la cuestión.

Y así quienes recibían una invitación a cenar presentaban montones de informes con las respuestas a sus preguntas. Las preguntas se habían formulado de acuerdo con innumerables consideraciones. Un hombre bueno, habíamos concluido, debía ser honesto, apasionado y en ningún caso frívolo. Pero si el hombre poseía o no estas cualidades solo podía saberse respondiendo a preguntas a menudo muy alejadas del centro de interés. ¿Es agradable vivir en Kensington? ¿Dónde estudia su hijo... y su hija? Dígame, por favor, ¿cuánto le cuesta uno de esos cigarros? Por cierto, ¿sir Joseph es barón o es solo caballero? Muchas veces parecía que aprendíamos más con este tipo de cuestiones triviales que con preguntas más directas. «Yo acepté mi título nobiliario», explicó lord Bunkum, «porque mi esposa lo deseaba.» He olvidado cuántos títulos se han aceptado por la misma razón. «Trabajar quince horas al día, como yo trabajo...», afirmaron diez mil profesionales.

«No, claro que usted no sabe leer ni escribir. Pero ¿por qué trabaja usted tanto?» «Mi querida señora, con una familia tan numerosa...» «¡Pero *por qué* crece su familia?» Sus mujeres también lo deseaban, o tal vez era el imperio británico. Pero más significativas que las respuestas eran las negativas a responder. Muy pocos contestaban a preguntas sobre moral y religión, y las respuestas que ofrecían no eran serias. Las preguntas sobre el valor del dinero y el poder eran invariablemente eludidas y ponían en un gran aprieto a quien las formulaba.

«Estoy segura», afirmó Jill, «de que si sir Harley Tightboots no hubiera estado trinchando el cordero cuando le pregunté por el sistema capitalista me habría degollado. La única razón por la que hemos salvado el pellejo tantas veces es que los hombres son demasiado glotones por un lado y demasiado caballeros por otro. Nos desprecian demasiado para preocuparse por lo que decimos».

—Claro que nos desprecian —admitió Eleanor—. Y al mismo tiempo, ¿cómo interpretáis esto?... He estado investigando entre los artistas. Nunca ha habido mujeres artistas, ¿es eso cierto, Poll?

—Jane Austen, Charlotte Brontë, George Eliot —enumeró Poll, como quien vocea panecillos en un callejón.

—¡Malditas sean las mujeres! —exclamó alguien—. ¡Son un fastidio!

—Desde Safo no ha habido ninguna mujer de primera línea... —empezó a decir Eleanor, leyendo la cita de una publicación semanal.

—Ahora es bien sabido que Safo fue una invención en cierto modo lasciva del profesor Hobkin —interrumpió Ruth.

—En todo caso, no hay razón para suponer que ha habido mujeres capaces de escribir o que habrá mujeres capaces de escribir —continuó Eleanor—. Y sin embargo, todos los escritores que encuentro no paran de hablar de sus libros. ¡Magistral! exclamo, o ¡el mismísimo Shakespeare! (porque algo hay que decir); y os aseguro que me creen.

—Eso no demuestra nada —observó Jane—. Todos hacen lo mismo. Pero —suspiró— no parece servirnos de gran ayuda. Tal vez sería preferible ocuparse de la literatura moderna. Liz, es tu turno.

Elizabeth se puso en pie y explicó que para llevar a cabo su investigación se había vestido de hombre y se había hecho pasar por periodista.

—He leído libros nuevos con bastante frecuencia en los últimos cinco años —dijo—. Wells es el escritor vivo más popular; luego está Arnold Bennett; luego Crompton Mackenzie; McKenna y Walpole pueden citarse juntos.

—Y volvió a tomar asiento.

—¡Pero no nos has dicho nada! —protestamos—. ¿O pretendes decir que estos caballeros han superado con creces a Jane-Eliot y que la ficción inglesa está… dónde tienes ese informe…? Ah, sí, ¿«a salvo en sus manos»?

—A salvo, totalmente a salvo —aseguró, cargando el peso del cuerpo sobre uno y otro pie alternativamente—. Y estoy segura de que dan más de lo que reciben.

Todas estábamos seguras de eso.

—Pero —la presionamos— ¿escriben buenos libros?

—¿Buenos libros? —repitió, mirando al techo—. Debéis recordar —comenzó, hablando muy deprisa— que la ficción es el espejo de la vida. Y no podéis negar que la educación es de suma importancia, y que os resultaría de lo más molesto encontraros solas en Brighton a altas horas de la noche, sin saber cuál es la mejor casa de huéspedes para alojarse; y suponiendo que fuera una lluviosa tarde de domingo… ¿no sería agradable ir al cine?

—¿Y eso qué tiene que ver? —preguntamos.

—Nada… nada… nada en absoluto —replicó.

—Entonces, dinos la verdad —le suplicamos.

—¿La verdad? ¿No os parece maravilloso? —interrumpió—. El señor Chitter ha escrito un artículo semanal durante los últimos treinta años sobre el amor o sobre las tostadas con mantequilla y ha mandado a todos sus hijos a Eton...

—¡La verdad! —exigimos.

—Ah, la verdad —tartamudeó—; la verdad no tiene nada que ver con la literatura. —Se sentó y se negó a pronunciar palabra.

Todo nos parecía muy poco concluyente.

—Señoras, debemos intentar resumir los resultados —comenzó Jane, cuando un murmullo que llegaba desde hacía rato por la ventana abierta ahogó su voz.

—¡Guerra! ¡Guerra! ¡Guerra! ¡Ha estallado la guerra! —gritaban los hombres en la calle. Nos miramos horrorizadas.

—¿Qué guerra? —exclamamos—. ¿Qué guerra?

Recordamos, demasiado tarde, que nunca se nos había ocurrido enviar a nadie a la Cámara de los Comunes. Lo habíamos olvidado por completo. Nos volvimos hacia Poll, que ya había llegado a los anaqueles de historia de la Biblioteca de Londres, y le pedimos que nos ilustrara.

—¿Cómo? —exclamamos—. ¿Es que los hombres van a la guerra?

—A veces por una razón, a veces por otra —replicó tranquilamente—. En 1760, por ejemplo... —Los gritos de la calle ahogaron sus palabras—. Otra vez en 1797... En 1804... En 1866 tuvo lugar la guerra de los austriacos... En 1870 la guerra franco-prusiana... En 1900, por el contrario...

—¡Pero ahora estamos en 1914! —la interrumpimos.

—Ah, yo no sé por qué van a la guerra en esta ocasión —reconoció.

La guerra había terminado y estaba a punto de firmarse la paz cuando me encontré de nuevo con Castalia en la habitación donde celebrábamos nuestras reuniones. Empezamos a pasar con desidia las páginas de nuestros viejos cuadernos de notas.

—Es curioso —dije— ver lo que pensábamos hace cinco años.

«Estamos de acuerdo», citó Castalia, leyendo por encima de mi hombro, «en que el objetivo de la vida es producir gente buena y libros buenos». No hicimos ningún comentario al respeto. «Un hombre bueno debe ser honesto, apasionado y en modo alguno frívolo.»

—¡Qué lenguaje tan femenino! —observé.

—¡Dios mío! —exclamó Castalia, apartando el cuaderno—. ¡Qué estúpidas éramos! La culpa de todo la tuvo el padre de Poll —siguió diciendo—. Creo que lo hizo adrede... ¡qué deseo tan absurdo obligar a Poll a leer todos los libros de la Biblioteca de Londres! Si no hubiéramos aprendido a leer —dijo con amargura—, aún seguiríamos trayendo hijos al mundo en la ignorancia, y creo que en resumidas cuentas esa vida era más feliz. Ya sé lo que vas a decir sobre la guerra —me advirtió— y sobre el horror de traer hijos al mundo para ver cómo los matan, pero nuestras madres lo hicieron, y sus madres, y las madres de sus madres. Y *ellas* no se quejaban. No sabían leer. Yo he hecho cuanto he podido —suspiró— para evitar que mi hija aprendiera a leer, pero ¿de qué sirve? Ayer mismo sorprendí a Ann con un periódico en la mano, y ya empezó a preguntarme si aquello era «verdad». Luego me preguntará si Lloyd George es un buen hombre y si Arnold Bennett es un buen novelista, y finalmente si creo en Dios. ¿Cómo puedo educar a mi hija para que no crea en nada? —preguntó.

—¿Podrías enseñarle a creer que el intelecto de un hombre es, y será siempre, sustancialmente superior al de una mujer? —sugerí.

Se animó al oír estas palabras y volvió a repasar nuestras viejas notas.

—Sí —dijo—, piensa en sus descubrimientos, sus matemáticas, su ciencia, su filosofía, su erudición... —Y entonces se echó a reír—. Nunca olvidaré al viejo Hobkin y su horquilla —dijo, y siguió leyendo y riéndose, y yo pensaba que se sentía muy feliz, cuando de repente tiró el cuaderno y exclamó —: ¡Ay, Cassandra! ¿Por qué me atormentas? ¿No sabes que nuestra creencia en el intelecto masculino es la mayor de todas las falacias?

—¿Qué? —exclamé—. Pregunta a cualquier periodista, a cualquier profesor o a cualquier político del país y te dirán que los hombres son mucho más listos que las mujeres.

—¡Como si yo lo dudara! —respondió con desdén—. ¿Qué otra cosa podrían decir? ¿Acaso no los hemos criado, alimentado y protegido desde el origen de los tiempos para que fueran listos aunque no fuesen nada más?

¡Todo es obra nuestra! —exclamó—. Nosotras insistíamos en que teníamos intelecto y ahora lo hemos conseguido. Y es el intelecto —continuó— lo que está en el fondo de todo. ¿Hay algo más adorable que un niño antes de que empiece a cultivar su intelecto? Resulta hermoso mirarlo; no se da aires de nada; comprende el significado del arte y de la literatura de manera instintiva; disfruta de la vida y hace que los demás disfruten con él. Luego le enseñan a cultivar su intelecto. Se convierte en abogado, en funcionario, en general, en escritor, en profesor. Acude todos los días a una oficina. Produce un libro todos los años. Mantiene a una familia con el producto de su cerebro... ¡pobre diablo! Pronto no puede entrar en una habitación sin que los demás nos sintamos incómodos; condesciende con todas las mujeres que conoce y no se atreve a confesar la verdad siquiera a su propia esposa; en lugar de ser un regalo para nuestra vista tenemos que cerrar los ojos para abrazarlo. Cierto es que ellos se consuelan con toda clase de estrellas, toda clase de condecoraciones y toda clase de ingresos... pero ¿qué nos consuela a nosotras? ¿Pasar una semana en Lahore dentro de diez años? ¿O que el último insecto de Japón tiene un nombre que mide dos veces más que su cuerpo? ¡Por el amor de Dios, Cassandra, vamos a idear algo para que los hombres puedan tener hijos! Es nuestra única oportunidad. Porque a menos que les facilitemos alguna ocupación inocente no tendremos ni gente buena ni libros buenos; pereceremos bajo los frutos de su frenética actividad; ¡y ni un solo ser humano sobrevivirá para saber que una vez existió Shakespeare!

—Es demasiado tarde —repliqué—. Ni siquiera podemos mantener a nuestros hijos.

—Y tú me pides que crea en el intelecto.

Mientras hablábamos, los hombres gritaban a voz en cuello en la calle y, prestando atención, oímos que acababa de firmarse el tratado de paz. Las voces se desvanecieron. La lluvia que caía en ese momento impedía sin duda la correcta explosión de los fuegos artificiales.

—Mi cocinera habrá traído el *Evening News* —dijo Castalia— y Ann lo leerá mientras tomamos el té. Tengo que volver a casa.

—No sirve de nada... de nada —dije—. Una vez que ha aprendido a leer solo puedes enseñarle a creer en una cosa... en sí misma.

—Bueno, eso ya sería un cambio —dijo Castalia.

De modo que recogió los papeles de nuestra sociedad, y aunque Ann estaba muy feliz, jugando con su muñeca, le regalamos solemnemente parte del lote anunciando que la nombrábamos presidenta de la Sociedad del Futuro... ante lo cual la pobre pequeña rompió a llorar.

Je ne parle pas français

KATHERINE MANSFIELD (1888-1923)

Katherine Mansfield quiso que su familia, bastante poco afectuosa, la mandara a Londres para alejarse del ambiente gélido de su propia casa en la capital de Nueva Zelanda. Allí enseguida desarrolló sus aptitudes como escritora y violonchelista. También dio rienda suelta a su libertad interior y su bisexualidad. En su literatura siempre le interesará fijarse en las dificultades de las personas para encajar con las convenciones sociales y la manera compleja en que se relacionan. Y cuando se trataba de reflexionar sobre el mundo de los escritores no era nada condescendiente. La vanidad del escritor la asqueaba y se odiaba a sí misma cuando creía haber caído en ella.

Terminó de escribir *Je ne parle pas français* en febrero de 1918 y fue publicado por primera vez por Heron Press en 1920. En esta historia breve veremos a un escritor francés mirando el mundo con una pose de escritor que resulta bastante patética. Los artificios del escritor, su manera de ver el mundo que cree apasionada pero nos damos cuenta de que es interesada y egoísta, forman parte de su visión sin edulcorantes sobre los escritores. Los críticos no se ponen del todo de acuerdo en el significado profundo de esta historia, que tiene un punto enigmático respecto a los sentimientos del escritor francés que la relata e incluso sobre sus inclinaciones sexuales. Cada lector ha de sacar sus propias conclusiones.

JE NE PARLE PAS FRANÇAIS

KATHERINE MANSFIELD

No sé por qué me he encaprichado de este pequeño café. Es sucio y triste, tan triste... Y no es que tenga nada que lo distinga de un centenar de otros parecidos, porque no lo tiene, o que cada día acudan los mismos tipos peculiares, a quienes observar desde un rincón y reconocer y más o menos (con un marcado acento en el menos) saber de qué pie cojean.

No vayan a imaginar que ese paréntesis es una confesión de mi humildad ante el misterio del alma humana. Ni mucho menos: yo no creo en el alma humana. Nunca he creído. Creo que las personas son como maletas, que se cargan, se despachan, se zarandean, se descartan, se abandonan, se pierden y se encuentran, de repente quedan medio vacías o se llenan a reventar, hasta que por fin el Último Mozo las carga en el Último Tren y se alejan traqueteando.

A pesar de todo, esas maletas puedan resultar muy fascinantes, ¡pero que mucho! Me veo plantado delante de ellas como un oficial de aduanas, ya saben:

—¿Algo que declarar? ¿Vino, licores, cigarros, perfumes, sedas?

Y ese instante en que dudo si van a engañarme, justo antes de hacerle garabato con tiza, y luego el otro instante de duda justo después, pensando que quizá me hayan tomado el pelo, tal vez sean los dos momentos más emocionantes de la vida. Sí, para mí lo son.

Antes de empezar esta digresión larga y enrevesada, y para colmo nada tremendamente original, tan solo pretendía decir que aquí no hay maletas que revisar, porque la clientela de este café, damas y caballeros, no se sienta. No, se queda de pie en la barra, y se compone de un puñado de obreros que suben desde el río, todos empolvados de harina, cal o algo así, y unos pocos soldados, que traen a chicas delgadas, morenas, con aros de plata en las orejas y cestos del mercado en el brazo.

Madame es delgada y morena, también, de mejillas blancas y manos blancas. Bajo ciertas luces parece casi transparente, resplandece envuelta en su chal negro con un efecto extraordinario. Cuando no está sirviendo, se sienta en un taburete de cara, siempre, hacia la ventana. Sus ojos oscuros escrutan y siguen a la gente que pasa, pero no como si estuviera buscando a alguien. Tal vez hace quince años sí lo buscara, pero ahora esa postura se ha convertido en hábito. Por su aire de cansancio y desesperanza se nota que debió de rendirse hace una década, al menos...

Y luego está el camarero. No es patético, aunque desde luego de cómico no tiene nada. Nunca hace uno de esos comentarios triviales que sorprende oír en boca de un camarero (como si el pobre desgraciado fuese una especie de cruce entre una cafetera y una botella de vino, y no cupiera esperar que contuviese ni una gota de ninguna otra cosa). Es canoso, de pies planos y marchito, con unas uñas largas y quebradizas que ponen los pelos de punta cuando recoge de un zarpazo las monedas. Si no está restregando la mesa con un trapo o sacudiendo una o dos moscas muertas, se queda ahí plantado apoyando una mano en el respaldo de una silla, con un delantal demasiado largo, y en el otro brazo la servilleta sucia doblada en tres, a la espera de que lo fotografíen con relación a un asesinato atroz en el interior del café donde se halló el cadáver. Seguro que lo han visto cientos de veces.

¿Ustedes creen que cada lugar tiene una hora del día en la que cobra vida de verdad? No me refiero exactamente a eso. Más bien sería algo así: a veces hay un momento en que te das cuenta de que, casi por azar, apareces en el escenario justo cuando toca. Todo está a punto, esperándote. ¡Ah, eres

dueño de la situación! Te entran ínfulas de importancia. Y a la vez sonríes en secreto, furtivamente, porque la Vida parece contraria a concederte esas entradas triunfales, parece empeñada en arrebatártelas y hacerlas imposibles, dejándote entre bambalinas hasta que es demasiado tarde... Por una vez la has derrotado, a la muy condenada.

Gocé de uno de esos momentos la primera vez que entré aquí. Supongo que por eso sigo viniendo. Revisitar la escena de mi triunfo, o la escena del crimen donde agarré del pescuezo a esa vieja zorra e hice lo que se me antojaba con ella.

Pregunta: ¿por qué estoy tan resentido con la Vida? ¿Y por qué la veo como una ropavejera del cine americano, arrastrando los pies envuelta en un mantón mugriento, agarrada a un bastón con sus decrépitas manos?

Respuesta: el efecto directo que causa el cine americano en una mente pusilánime.

En cualquier caso, como suele decirse, la «breve tarde de invierno tocaba a su fin» y yo vagaba sin rumbo dudando si volver a casa, y de pronto me encontré aquí, caminando hasta esta silla del rincón.

Colgué mi abrigo de paño inglés y el sombrero gris de fieltro en la misma percha a mis espaldas, y, después de dar tiempo al camarero para que por lo menos veinte fotógrafos lo retrataran hasta la saciedad, pedí un café.

Me sirvió un vaso del consabido brebaje violáceo sobre el que jugueteaba un reflejo verdoso y se alejó con andar pesado, y yo me senté pegando las manos al vaso porque fuera hacía un frío tremendo.

Abstraído en mis pensamientos, de pronto me di cuenta de que estaba sonriendo. Levanté la cabeza despacio y me vi en el espejo de enfrente. Sí, ahí estaba, apoyado en la mesa, con una sonrisa solemne, furtiva, y el vaso de café humeante delante de mí, y al lado el aro del platito blanco con dos terrones de azúcar.

Abrí los ojos desmesuradamente. Había estado allí toda la eternidad, por así decirlo, y al fin cobraba vida...

Dentro del café se estaba muy tranquilo. Fuera, en la penumbra, apenas se distinguía que había empezado a nevar. Apenas se veían las siluetas de los caballos, las carretas y la gente, tenues y blanquecinas, moviéndose a través del aire etéreo. El camarero desapareció y volvió a aparecer con un haz de paja bajo el brazo. La esparció por el suelo, desde la puerta hasta el mostrador y alrededor de la estufa, con gestos humildes, casi de adoración. No me habría sorprendido que la puerta se abriera y entrara la Virgen María, a lomos de un asno, con sus dóciles manos enlazadas sobre el abultado vientre...

Qué bonito es ese último pasaje de la Virgen, ¿no creen? Mana de la pluma suavemente, con una «cadencia mortecina»[1]... Así me lo pareció entonces y decidí anotar la frase. Nunca se sabe cuándo podría venir bien un apunte como ese para redondear un párrafo. Así pues, con cuidado de moverme lo menos posible para que no se rompiera el «hechizo» (¿saben a lo que me refiero?), eché mano a algo para escribir de la mesa de al lado.

Nada de papelería fina o sobres, por supuesto, solo un trozo de papel secante rosa, sumamente suave y lacio, casi húmedo, como imagino que debe ser el tacto de la lengua de un gatito muerto.

Me quedé sentado, pero sumido en ese estado de expectación, enrollando la lengua del gatito muerto alrededor de un dedo y redondeando la suave frase en mi cabeza mientras mis ojos asimilaban los nombres de las chicas y los chistes verdes y los dibujos de botellas y tazas que no se asientan bien en los platitos, desperdigados por el papel.

Todo es siempre igual... Las chicas siempre tienen los mismos nombres, las tazas nunca se asientan en los platitos; todos los corazones están atravesados por una flecha y atados con lazos.

Pero entonces, de repente, en la parte inferior del papel, en tinta verde, caí sobre aquella frasecita absurda y manida: *Je ne parle pas français.*

¡Ahí! ¡Al fin había llegado el momento, *le geste*! Y aunque estaba listo, me tomó por sorpresa, me derribó; me quedé sencillamente anonadado. Y la sensación física fue de lo más curiosa y particular, como si todo mi ser, excepto la cabeza y los brazos, todo lo que estaba por debajo de la mesa, se hubiera disuelto, derretido, convertido en agua. Tan solo quedaba mi cabeza y dos brazos, como palotes, apoyados en la mesa. ¡Ay, la agonía del momento!

---

1 En inglés, alusión a *Noche de Reyes,* de William Shakespeare.

¿Cómo describirla? No pensé en nada. Ni siquiera grité para mis adentros. Por un instante, dejé de existir. Era pura Agonía, Agonía, Agonía.

Luego se me pasó, y un segundo después estaba pensando: «¡Dios bendito! ¿Soy capaz de experimentar sensaciones tan fuertes? ¡Pero me he quedado completamente en blanco! ¡No podía expresarlo con palabras! ¡Me sobrecogió! ¡Me dejó traspuesto! ¡Ni siquiera intenté, aunque fuera vagamente, ponerlo por escrito!».

Y resoplé y resoplé, exhalando al fin: «Después de todo debo de tener una inteligencia excepcional. Una mente mediocre no podría experimentar tal intensidad de sentimientos con tanta... pureza».

El camarero ha arrimado una cerilla al fogón y ha encendido una lámpara de gas en la creciente penumbra. Mirar por la ventana no servirá de nada, madame; ya ha oscurecido. Sus manos blancas revolotean sobre el chal oscuro como dos pájaros que vuelven al nido. Están inquietas, inquietas... Se cobijan, por fin, al calor de sus brazos.

El camarero ahora corre las cortinas con una larga vara. «Todos se han ido», como dicen los niños. Y, además, no tengo paciencia con la gente que no sabe desprenderse de las cosas, que va corriendo y llorando detrás. Cuando algo se ha ido, se ha ido. Se ha acabado, punto final. ¡Pues entonces déjalo correr! No hagas caso y, si quieres consuelo, consuélate pensando que nunca vas a recuperar lo mismo que pierdes. Siempre es algo nuevo. Cambia desde el momento en que se separa de ti. Eso es así incluso cuando vas persiguiendo un sombrero que se te ha volado, y no me refiero a cosas superficiales, sino en un sentido más profundo... En la vida he tomado por norma no arrepentirme de nada y no mirar nunca atrás. Arrepentirse es desperdiciar energías sin ton ni son, y nadie que pretenda ser escritor se lo puede permitir. No puedes darle forma al arrepentimiento, no puedes construir nada, solo sirve para regodearse. Mirar atrás, por supuesto, es igual de terrible para el Arte. Te condena a ser pobre. El Arte no puede ni debe soportar la pobreza.

Je ne parle pas français. Je ne parle pas français. Mientras escribía esta última página, mi otro yo ha estado allí acechando de un lado a otro en la oscuridad. Me dejó justo cuando empecé a analizar mi gran momento, salió corriendo distraído, como un chucho extraviado que cree oír por fin, por fin, unos pasos familiares.

—¡Ratita, Ratita! ¿Dónde estás? ¿Estás cerca? ¿Eres tú esa que está asomada en el ventanal y estira los brazos para cerrar los postigos? ¿Eres tú esa tenue silueta embozada que viene hacia mí a través de los copos de nieve? ¿Eres tú esa chiquilla que empuja las puertas de vaivén en el restaurante? ¿Es esa tu oscura sombra encorvada en el coche? ¿Dónde estás? ¿Dónde estás? ¿Qué camino debo tomar? ¿Hacia dónde voy a correr? Y cada momento que sigo aquí titubeando te alejas de nuevo. ¡Ratita, Ratita!

El pobre chucho ha vuelto a entrar en el café con el rabo entre las patas, exhausto.

—Era una... falsa... alarma. No la veo... por ningún lado...

—¡Échate, entonces! ¡Échate, vamos!

Mi nombre es Raoul Duquette. Tengo veintiséis años y soy parisino, un parisino de pura cepa. De mi familia... la verdad es que no importa. No tengo familia; no quiero. Nunca pienso en la infancia. La he olvidado.

De hecho, solo hay un recuerdo memorable. Y es interesante, porque ahora me parece muy significativo cómo me representa desde el punto de vista literario. Es este.

Cuando tenía diez años más o menos, nuestra lavandera era una mujer africana, muy grande, muy oscura, con un pañuelo a cuadros sobre su pelo crespo. Cuando venía a nuestra casa siempre me prestaba una atención especial y, después de vaciar el cesto de la ropa, me metía dentro y me balanceaba, mientras yo me agarraba bien fuerte de las asas y chillaba de alegría y emoción. Era chiquitín para mi edad, y pálido, con una boquita adorable... de eso no me cabe duda.

Un día me quedé en la puerta viendo cómo se iba, y se dio media vuelta y me hizo señas, asintiendo con una sonrisa misteriosa. Ni siquiera se me ocurrió no seguirla. Me llevó hasta un pequeño cobertizo al final del camino, me alzó en sus brazos y empezó a besarme. ¡Ah, recuerdo aquellos besos! En especial los besos que me estampó en los oídos y casi me dejaron sordo.

Cuando me puse en el suelo se sacó del bolsillo una rosquilla frita cubierta de azúcar, y desanduve el camino con paso vacilante hasta nuestra puerta.

Como esta situación se repetía una vez por semana, no es de extrañar que la recuerde tan vívidamente. Además, por decirlo en plan fino, con aquellos besos «me despedí» de la niñez desde la primera tarde. Me volví muy lánguido, muy mimoso y ávido de cariño. Y con tantos estímulos, con los sentidos tan aguzados, parecía entender a todo el mundo y ser capaz de hacer lo que quería con cualquiera.

Supongo que me hallaba en un estado de excitación física, en mayor o menor medida, y eso atraía a la gente. Porque todos los parisinos están medio... Bueno, basta ya de eso. Y basta de hablar de mi infancia también. Entiérrenla bajo un cesto de la colada en lugar de un lecho de rosas y *passons oultre*.[2]

Para mí la vida comenzó en el momento que pasé a ser inquilino de un pequeño piso de soltero en la quinta planta de un edificio alto, no demasiado decrépito, en una calle que podía ser o no ser discreta. Muy práctico, eso... Allí emergí, salí a la luz y saqué los cuernos con un estudio y un dormitorio y una cocina a cuestas. Y muebles de verdad plantados en las habitaciones. En el dormitorio, un ropero con un espejo alargado, una cama grande cubierta con una colcha amarilla abullonada, una mesilla de noche con el sobre de mármol y un juego de aseo salpicado de manzanitas. En mi estudio: escritorio inglés con cajones, silla tapizada en cuero, libros, sillón, consola con abrecartas y lámpara y varios esbozos de desnudos en las paredes. No usaba la cocina salvo para echar dentro papeles viejos.

Ah, todavía puedo verme aquella primera noche, después de que los hombres de la mudanza se fueran y me las arreglara para librarme de mi abominable vieja portera, andando de puntillas, arreglándome y poniéndome delante del espejo con las manos en los bolsillos y diciéndole a la radiante imagen: «Soy un joven que tiene su propio apartamento. Escribo para dos periódicos. Estoy apostando por la literatura seria. Estoy

---

2 «Pasemos a otra cosa», siguiendo la expresión cómica que acuña François Rabelais en sus novelas de *Gargantúa y Pantagruel,* llenas de constantes juegos de palabras.

112

iniciando mi carrera. Sacaré un libro que deslumbrará a los críticos. Abordaré temas que nunca antes se han tocado. Me haré un nombre como escritor del mundo sumergido, pero no como han hecho otros antes, ¡oh, no! Con mucha candidez, y una especie de humor tierno y desde dentro, como si todo fuera muy simple, muy natural. Veo perfectamente mi camino. Nadie lo ha hecho como yo lo haré porque nadie más ha vivido mis experiencias. Soy rico... ¡rico!».

A pesar de todo, no tenía más dinero del que tengo ahora. Es extraordinario cómo se puede vivir sin dinero... Tengo un buen vestuario, ropa interior de seda, dos trajes de noche, cuatro pares de botas de cuero ligeras y cómodas, toda clase de complementos, como guantes y polveras y estuches de manicura, perfumes, un jabón muy bueno, y nada se paga. Si me hace falta dinero contante y sonante, bueno, siempre hay una lavandera africana y un cobertizo, y soy muy sincero y *bon enfant* cuando después pido la rosquilla bien rebozada de azúcar...

Y aquí me gustaría dejar constancia de algo. No por arrogancia, sino más bien con una leve sensación de perplejidad. Hasta hoy, nunca he dado el primer paso con una mujer. No es que haya conocido solo a una clase de mujeres, ni mucho menos. Pero tanto si se trataba de prostitutas como de mantenidas, de ancianas viudas, dependientas o esposas de hombres respetables, e incluso de damas literatas modernas y avanzadas en las cenas y veladas más selectas (que he frecuentado), no solo encontraba la misma predisposición, sino las mismas insinuaciones. Al principio me sorprendió. Miraba hacia el otro lado de la mesa y pensaba: «Esa joven dama tan distinguida que habla de *le Kipling* con el caballero de la barba castaña, ¿me está rozando el pie adrede?». Y nunca estaba seguro del todo hasta que le devolvía el roce.

Curioso, ¿verdad? No me parezco en nada a un príncipe azul...

Soy menudo y liviano, con piel aceitunada, ojos negros de largas pestañas y el pelo corto, negro y sedoso, y unos dientes chiquitines y cuadrados que asoman cuando sonrío. Tengo unas manos pequeñas y ágiles. Una mujer en una panadería me dijo una vez: «Son manos ideales para hacer repostería fina». Confieso que, sin ropa, tengo bastante encanto. Turgente, casi como una chica, con unos hombros tersos y un delicado brazalete de oro por encima del codo izquierdo.

Pero ¡un momento! ¿Por qué me da por escribir esas cosas sobre mi cuerpo y demás? Será por la mala vida que he llevado, esa vida sumergida. Parezco una mujerzuela en un café que tiene que presentarse con un puñado de fotografías. «Yo en camisola, saliendo de una cáscara de huevo... Yo boca abajo en un columpio, con una falda de volantes hinchada como una coliflor...». Ya saben, esas cosas.

Si lo que he escrito se les antoja superficial e impúdico y vulgar, se equivocan. Reconozco que suena así, pero no lo es en absoluto. Si lo fuera, ¿cómo podría haber experimentado lo que experimenté cuando leí aquella insignificante frase manida escrita en tinta verde, en un trozo de papel? Eso demuestra que hay algo más en mí y que soy importante de verdad, ¿no creen? Podría haber fingido cualquier cosa, menos aquel momento de angustia. ¡No! Aquello fue real.

—Camarero, un *whisky.*

Detesto el *whisky.* Cada vez que me lo llevo a la boca se me revuelve el estómago, y seguro que el brebaje que sirven aquí será especialmente nauseabundo. Solo lo pedí porque voy a escribir sobre un inglés. Nosotros, los franceses, todavía estamos tremendamente anticuados y pasados de moda en algunas cosas. Me sorprende no haberle pedido en ese mismo momento un par de pantalones bombachos de *tweed,* una pipa, dientes largos y una perilla rojiza.

—Gracias, *mon vieux.* ¿Por casualidad no tendrá una perilla rojiza?

—No, monsieur —me contesta con tristeza—. Aquí no servimos fruta.

Y, después de haber restregado una esquina de la mesa, vuelve a que le hagan otra docena de fotografías con luz artificial.

¡Puaj! ¡Esto apesta! Y la sensación de náusea cuando te dan arcadas.

—Esta bazofia es mala para emborracharse —dice Dick Harmon, dando vueltas a su vasito entre los dedos con una sonrisa lenta y soñadora. Así que se emborracha lentamente y con aire soñador, y en un momento dado empieza a cantar muy muy bajito, sobre un hombre que camina de un lado a otro intentando encontrar un sitio donde le den algo de cenar.

¡Ah! Adoraba esa canción, y adoraba la manera en que la cantaba, lentamente, lentamente, con una voz oscura, suave:

> Había un hombre en la ciudad
> que iba de aquí para allá
> buscando algo de cenar...

Parecía contener, en su solemnidad y su sobria contención, aquellos altos edificios grises, aquellas nieblas, aquellas calles interminables, aquellas nítidas sombras de los policías que simbolizan Inglaterra.

Y además ¡el tema! El tipo flaco, hambriento que camina de aquí para allá y le cierran todas las puertas porque no tiene un «hogar». Qué extraordinariamente inglés es eso... Recuerdo que acababa cuando por fin conseguía «encontrar un lugar» y pedía una empanadita de pescado, pero cuando pidió pan, el camarero se quejó con desprecio, a voces: «Aquí no servimos pan con una croqueta de pescado».

¿Qué más quieren? ¡Qué profundas son esas canciones! Reflejan el carácter de todo un pueblo; y nada francés, ¡nada!

—¡Otra vez, Dick, otra vez! —le rogaba yo, enlazando las manos y haciendo un gracioso mohín. Nunca se cansaba de cantarla.

Ahí igual. Incluso con Dick. Fue él quien tomó la iniciativa.

Lo conocí en una fiesta que daba el director de una nueva revista. Era una velada muy selecta, muy elegante. Asistieron uno o dos de los hombres más mayores y las damas eran de lo más *comme il faut.* Se sentaban en sofás cubistas con sus trajes largos de noche y consentían que les lleváramos dedales de licor de cereza y habláramos de su poesía. Porque, por lo que recuerdo, eran todas poetisas.

Imposible no fijarse en Dick. Era el único inglés presente, y en vez de circular cortésmente alrededor de la sala como hacíamos todos, se quedó quieto, apoyado contra la pared, con las manos en los bolsillos y aquel esbozo de sonrisa soñadora en los labios, contestando en un magnífico francés con su voz grave y aterciopelada a cualquier que hablara con él.

—¿Quién es?

—Un inglés. De Londres. Escritor. Y está haciendo un estudio particular de la literatura francesa moderna.

Con eso me bastó. Mi librito, *Monedas falsas,* acababa de publicarse. Era un escritor joven y serio enfrascado en mi particular estudio de la literatura inglesa moderna.

En realidad, no me dio ni tiempo a soltar mi frase antes de que él dijera, con un leve estremecimiento, como si lo sacaran del agua después de morder el anzuelo, por así decir:

—¿Quiere pasar a verme por mi hotel? Venga a eso de las cinco, así podemos hablar antes de salir a cenar.

—¡Encantado!

Me sentí tan tan halagado que tuve que dejarlo allí en ese mismo momento e ir a acicalarme y pavonearme delante de los sofás cubistas. ¡Menudo ejemplar! Un inglés reservado, serio, estudioso de la literatura francesa...

Aquella misma noche le mandé por correo una copia de *Monedas falsas* con una cordial dedicatoria, y un día o dos después cenamos juntos y pasamos la velada hablando.

Hablando, pero no solo de literatura. Descubrí con alivio que no hacía ninguna falta seguir las tendencias de la novela moderna, la necesidad de una nueva forma o la razón por la que nuestros jóvenes autores no acababan de encontrarla. De vez en cuando, como sin querer, yo lanzaba una carta que no parecía tener nada que ver con el juego, solo para observar cómo reaccionaba, pero él cada vez la recogía con la misma mirada soñadora y la misma sonrisa. Quizá murmuraba: «Qué curioso», pero como si no le pareciera curioso en absoluto.

Esa serena resignación al final se me subió a la cabeza. Me fascinaba. Me empujaba a seguir apostando más y más hasta que le lancé todas mis cartas, y entonces me recosté en la silla y miré cómo las colocaba en la mano.

—Qué curioso e interesante...

A esas alturas los dos estábamos ya bastante borrachos, y él empezó a cantar en voz baja, muy suavemente, la canción del hombre que iba de un lado a otro en busca de la cena.

Aun así, al pensar en lo que había hecho me quedé sin aliento: !e había mostrado a alguien las dos caras de mi vida. Le había contado todo tan sinceramente y fielmente como pude. Había sufrido lo indecible para explicar detalles repugnantes de mi vida sumergida que jamás podrían ver la luz en el mundo de la literatura. En conjunto, me había pintado mucho peor de lo que era: más fanfarrón, más cínico, más calculador.

Y allí estaba el hombre a quien me había confiado, canturreando y sonriendo... Me conmovió tanto que se me saltaron las lágrimas, de verdad. Lágrimas relucientes, suspendidas en mis pestañas largas y sedosas, encantadoras.

Después de aquello me llevaba a Dick a todas partes, y venía a mi apartamento y se sentaba en el sillón muy indolente, jugueteando con el abrecartas. No consigo entender por qué su indolencia y su aire soñador siempre me daban la impresión de que se había echado a la mar. Y sus ademanes pausados, lentos, parecían replicar el movimiento del barco. Era una impresión tan fuerte que a menudo, cuando estábamos juntos y se levantaba y dejaba a una mujerzuela justo en un momento en que ella no esperaba que se levantara y la dejara, sino todo lo contrario, yo le explicaba: «No puede evitarlo, encanto. Tiene que volver al barco». Y me lo creía más que ella.

En todo el tiempo que estuvimos juntos, Dick nunca se fue con una mujer. Yo a veces me planteaba si no sería completamente inocente. ¿Por qué no se lo pregunté? Porque nunca le preguntaba nada sobre sí mismo. Pero una noche, tarde, sacó su cartera y se le cayó una fotografía. La recogí y le eché una ojeada antes de devolvérsela. Era una mujer. No muy joven. Morena, atractiva, con un aire salvaje, pero con una altivez tan desencajada en todos sus rasgos que, incluso si Dick no me la hubiera quitado tan rápido, no habría seguido mirándola.

«Quita de mi vista, francés perfumado como un perrillo faldero», decía ella.

(En mis peores momentos, mi nariz me recuerda al hocico de un fox terrier.)

—Es mi madre —dijo Dick, guardando la fotografía en la cartera.

Pero de no haber sido Dick, habría estado tentado de santiguarme, solo por diversión.

Así fue como nos separamos. Mientras aguardábamos delante de su hotel una noche a que el conserje descorriera el pestillo de la verja, me dijo mirando el cielo:

—Espero que mañana haga bueno. Me marcho a Inglaterra a primera hora.

—No hablarás en serio.

—Completamente. Debo volver. Tengo trabajo pendiente que no consigo avanzar aquí.

—Pero... pero ¿has hecho todos los preparativos?

—¿Preparativos? —Casi sonrió—. No necesito hacer ninguno.

—Pero... *enfin,* Dick, Inglaterra no está al otro lado del bulevar.

—Tampoco está mucho más lejos —dijo él—. Son solo unas horas, ¿sabes?

La puerta se abrió con un chasquido.

—¡Ojalá lo hubiera sabido al comienzo de la velada! —protesté. Me sentí herido. Me sentí como debe de sentirse una mujer cuando un hombre saca su reloj y recuerda una cita que a ella no le incumbe salvo porque lo reclama con más fuerza—. ¿Por qué no me has dicho nada?

Tendió la mano y aguardó, meciéndose ligeramente en el escalón como si todo el hotel fuera su barco y el ancla pesara.

—Me olvidé. De verdad. Pero me escribirás, ¿no? Buenas noches, viejo amigo. Volveré por aquí uno de estos días.

Y entonces me quedé solo en la orilla, sintiéndome más que nunca como un perrillo faldero...

—¡Pero fuiste tú quien me silbó, al fin y al cabo, quien me pidió que viniera! Vaya un espectáculo he dado meneando la cola y brincando a tu alrededor, solo para que me dejes así, mientras el barco se hace a la mar con esa lentitud, ese aire soñador... ¡Malditos sean estos ingleses! Menuda insolencia. ¿Quién te crees que soy? ¿Un insignificante guía a sueldo de los placeres nocturnos de París? No, monsieur... Soy un escritor en ciernes, muy serio y sumamente interesado en la literatura inglesa moderna. Y me siento insultado... insultado.

Dos días después llegó una larga y encantadora carta suya, escrita en un francés exageradamente francés, pero donde decía que me echaba de menos y que contaba con que nuestra amistad se mantuviera viva, con que siguiéramos en contacto.

La leí delante del espejo del ropero (aún por pagar). Era primera hora de la mañana. Llevaba un kimono azul con aves blancas bordadas, y el pelo todavía mojado me caía sobre la frente, húmedo y lustroso.

—Retrato de madame Butterfly —dije— al enterarse de la llegada de *ce cher* Pinkerton.

Según los libros, debería haberme sentido inmensamente aliviado y contento.

«... Acercándose a la ventana, descorrió las cortinas y contempló los árboles de París, que justo empezaban a brotar en todo su verdor... ¡Dick! ¡Dick! ¡Mi amigo inglés!».

No fue así. Simplemente me sentía un poco mareado. Después de haber subido en mi primer viaje en avión, no quería volver a subir en ese momento.

Aquello pasó y, meses después, en invierno, Dick me escribió que volvía a París y se quedaría indefinidamente. ¿Podía ocuparme de buscarle alojamiento? Traía a una amiga.

Por supuesto que pude. El perrito faldero fue volando. Me vino al pelo, además, porque debía mucho dinero en el hotel adonde iba a comer, y que dos ingleses quisieran alojarse durante una temporada indefinida suponía una excelente suma a cuenta.

Mientras madame me enseñaba la habitación más grande y yo asentía diciendo que era «admirable», me pregunté, aunque solo vagamente, cómo sería la amiga. Imaginé que iba a ser o muy severa, lisa como una tabla por detrás y por delante, o alta, hermosa, vestida en un tono verde salvia, de nombre... Daisy, y con un olor dulzón a agua de lavanda.

Y es que, a esas alturas, siguiendo mi regla de no mirar atrás, prácticamente había olvidado a Dick. Incluso me costaba recordar la tonada de su canción sobre aquel pobre desgraciado...

Estuve a un tris de no presentarme en la estación, después de todo. Me había propuesto y, de hecho, me vestí con particular esmero para la ocasión.

Porque esta vez tenía la intención de encarar las cosas con Dick de otra manera. Nada de confidencias y de lágrimas en las pestañas. ¡No, gracias!

—Desde que te fuiste de París —dije, haciéndome el nudo de la corbata negra con topos plateados frente al (también pendiente de pago) espejo de encima de la repisa de la chimenea— he tenido mucho éxito, ¿sabes? Tengo dos libros más en preparación, y además he escrito una historia por entregas, *Puertas equivocadas,* que está a punto de publicarse y me dará mucho dinero. Y luego está mi librito de poemas —exclamé, agarrando el cepillo de la ropa y cepillando el cuello de terciopelo de mi nuevo abrigo azul índigo—, mi librito, *Paraguas olvidados* —y me reí, blandiendo el cepillo— ¡causó una sensación tremenda!

Era imposible no creer a la persona que se examinó al final, de los pies a la cabeza, mientras se calaba sus suaves guantes grises. Se había metido en la piel del personaje: era el personaje.

Eso me dio una idea. Saqué mi cuaderno y, aún delante del espejo, tomé un par de apuntes... ¿Cómo vas a parecerte a un personaje sin hacer el papel? ¿O ser el personaje y no parecerlo? ¿Acaso aparentar no es ser? ¿O ser, aparentar? En cualquier caso, ¿quién va a negarlo?

En el momento me pareció algo extraordinariamente profundo y original. Aun así, debo confesar que mientras sacaba el cuaderno sonriendo, oí en susurros: «¿Literato, tú? ¡Más bien parece que estés anotando una apuesta en una carrera de caballos!». Pero no presté atención. Salí, cerrando enseguida la puerta del apartamento con suavidad, para no alertar a la portera de mi partida, y por la misma razón bajé corriendo las escaleras, raudo como una liebre.

Pero, ¡ay!, la vieja araña era demasiado rápida para mí. Me dejó correr hasta el último peldaño de su telaraña y entonces se me echó encima.

—Un momento. Un momentito, monsieur —susurró, con un secretismo odioso—. Pase, pase. —Y me invitó a entrar gesticulando con un cucharón de la sopa. Fui hasta la puerta, pero no se conformó con eso. Me hizo entrar y cerró la puerta antes de empezar a hablar.

Hay dos formas de tratar con tu portera si no tienes dinero. Una es optar por la soberbia, convertirla en tu enemiga, despotricar, negarte a discutir nada; la otra es seguirle la corriente, darle jabón hasta en los dos nudos del harapo negro que le ata las mandíbulas, fingir que te confías con ella y confiar en que ella se arregle con el hombre del gas y tranquilice al casero.

Había intentado la segunda, pero ambas son igual de detestables y fallidas. En cualquier caso, sea lo que sea que intentes irá a peor, será imposible.

Se trataba del casero, esta vez... La portera imitando al casero amenazando con echarme... La portera imitando a la portera calmando al toro embravecido... La portera imitando al casero desenfrenado otra vez, resollándole en la cara. Yo era la portera. Fue nauseabundo. Y mientras tanto la olla negra borboteando en el fogón, cocinando a fuego lento el corazón y el hígado de todos los inquilinos.

—¡Ah! —exclamé mirando el reloj de la repisa, y entonces, al comprender que no funcionaba, me di un golpe en la frente, como si la idea no tuviera nada que ver—. Señora, tengo una cita muy importante con el director de mi periódico a las nueve y media. Quizá mañana podré darle...

Fuera, fuera. Y luego bajé al metro a apretujarme en un vagón lleno. Cuantos más, mejor. Cada persona era un durmiente más entre la portera y yo. Estaba radiante.

—*Pardon, monsieur!* —se disculpó la encantadora esbelta criatura de negro con unos pechos abundantes de los que colgaba un gran ramillete de violetas. Con los bandazos del tren, el ramillete se me metía en los ojos—. *Pardon, monsieur!*

Sin embargo, la miré, sonriendo con picardía.

—No hay nada que me fascine más, madame, que un balcón lleno de flores.

En el mismo momento en que lo dije, vi al hombretón enfundado en un abrigo de pieles contra quien mi encantadora dama se recostaba. Asomó la cabeza por encima del hombro de la mujer y palideció hasta la punta de la nariz; de hecho, la nariz sobresalía como una especie de queso mohoso.

—¿Qué le ha dicho a mi esposa?

Me salvó la *gare* de Saint Lazare; pero reconozcan que incluso para el autor de *Monedas falsas, Puertas equivocadas, Paraguas olvidados* y otros dos títulos en preparación no resultó nada fácil salir airoso.

Al cabo, después de que un sinfín de trenes aparecieran en mi cabeza envueltos en vapor y de que un sinfín de Dick Harmons salieran a mi encuentro, llegó el tren de verdad. Los que esperábamos apiñados en la barrera nos acercamos, alargando el cuello, y empezamos a gritar como si fuéramos una especie de monstruo de muchas cabezas y París a nuestras espaldas nada más que una trampa enorme que habíamos tendido para capturar a aquellos inocentes adormilados.

Cayeron en la trampa y quedaron atrapados y se los llevaron para devorarlos. ¿Dónde estaba mi presa?

—¡Santo cielo! —Mi sonrisa y mi mano levantada cayeron a la vez. Por un instante aterrador pensé que aquella era la mujer de la fotografía, la madre de Dick, que caminaba hacia mí vestida con el abrigo y el sombrero de Dick. En un esfuerzo —e imaginen el esfuerzo que supuso— por sonreír, sus labios se curvaron exactamente de la misma manera y se dirigió hacia mí, desencajado y salvaje y orgulloso.

¿Qué había ocurrido? ¿Qué podía haberlo cambiado así? ¿Debía mencionárselo?

Le esperé e incluso meneé adrede la cola una o dos veces como buen perro faldero para ver cómo reaccionaba, por el modo en que le decía:

—¡Buenas noches, Dick! ¿Cómo estás, viejo amigo? ¿Todo bien?

—Todo bien, todo bien. —Casi jadeó—. ¿Has reservado las habitaciones?

¡Veinte veces, santo cielo! De repente lo vi todo claro. La luz penetró en las aguas oscuras y mi marinero no se había ahogado. Me faltó poco para dar una voltereta de alegría.

Eran los nervios, por supuesto. Era turbación. Era la famosa sobriedad inglesa. ¡Cómo me iba a divertir! Podría haberle dado un abrazo.

—Sí, las habitaciones están reservadas —dije prácticamente a gritos—. Pero ¿dónde está madame?

—Ha ido a cuidarse del equipaje —resolló—. Ahí viene.

No sería aquella cría que iba al lado del viejo mozo de carga como si fuese su nodriza y acabara de levantarla de su feo carricoche para poner las cajas encima.

—Y no es madame —dijo Dick, arrastrando de repente las palabras.

En ese momento, ella lo vio y lo saludó con su diminuto manguito. Se apartó de la nodriza y se acercó corriendo y dijo algo, muy rápido, en inglés; pero él contestó en francés.

—Ah, muy bien. Me las arreglaré.

Pero antes de dirigirse al mozo, me señaló con un gesto vago y murmuró algo. Nos presentamos. Ella me tendió la mano de esa curiosa manera en que saludan las inglesas, muy erguida delante de mí y con la barbilla alta, haciendo también ella el esfuerzo de su vida para controlar una agitación desmedida, dijo, estrujándome la mano (seguro que ni siquiera sabía que era la mía):

—*Je ne parle pas français.*

—Ah, seguro que sí —contesté, tan tierno, tan atento, que podría haber sido un dentista a punto de arrancarle el primer diente de leche.

—Por supuesto que lo habla. —Dick se volvió hacia nosotros con brusquedad—. Eh, ¿no podemos tomar un coche o un taxi o algo? No vamos a quedarnos en esta maldita estación toda la noche, ¿verdad?

Fue tan grosero que tardé un instante en reponerme; y debió de darse cuenta, porque me pasó el brazo por los hombros, como en otros tiempos.

—Ay, perdóname, viejo amigo. Pero hemos tenido un viaje espantoso, atroz —me dijo. Y hablándole a ella, añadió—: Nos ha costado siglos llegar, ¿a que sí?

Ella no contestó. Agachó la cabeza y empezó a acariciar el manguito gris; iba a nuestro lado acariciando el manguito gris todo el camino.

«¿Me he equivocado?», pensé. «¿Se trata simplemente de que están a punto de que se les agote la paciencia? ¿Será solo que "necesitan una cama", como suele decirse? ¿El viaje ha sido un suplicio para ellos? ¿Sentados, quizá, muy cerca y arropados bajo la misma manta de viaje?». Esas y más preguntas me daban vueltas en la cabeza mientras el chófer ataba las cajas. Hecho eso...

—Oye, Dick. Yo volveré a casa en metro. Aquí está la dirección de vuestro hotel. Está todo arreglado. Ven a verme en cuanto puedas.

Por mi vida que creí que iba a desmayarse. Se quedó lívido hasta los labios.

—Pero tú vuelves con nosotros —exclamó—. Lo daba por hecho. Claro que vas a venir. No pensarás dejarnos.

No, renuncié. Era demasiado difícil, demasiado inglés para mí.

—Desde luego, desde luego. Encantado. Solo pensaba que quizá...

—¡Tienes que venir! —ordenó Dick al perrito faldero. Y, de nuevo, se volvió hacia ella con el mismo ademán torpe.

—Sube, Ratita.

Y Ratita entró en el agujero negro y se sentó acariciando a Ratita II sin decir una palabra.

Nos alejamos dando bandazos y traqueteando como tres dados que la vida ha decidido lanzar a su suerte.

Yo había insistido en ocupar el asiento plegable de cara a ellos, porque por nada me habría perdido los atisbos fugaces que veía cuando atravesábamos los haces de luz de las farolas. Revelaban a Dick, arrellanado bien al fondo en su rincón, con el cuello del abrigo vuelto hacia arriba, las manos hundidas en los bolsillos, y su sombrero ancho y oscuro ensombreciéndolo como si fuera una parte de él, un ala bajo la que se ocultaba. A ella la mostraban sentada muy erguida, y su preciosa carita parecía más un dibujo que una cara de verdad, tan definida y nítida era cada línea en contraste con la oscuridad flotante.

Y es que era una preciosidad. Era exquisita, pero tan frágil y delicada que cada vez que la miraba parecía la primera vez. Te causaba la misma impresión que sientes cuando has estado bebiendo té de una taza fina e inocente y de pronto, en el fondo, ves una criatura diminuta, mitad mariposa, mitad mujer, inclinándose ante ti con las manos en las mangas.

Por lo que alcanzaba a distinguir, tenía el pelo oscuro y los ojos azules o negros. Sus largas pestañas y las dos plumitas trazadas encima destacaban sobremanera.

Llevaba una capa larga y oscura, como las imágenes anticuadas de las inglesas en el extranjero. Donde asomaban los brazos había unas pieles grises; pieles grises alrededor del cuello, también, y el bonete que llevaba encasquetado era peludo.

«Metida en el papel de ratita», decidí.

Pero qué intrigante era, ¡qué intrigante! Sentí su agitación cada vez más cerca, mientras corría en su busca, y me zambullí en ella, lanzándome de lleno y adentrándome en las profundidades, hasta que al final me metí tan a fondo que me costó tanto mantener el control como a ellos.

A pesar de todo, quería actuar de la manera más descabellada, como un payaso. Empezar a cantar, con gestos grandilocuentes, señalar por la ventana y gritar: «Ahora estamos pasando, señoras y caballeros, por una de las atracciones que dan a París justa fama», saltar del taxi en marcha, trepar al techo y meterme por otra puerta; colgarme de la ventanilla y buscar el hotel a través de la lente equivocada de un telescopio roto, que a la vez también era una trompeta particularmente ensordecedora.

Me vi haciendo todas esas cosas, ya me entienden, e incluso aplaudí íntimamente juntando mis manos enguantadas, mientras le decía a Ratita:

—¿Y esta es tu primera visita a París?

—Sí, nunca he estado aquí.

—Ah, entonces tienes mucho por ver.

Y me disponía a tocar por encima los lugares de interés y los museos cuando nos detuvimos en seco.

¿Saben?, es muy absurdo, pero mientras les abría la puerta y los seguía por las escaleras hasta la cómoda del rellano, sentí que en cierto modo aquel hotel era mío.

Había un jarrón de flores en el alféizar de la ventana encima de la cómoda, e incluso fui tan lejos como para recolocar uno o dos capullos y observar el efecto mientras la directora les daba la bienvenida. Y cuando se volvió hacia mí y me entregó las llaves (el *garçon* estaba acarreando las cajas) y dijo: «Monsieur Duquette les enseñará sus habitaciones», me entraron ganas de tomar a Dick del brazo y decirle en un tono muy confidencial: «Mira, por nuestra vieja amistad estoy más que dispuesto a hacer un ligero descuento...».

Subimos, una planta tras otra. Dando vueltas y más vueltas. Pasando un par de botas en un momento dado (¿por qué nunca se ven unas botas atractivas junto a una puerta?). Cada vez más arriba.

—Me temo que están bastante arriba —murmuré como un idiota—. Pero las escogí porque...

125

Era evidente que no les importaba por qué las había elegido, así que no acabé la frase. Todo les valía. No esperaban otra cosa. Aquello solo formaba parte de la situación por la que estaban pasando: esa fue la conclusión a la que llegué.

—Por fin hemos llegado. —Corrí de una punta del pasillo a la otra, encendiendo las luces, explicando—. Pensé en esta para ti, Dick. La otra es más amplia y tiene un pequeño vestidor en la alcoba.

Mi ojo «registró» las toallas y las colchas limpias, y la ropa de cama bordada en algodón rojo. Me parecieron unas habitaciones con bastante encanto, de techos inclinados y llenas de recovecos, justo la clase de aposentos que esperas encontrar si nunca has estado en París.

Dick lanzó el sombrero encima de la cama.

—¿No debería ir a ayudar a ese muchacho con las cajas? —preguntó, a nadie en particular.

—Sí, deberías —contestó Ratita—. Pesan horrores.

Y se volvió hacia mí con el primer atisbo de una sonrisa.

—Libros, ya sabes.

Ah, él le lanzó una mirada de lo más extraña antes de salir a toda prisa. Y no solo ayudó, sino que debió de arrancarle la caja al mozo de la espalda, porque volvió tambaleándose, la soltó y entonces fue a por la otra.

—Esa es tuya, Dick —dijo ella.

—Bueno, no te importará que se quede aquí de momento, ¿no? —preguntó él, jadeante, resollando (la caja debía de pesar una barbaridad). Sacó un puñado de dinero—. Supongo que debería pagarle a este muchacho.

El *garçon*, allí de pie, parecía pensar lo mismo.

—¿Va a necesitar algo más, monsieur?

—¡No, no! —contestó Dick con impaciencia.

Pero ante eso, Ratita intervino. Demasiado deliberadamente, sin mirar a Dick, con su peculiar acento entrecortado inglés, dijo:

—Sí, me gustaría que nos trajeran té. Té para tres.

Y de pronto levantó el manguito como si tuviera las manos abrochadas dentro, y empezó a decirle al *garçon* pálido y sudoroso con ese gesto que estaba al límite de sus recursos, que pedía a gritos que la salvara con «Té. ¡De inmediato!».

Me pareció que aquello encajaba tan admirablemente en el cuadro, que era el gesto y el grito exactos que cabía esperar (aunque nunca lo habría imaginado) que salieran de una inglesa frente a una gran crisis, que casi estuve tentado de levantar la mano y protestar.

«¡No, no, no! Basta. Basta. Dejémoslo aquí. En la palabra: té. Porque realmente, realmente ha llenado tanto a su más ávido seguidor que estallará si tiene que tragarse una palabra más».

Sobresaltó incluso a Dick. Como alguien que hubiera estado inconsciente mucho mucho tiempo, se volvió lentamente hacia Ratita y la miró despacio con sus ojos exhaustos, desencajados, y murmuró con el eco de su voz soñadora:

—Sí, es una buena idea. —Y luego agregó—: Debes de estar cansada, Ratita. Siéntate.

Se sentó en una silla con unos reposabrazos de encaje; él se recostó en la cama, y yo me acomodé en la silla de respaldo rígido, crucé las piernas y me sacudí un polvo imaginario de las rodillas de los pantalones. (El parisino a sus anchas.)

Hubo una pausa minúscula, y entonces él preguntó:

—¿No vas a quitarte el abrigo, Ratita?

—No, gracias. Ahora mismo, no.

¿Iban a preguntarme también? ¿O debía levantar la mano y pedir, con una voz de bebé: «Ahora me toca a mí»?

No, no debía. No me preguntaron.

La pausa se hizo un silencio. Un silencio de verdad.

«¡Vamos, mi perrito faldero parisino! ¡Divierte a estos tristes ingleses! No es de extrañar que sea un país tan amante de los perros...».

Pero, al fin y al cabo, ¿por qué debía entretenerlos? No era mi «trabajo», como dirían ellos. Sin embargo, di un brinco vivaracho hacia Ratita.

—Qué lástima que no hayáis llegado de día. Hay una vista preciosa desde estas dos ventanas. El hotel hace esquina, y cada ventana mira hacia una calle larguísima en línea recta, ¿sabes?

  127

—Sí —dijo ella.

—No sé si suena muy fascinante —me reí—. Pero hay tanta animación, tantos chiquillos en bicicleta y gente asomada a las ventanas y... Bueno, ya lo verás tú misma por la mañana... Muy entretenido. Muy animado.

—Oh, sí —dijo ella.

Si el *garçon* pálido y sudoroso no hubiera entrado en ese momento, trayendo la bandeja del té en alto con una mano, como si las tazas fuesen balas de cañón y él un levantador de pesas de película...

Se las ingenió para dejarla encima de una mesa redonda.

—Traiga aquí la mesa —dijo Ratita. El camarero parecía ser la única persona a la que se molestaba en hablar. Sacó las manos del manguito, se quitó los guantes y echó hacia atrás la capa pasada de moda.

—¿Con leche y azúcar?

—Sin leche, gracias, y sin azúcar.

Me acerqué a por el mío como un caballerete. Sirvió otra taza.

—Esta es para Dick.

Y el fiel perrito faldero se la llevó y la puso a sus pies, por así decirlo.

—Ah, gracias —dijo Dick.

Y luego volví a mi silla y ella se hundió de nuevo en la suya.

Pero Dick estaba raro otra vez. Observó la taza de té con ojos desencajados durante unos segundos, miró alrededor, la dejó en la mesilla de noche, cogió su sombrero y tartamudeó atropelladamente:

—Por cierto, ¿te importaría mandar una carta por mí? Quiero despacharla con el correo de esta noche. Debo. Es muy urgente. —Sintiendo que lo miraba, le soltó a ella—: Es para mi madre. —Y a mí—: No tardaré. Tengo todo lo que necesito. Pero debe despacharse esta noche. ¿No te importa? No... no tardaré nada.

—Por supuesto, la mandaré. Con mucho gusto.

—¿No te tomas antes el té? —sugirió Ratita suavemente.

¿Té? ¿Té? Sí, claro, el té... Una taza de té en la mesilla de noche... En su sueño desbocado miró con una radiante y encantadora sonrisa a su pequeña anfitriona.

—No, gracias. Ahora mismo, no.

Y confiando todavía en que para mí no sería ninguna molestia, salió de la habitación y cerró la puerta, y lo oímos cruzar el pasillo.

Me escaldé con las prisas por llevar la taza de nuevo a la mesa, y dije:

—Habrás de perdonarme si te parezco impertinente..., si soy demasiado franco. Pero Dick no ha intentado disimularlo, ¿verdad? Algo no va bien. ¿Puedo ayudar?

(Música suave. Ratita se levanta, recorre el escenario durante unos momentos antes de regresar a la silla y le sirve, ay, una taza rebosante, ardiendo, que quema tanto que al amigo le lloran los ojos al tomar un sorbo, mientras la apura hasta los posos amargos...)

Me dio tiempo a hacer todo eso antes de que respondiera. Primero miró dentro de la tetera, la llenó de agua caliente y la removió con una cuchara.

—Sí, algo no va bien. Me temo que no puedes ayudar, gracias. —De nuevo me dedicó aquel atisbo de sonrisa—. Lo siento muchísimo. Debe de ser horroroso para ti.

¡Horroroso, desde luego! Ah, ¿por qué no pude decirle que hacía meses y meses que no me entretenía tanto?

—Pero estás sufriendo —aventuré suavemente, como si no soportara verlo.

No lo negó. Asintió y se mordió el labio, me pareció ver que le temblaba la barbilla.

—¿Y de verdad no hay nada que pueda hacer? —más suavemente aún.

Dijo que no con la cabeza, retiró la mesa y se levantó de un salto.

—Pronto se arreglará —suspiró, acercándose al tocador y quedándose de espaldas a mí—. Se arreglará. No puede seguir así.

—Desde luego que no —convine, preguntándome si parecería insensible que me encendiera un cigarrillo; me entraron unas ganas repentinas de fumar.

De alguna manera vio que me llevaba la mano al bolsillo de la pechera, hacía ademán de sacar la pitillera y luego la dejaba, porque a continuación dijo:

—Hay cerillas... en... el candelabro. Me he fijado antes.

Y supe por su voz que estaba llorando.

—¡Ah! Gracias. Sí, sí. Las he encontrado.

Encendí el cigarrillo y me puse a andar de un lado a otro, fumando.

Había tanto silencio que podrían haber sido las dos de la madrugada. Había tanto silencio que se oía crujir el suelo como en una casa del campo. Apuré el cigarrillo y aplasté la colilla en mi platito antes de que ella se diera la vuelta y viniera hacia la mesa.

—¿No tarda mucho Dick?

—Estás muy cansada. Supongo que quieres irte a la cama —dije con amabilidad. («Y, te lo ruego, por mí no te prives», añadí para mis adentros.)

—Pero ¿no crees que tarda demasiado? —insistió.

Me encogí de hombros.

—Un poco, sí.

Entonces vi que me miraba de un modo extraño. Estaba aguzando el oído.

—Hace una eternidad que se ha ido —dijo, y se acercó con pasitos ligeros hasta la puerta, la abrió y cruzó el pasillo hasta su habitación.

Esperé, aguzando también el oído. No habría soportado perderme una palabra. Había dejado la puerta abierta. Crucé la habitación con sigilo y fui a vigilarla. La puerta de Dick también estaba abierta. Pero no había ninguna palabra que perderse.

Me asaltó la absurda idea de que se estaban besando en aquella habitación, en silencio, un beso largo y pausado. Uno de esos besos que no solo quita las penas, sino que las cura y reconforta y arropa y las abraza hasta caer en un profundo sueño. ¡Ah, qué bueno es eso!

Finalmente, acabó. Oí que alguien se movía y se alejaba de puntillas.

Era Ratita. Volvió. Entró a tientas en la habitación, traía la carta para mí. Pero no estaba en un sobre; era solo una hoja de papel, y la sostenía de una punta, como si la tinta aún estuviera húmeda.

Estaba tan cabizbaja, tan embozada en su cuello de pieles, que no me di cuenta hasta que dejó caer el papel y se desplomó en el suelo al lado de la cama, apoyando la mejilla, lanzó las manos al aire como si hubiera perdido la última de sus escasas armas y ahora se dejara llevar, arrastrada hacia las aguas profundas.

¡Pum!, me vino la idea como un fogonazo. «Dick se ha pegado un tiro», pensé, y siguió una sucesión de fogonazos mientras me precipitaba hasta allí, veía el cuerpo, la cabeza intacta, solo el agujero azulado de una bala en la sien, despertaba a todo el hotel, organizaba el funeral, asistía al funeral, el coche de las pompas fúnebres, el chaqué nuevo...

Me agaché y recogí el papel, y créanme —tan dentro llevo mi sentido del *comme il faut* parisino—, musité «disculpa» antes de leerlo.

> Ratita, Ratita mía:
>
> No hay remedio. Es imposible. Sé que no acabará bien. Te quiero, te quiero tanto, Ratita, pero no puedo herirla así. La gente le ha hecho daño toda la vida. Sencillamente no me atrevo a asestarle este golpe final. Mira, aunque ella es más fuerte que nosotros dos juntos, a la vez es frágil y orgullosa. La mataría, la mataría, Ratita. ¡Y no puedo matar a mi madre, por Dios! Ni siquiera por ti. Ni siquiera por nosotros. Lo entiendes, ¿verdad?
>
> Todo parecía posible cuando hablábamos y hacíamos planes, pero en cuanto el tren se puso en marcha, se acabó. Sentí que me arrastraba a volver con ella, que me llamaba. La oigo ahora mientras escribo. Y está sola y no lo sabe. Un hombre tendría que ser un demonio para contárselo, y yo no soy un demonio, Ratita. No debe saberlo. Ay, Ratita, en el fondo, en el fondo de tu corazón, ¿no estás de acuerdo? Es todo tan increíblemente espantoso que no sé si quiero ir o no. ¿Será que sí, o solo es que madre me arrastra? No lo sé. Mi cabeza está demasiado cansada. Ratita, Ratita... ¿qué vas a hacer? Pero tampoco puedo pensar en eso. No me atrevo. Me derrumbaría. Y no debo derrumbarme. Lo único que tengo que hacer es... decirte esto e irme. No podría haberme marchado sin avisarte. Te habrías asustado. Y no debes tener miedo. No lo vas a tener, ¿verdad? No puedo soportar... pero basta ya. Y no escribas. No encontraría el valor de contestar tus cartas y ver tu letra enmarañada...
>
> Perdóname. Deja de quererme. No, quiéreme. Quiéreme.
>
> Dick

¿Qué les parece? ¿No fue todo un descubrimiento? El alivio que sentí al ver que no se había pegado un tiro se mezcló con una euforia maravillosa. Estaba en paz, más que en paz con mi caballero inglés y su «eso es muy curioso e interesante».

Ella sollozaba de una manera muy rara, con los ojos cerrados, la cara serena salvo por los párpados temblorosos. Las lágrimas resbalaban como perlas por sus mejillas, sin que hiciese nada para impedirlo.

Al intuir que la miraba, abrió los ojos y me vio con la carta en la mano.

—¿La has leído?

Su voz sonaba tranquila, pero ya no era su voz. Era como la voz que imaginarías saliendo de una caracola diminuta y fría traída por la corriente y seca al fin por la marea salobre...

Asentí, bastante abrumado, como comprenderán, y dejé la carta.

—¡Es increíble! ¡Increíble! —susurré.

Entonces ella se levantó del suelo, fue hasta el aguamanil, sumergió el pañuelo en la jofaina y se lo pasó por los ojos, diciendo:

—Oh, no. No es increíble, ni mucho menos.

Y presionándose todavía los ojos con el pañuelo, volvió hacia mí, hasta la silla con los reposabrazos de encaje, y se hundió en ella.

—Lo supe desde el principio, por supuesto —dijo la vocecita fría, salada—. Desde el mismo momento en que empezamos. Me atravesaba por dentro, pero no perdí la esperanza... —Y aquí bajó el pañuelo y me ofreció un último atisbo de sonrisa—, como suele pasar, por estúpido que parezca.

—Como suele pasar.

Silencio.

—Pero ¿qué vas a hacer? ¿Volverás? ¿Irás a verle?

Eso la hizo erguirse y mirarme fijamente.

—¡Vaya una idea extraordinaria! —dijo, con más frialdad que nunca—. Ni en sueños pienso ir a verle. En cuanto a volver... queda descartado. No puedo volver.

—Pero...

—Es imposible. Para empezar, todos mis amigos creen que me he casado.

Le tendí la mano.

—Ay, amiga, pobrecita mía...

Pero ella se apartó. (Un paso en falso.)

Por supuesto, había una pregunta que me rondaba en todo momento. Era odiosa.

—¿Tienes algo de dinero?

—Sí, tengo veinte libras... aquí. —Y se llevó la mano al pecho. Incliné la cabeza. Era mucho más de lo que había esperado.

—¿Y cuáles son tus planes?

Ya lo sé. Mi pregunta fue la más burda, la más estúpida que podría haberle hecho. Había sido tan dócil, tan confiada, dejándome, al menos en un sentido espiritual, sostener su cuerpecito tembloroso en una mano y acariciar su cabecita peluda... Y de pronto la abandoné a su suerte... Me arrepentí en el acto.

Se levantó.

—No tengo planes. Pero... es muy tarde. Debes irte ya, por favor.

¿Cómo podía recuperarla? Quería recuperarla. Juro que entonces no estaba actuando.

—Quiero que sientas que soy tu amigo —exclamé—. ¿Me permites que vuelva mañana, temprano? ¿Me permitirás que te cuide un poco, que me ocupe un poco de ti? ¿Recurrirás a mí para lo que creas conveniente?

Lo conseguí. Salió de su madriguera... tímidamente... pero salió.

—Sí, eres muy amable. Sí, ven mañana. Será un placer. Hace las cosas más difíciles porque... —y tomé otra vez su mano de niño— *je ne parle pas français.*

No fue hasta que llegué a la mitad del bulevar cuando lo comprendí, en toda su magnitud.

Cómo sufrían... los dos... estaban sufriendo de verdad. He visto sufrir a dos personas como no creo que vuelva a ver nunca más...

Por supuesto, saben a qué atenerse. Adivinan perfectamente lo que voy a escribir ahora. De lo contrario, no sería yo.

Nunca volví a acercarme por allí.

Sí, aún debo una suma considerable por aquellos almuerzos y cenas, pero eso no viene al caso. Mezclarlo con el hecho de que nunca volví a ver a Ratita es una vulgaridad.

Naturalmente que lo intenté. Me ponía en marcha, llegaba a la puerta, escribía y rompía cartas... pero no podía hacer el esfuerzo final.

  133

Ni siquiera ahora acabo de entender del todo por qué. Por supuesto sabía que no habría podido aguantarlo. Eso tuvo mucho que ver. Pero cabría imaginar que, como mínimo, la curiosidad no me habría impedido meter el hocico de perro faldero...

Je ne parle pas français. Ese fue su canto del cisne para mí.

Pero cómo me hace romper mis reglas... Ya lo han visto por sí mismos, pero podría darles infinidad de ejemplos.

... Al anochecer, cuando me siento en algún café lúgubre y empieza a sonar en la pianola una canción que me recuerda a ella (las hay a docenas), me dejo llevar por sueños como...

Una casita a la orilla del mar, en algún lugar muy muy lejano. Fuera hay una chica con una túnica parecida a las que llevan las pieles rojas, y saluda a un chico ágil que sube corriendo descalzo desde la playa.

—¿Qué traes?

—Un pescado.

Sonrío y se lo doy.

... La misma chica, el mismo chico, con otro atuendo, sentados en una ventana abierta, comiendo fruta y asomándose afuera y riendo.

—Todas las fresas silvestres son para ti, Ratita. No tocaré ni una.

... Una noche de lluvia. Vuelven juntos a casa bajo un paraguas. Se paran en la puerta y juntan las mejillas mojadas.

Y así uno tras otro hasta que algún viejo galán sucio se acerca a mi mesa y se sienta delante y empieza a hacer muecas y parlotear. Hasta que me oigo decir:

—Pero tengo a la chiquilla ideal para usted, *mon vieux*. Tan pequeña... tan chiquitina. —Me beso las yemas de los dedos y me las llevo al corazón—. Le doy mi palabra de honor como caballero y escritor en ciernes sumamente interesado en la literatura inglesa moderna.

Debo irme. Debo irme. Recojo mi abrigo y mi sombrero. Madame me conoce.

—¿Aún no ha cenado? —sonríe.

—No, aún no, madame.

Don Timoteo o el literato

MARIANO JOSÉ DE LARRA (1809-1837)

Larra es conocido principalmente por sus artículos periodísticos, de un costumbrismo satírico bien empapado de ácido corrosivo contra la sociedad de su tiempo, pero también escribió obras de teatro y novelas. Su faceta periodística lo convirtió en una de las voces más críticas de su tiempo: era poco complaciente con los gobiernos absolutistas de la época y se lamentaba de los muchos males de España, fundamentalmente derivados de la falta de educación, del escaso amor por la cultura y del atraso. Fue un referente para los autores de la Generación del 98 que vendría a continuación. Como escritor del Romanticismo, él mismo hizo de su vida una reivindicación pública y tras unos años de actividad intensa, se suicidó a los 27 años.

Con ese sarcasmo suyo, a la tertulia literaria donde se reunía con algunos de los escritores y pensadores más avanzados de ese primer tercio del siglo XIX la bautizó como «El Parnasillo». Un ejemplo de su ingenio ácido pero tremendamente agudo es *Don Timoteo o el literato,* publicado en *La Revista Española* en julio de 1833. Una pieza a medio camino entre el cuento, la parábola y el artículo. Su visión de los escritores, apegados a su ego como un niño a un pastel de chocolate, la deja clara desde el principio: «el amor propio ha sido en todos tiempos el primer amor de los literatos». No deja títere con cabeza.

DON TIMOTEO O EL LITERATO

MARIANO JOSÉ DE LARRA

Genus irritabile vatum, ha dicho un poeta latino. Esta expresión bastaría a probarnos que el amor propio ha sido en todos tiempos el primer amor de los literatos, si hubiésemos menester más pruebas de esta incontestable verdad que la simple vista de los más de esos hombres que viven entre nosotros de literatura. No queremos decir por esto que sea el amor propio defecto exclusivo de los que por su talento se distinguen: generalmente se puede asegurar que no hay nada más temible en la sociedad que el trato de las personas que se sienten con alguna superioridad sobre sus semejantes. ¿Hay cosa más insoportable que la conversación y los dengues de la hermosa que lo es a sabiendas? Mírela usted a la cara tres veces seguidas; diríjale usted la palabra con aquella educación, deferencia o placer que difícilmente pueden dejar de tenerse hablando con una hermosa; ya le cree a usted su *don Amadeo,* ya le mira a usted como quien le perdona la vida. Ella sí, es amable, es un modelo de dulzura; pero su amabilidad es la afectada mansedumbre del león, que hace sentir de vez en cuando el peso de sus garras; es pura compasión que nos dispensa.

Pasemos de la aristocracia de la belleza a la de la cuna. ¡Qué amable es el señor marqués, qué despreocupado, qué llano! Vedle con el sombrero en la mano, sobre todo para sus inferiores. Aquella llaneza, aquella deferencia, si ahondamos en su corazón, es una honra que cree dispensar, una limosna que cree hacer al plebeyo. Trate este diariamente con él, y al fin de la jornada nos dará noticias de su amabilidad: ocasiones habrá en que algún manoplazo feudal le haga recordar con quién se las ha.

No hablemos de la aristocracia del dinero, porque si alguna hay falta de fundamento es esta: la que se funda en la riqueza, que todos pueden tener; en el oro, de que solemos ver henchidos los bolsillos de este o de aquel alternativamente, y no siempre de los hombres de más mérito; en el dinero, que se adquiere muchas veces por medios ilícitos, y que la fortuna reparte a ciegas sobre sus favoritos de capricho.

Si algún orgullo hay, pues, disculpable, es el que se funda en la aristocracia del talento, y más disculpable, ciertamente, donde es a toda luz más fácil nacer hermosa, de noble cuna, o adquirir riqueza, que lucir el talento que nace entre abrojos cuando nace, que solo acarrea sinsabores, y que se encuentra aisladamente encerrado en la cabeza de su dueño como en callejón sin salida. El estado de la literatura entre nosotros y el heroísmo que en cierto modo se necesita para dedicarse a las improductivas letras, es la causa que hace a muchos de nuestros literatos más insoportables que los de cualquiera otro país; añádase a esto el poco saber de la generalidad, y de aquí se podrá inferir que entre nosotros el literato es una especie de oráculo que, poseedor único de su secreto y solo iniciado en sus misterios recónditos, emite su opinión oscura con voz retumbante y hueca, subido en el trípode que la general ignorancia le fabrica. Charlatán por naturaleza, se rodea del aparato ostentoso de las apariencias, y es un cuerpo más impenetrable que la célebre cuña de la milicia romana. Las bellas letras, en una palabra, el saber escribir, es un oficio particular que solo profesan algunos, cuando debiera constituir una pequeñísima parte de la educación general de todos.

Pero si, atendidas estas breves consideraciones, es el orgullo del talento disculpable, porque es el único modo que tiene el literato de cobrarse el premio de su afán, no por eso autoriza a nadie a ser en sociedad ridículo, y este es el extremo por donde peca don Timoteo.

No hace muchos días que yo, que no me precio de gran literato, yo, que de buena gana prescindiría de esta especie de apodo, si no fuese preciso que en sociedad tenga cada cual el suyo, y si pudiese tener otro mejor, me vi en la precisión de consultar a algunos literatos con el objeto de reunir sus diversos votos y saber qué podrían valer unos opúsculos que me habían traído para que diese sobre ellos mi opinión. Esto era harto difícil en verdad, porque, si he de decir lo que siento, no tengo fijada mi opinión todavía acerca de ninguna cosa, y me siento medianamente inclinado a no fijarla jamás: tengo mis razones para creer que este es el único camino del acierto en materias opinables: en mi entender todas las opiniones son peores; permítaseme esta manera de hablar antigramatical y antilógica.

Fuime, pues, con mis manuscritos debajo del brazo (circunstancia que no le importará gran cosa al lector) deseoso de ver a un literato, y me pareció deber salir para esto de la atmósfera inferior donde pululan los poetas noveles y lampiños, y dirigirme a uno de esos literatazos abrumados de años y de laureles.

Acerté a dar con uno de los que tienen más sentada su reputación. Por supuesto que tuve que hacer una antesala digna de un pretendiente, porque una de las cosas que mejor se saben hacer aquí es esto de antesalas. Por fin tuve el placer de ser introducido en el oscuro santuario.

Cualquiera me hubiera hecho sentar; pero don Timoteo me recibió en pie, atendida sin duda la diferencia que hay entre el literato y el hombre. Figúrense ustedes un ser enteramente parecido a una persona; algo más encorvado hacia el suelo que el género humano, merced sin duda al hábito de vivir inclinado sobre el bufete; mitad sillón, mitad hombre; entrecejo arrugado; la voz más hueca y campanuda que la de las personas; las manos *mijt* y *mijt,* como dicen los chuferos valencianos, de tinta y tabaco; grave autoridad en el decir; mesurado compás de frases; vista insultantemente curiosa y que acecha a su interlocutor por una rendija que le dejan libre los párpados fruncidos y casi cerrados, que es manera de mirar sumamente importante y como de quien tiene graves cuidados; los anteojos encaramados a la frente; calva, hija de la fuerza del talento, y gran balumba de papeles revueltos y libros confundidos, que bastaran a dar una muestra de lo coordinadas que podía tener en la cabeza sus ideas; una caja de rapé y una petaca: los demás vicios no se veían. Se me olvidaba decir que la ropa era adrede mal hecha, afectando desprecio de las cosas terrenas, y todo el conjunto no de los más limpios, porque este era de los literatos rezagados del siglo pasado, que tanto más profundos se imaginaban cuanto menos aseados vestían. Llegué, le vi y dije: «Este es un sabio».

Saludé a don Timoteo y saqué mis manuscritos.

—¡Hola! —me dijo, ahuecando mucho la voz para pronunciar.

—Son de un amigo mío.

—¿Sí? —me respondió—. ¡Bueno! ¡Muy bien! —y me echó una mirada de arriba abajo por ver si descubría en mi rostro que fuesen míos.

—¡Gracias! —repuse.

Y empezó a hojearlos.

—«Memoria sobre las aplicaciones del vapor.» ¡Ah! esto es acerca del vapor, ¿eh? Aquí encuentro ya... Vea usted... aquí falta una coma: en esto soy muy delicado. No hallará usted en Cervantes usada la voz «memoria» en este sentido; el estilo es duro, y la frase es poco robusta... ¿Qué quiere decir «presión» y...?

—Sí; pero acerca del vapor... porque el asunto es saber si...

—Yo le diré a usted; en una oda que yo hice allá cuando muchacho, cuando uno andaba en esas cosas de literatura... dije... cosas buenas...

—Pero ¿qué tiene que ver?...

—¡Oh!, ciertamente, ¡oh! Bien, me parece bien. Ya se ve; estas ciencias exactas son las que han destruido los placeres de la imaginación: ya no hay poesía.

—¿Y qué falta hace la poesía cuando se trata de mover un barco, señor don Timoteo?

—¡Oh! cierto... Pero la poesía... amigo... ¡oh!, aquellos tiempos se acabaron. Esto... ya se ve... estará bien, pero debe usted llevarlo a algún físico, a uno de esos...

—Señor don Timoteo, un literato de la fama de usted tendrá siquiera ideas generales de todo; demasiado sabrá usted...

—Sin embargo…, ahora estoy aquí escribiendo un tratado completo con notas y comentarios, míos también, acerca de quién fue el primero que usó el asonante castellano.

—¡Hola! Debe usted darse prisa para averiguarlo: esto urge mucho a la felicidad de España y a las luces… Si usted llega a morirse, nos quedamos a buenas noches en punto a asonantes… y…

—Sí… y tengo aquí una porción de cosillas que me traen a leer; no puedo dar salida a los que me… ¡Me abruman a consultas! ¡Oh! Estos muchachos del día salen todos tan… ¡Oh! ¿Usted habrá leído mis poesías? Allí hay algunas cosillas…

—Sí; pero un sabio de la reputación de don Timoteo habrá publicado también obras de fondo y…

—¡Oh! No se puede… no saben apreciar… ya sabe usted… a salir del día… Solo la maldita afición que uno tiene a estas cosas…

—Quisiera leer, con todo, lo que usted ha publicado: el género humano debe estar agradecido a la ciencia de don Timoteo… Dícteme usted los títulos de sus obras. Quiero llevarme una apuntación.

—¡Oh! ¡Oh!

«¿Qué especie de animal es este, iba yo diciendo ya para mí, que no hace más que lanzar para mí monosílabos y hablar despacio, alargando los vocablos y pronunciando más abiertas las *aes* y las *oes*?»

Cogí, sin embargo, una pluma y un gran pliego de papel presumiendo que se llenaría con los títulos de las luminosas obras que habría publicado durante su vida el célebre literato don Timoteo.

—Yo hice —empezó— una oda a la continencia…, ya la conocerá usted… allí hay algunos versecillos.

—«Continencia» —dije yo repitiendo—. Adelante.

—En los periódicos de entonces puse algunas anacreónticas; pero no con mi nombre.

—«Anacreónticas»; siga usted; vamos a lo gordo.

—Cuando los franceses, escribí un folletillo que no llegó a publicarse… ¡Como ellos mandaban…!

—«Folletillo» que no llegó a publicarse.

—He hecho una oda al huracán, y una silva a Filis.

—«Huracán, Filis.»

—Y una comedia que medio traduje de cualquier modo pero como en aquel tiempo nadie sabía francés, pasó por mía: me dio mucha fama. Una novelita traduje también...

—¿Qué más?

—Ahí tengo un prólogo empezado para una obra que pienso escribir, en el cual trato de decir modestamente que no aspiro al título de sabio; que las largas convulsiones políticas que han conmovido a la Europa y a mí a un mismo tiempo, las intrigas de mis émulos, enemigos y envidiosos, y la larga cadena de infortunios y sinsabores en que me he visto envuelto y arrastrado juntamente con mi patria, han impedido que dedicara mis ocios al cultivo de las musas; que habiéndose luego el Gobierno acordado y servídose de mi poca aptitud en circunstancias críticas, tuve que dar de mano a los estudios amenos que reclaman soledad y quietud de espíritu, como dice Cicerón; y en fin, que en la retirada de Vitoria perdí mis papeles y manuscritos más importantes; y sigo por ese estilo...

—Cierto... Ese prólogo debe darle a usted extraordinaria importancia.

—Por lo demás, no he publicado otras cosas...

—Conque una oda y otra oda —dije yo recapitulando—, y una silva, anacreóntica, una traducción original, un folletillo que no llegó a publicarse, y un prólogo que se publicará...

—Eso es. Precisamente.

Al oír esto no estuvo en mí tener más la risa; despedime cuanto antes pude del sabio don Timoteo, y fuime a soltar la carcajada al medio del arroyo a todo mi placer.

—¡Por vida de Apolo! —salí diciendo—. ¿Y es este don Timoteo? ¿Y cree que la sabiduría está reducida a hacer anacreónticas? ¿Y porque ha hecho una oda le llaman sabio? ¡Oh reputaciones fáciles! ¡Oh pueblo bondadoso!

¿Para qué he de entretener a mis lectores con la poca diversidad que ofrece la enumeración de las demás consultas que en aquella mañana pasé? Apenas encontré uno de esos célebres literatos, que así pudiera dar su voto como en legislación, en historia como en medicina, en ciencias exactas como en... Los literatos aquí no hacen más que versos, y si algunas excepciones hay y si existen entre ellos algunos de mérito verdadero que de él hayan dado pruebas positivas, no son excepciones suficientes para variar la regla general.

¿Hasta cuándo, pues, esa necia adoración a las reputaciones usurpadas? Nuestro país ha caminado más deprisa que esos literatos rezagados; recordamos sus nombres que hicieron ruido cuando, más ignorantes, éramos los primeros a aplaudirlos; y seguimos repitiendo siempre como papagayos: «Don Timoteo es un sabio». ¿Hasta cuándo? Presenten sus títulos a la gloria y los respetaremos y pondremos sus obras sobre nuestra cabeza. Y al paso que nadie se atreve a tocar a esos sagrados nombres que solo por antiguos tienen mérito, son juzgados los jóvenes que empiezan con toda la severidad que aquellos merecerían. El más leve descuido corre de boca en boca; una reminiscencia es llamada robo; una imitación plagio, y un plagio verdadero intolerable desvergüenza. Esto en tierra donde hace siglos que otra cosa no han hecho sino traducir nuestros más originales hombres de letras.

Pero volvamos a nuestro don Timoteo. Háblesele de algún joven que haya dado alguna obra.

—No lo he leído... ¡Como no leo esas cosas! —exclama.

Hable usted de teatros a don Timoteo.

—No voy al teatro; eso está perdido...

Porque quieren persuadirnos de que estaba mejor en su tiempo; nunca verá usted la cara del literato en el teatro. Nada conoce; nada lee nuevo, pero de todo juzga, de todo hace ascos.

Veamos a don Timoteo en el Prado, rodeado de una pequeña corte que a nadie conoce cuando va con él: vean ustedes cómo le oyen con la boca abierta; parece que le han sacado entre todos a paseo para que no se acabe entre sus investigaciones acerca de la rima, que a nadie le importa. ¿Habló don Timoteo? ¡Qué algazara y qué aplauso! ¿Se sonrió don Timoteo? ¿Quién fue el dichoso que le hizo desplegar los labios? ¿Lo dijo don Timoteo, el sabio autor de una oda olvidada o de un ignorado romance? Tuvo razón don Timoteo.

Haga usted una visita a don Timoteo; en buena hora; pero no espere usted que se la pague. Don Timoteo no visita a nadie. ¡Está tan ocupado! El estado de su salud no le permite usar de cumplimientos; en una palabra, no es para don Timoteo la buena crianza.

Veámosle en sociedad. ¡Qué aire de suficiencia, de autoridad, de supremacía! Nada le divierte a don Timoteo. ¡Todo es malo! Por supuesto que no baila don Timoteo, ni habla don Timoteo, ni ríe don Timoteo, ni hace nada don Timoteo de lo que hacen las personas. Es un eslabón roto en la cadena de la sociedad.

¡Oh, sabio don Timoteo! ¿Quién me diera a mí hacer una mala oda para echarme a dormir sobre el colchón de mis laureles; para hablar de mis afanes literarios, de mis persecuciones y de las intrigas y revueltas de los tiempos; para hacer ascos de la literatura; para recibir a las gentes sentado; para no devolver visitas; para vestir mal; para no tener que leer; para decir del alumno de las musas que más haga: «Es un mancebo de dotes muy recomendables, es mozo que promete»; para mirarle a la cara con aire de protección y darle alguna suave palmadita en la mejilla, como para comunicarle por medio del contacto mi saber; para pensar que el que hace versos, o sabe dónde han de ponerse las comas, y cuál palabra se halla en Cervantes, y cuál no, ha llegado al *summum* del saber humano; para llorar sobre los adelantos de las ciencias útiles; para tener orgullo y amor propio; para hablar pedantesco y ahuecado; para vivir en contradicción con los usos sociales; para ser, en fin, ridículo en sociedad, sin parecérselo a nadie?

Flores humildes

CECILIA BÖHL DE FABER (1796-1877)

Cecilia Böhl de Faber tuvo que utilizar durante su vida literaria el pseudónimo masculino de Fernán Caballero. Aún hoy en día se la conoce así. Se la suele considerar una autora conservadora, con una literatura moralista apegada a los cánones del catolicismo de la época y la desconfianza hacia las novedades venidas del extranjero, pero con posterioridad fue reivindicada por autores como Benito Pérez Galdós por su influencia en la novela costumbrista. También fue una relevante folclorista, que reunió mucho material sobre la cultura popular que ya en esa época empezaba a perderse.

Flores humildes fue publicado en la recopilación *Cuentos y poesías populares andaluces* en 1859. Es un texto heterodoxo que muestra la importancia de las leyendas, las supersticiones, la devoción religiosa o el cancionero como fuentes fundacionales para la literatura. En el prólogo se recuerdan las palabras del estudioso francés Antoine de Latour: «No me canso de repetirlo, porque nada hay más cierto: el romancero es *La Ilíada* de España». En su torrente de leyendas, milagros, refranes y coplillas palpita el murmullo del manantial de la oralidad donde nació la literatura.

FLORES HUMILDES

Cecilia Böhl de Faber

De religiosa poesía, y etimologías de dichos y expresiones generalizadas.

S i existiese alguien que haya leído todo lo que hemos escrito, lo que no es probable, pero tampoco es imposible, habrá notado que es nuestro anhelo, nuestro afán y nuestra especialidad, el buscar orígenes y causas a las cosas, sacar consecuencias y conjeturas y escudriñar el *porqué* de aquellas mismas. En este ramo *tememos* mucho el llegar a ser una *notabilidad*.

Este nuestro sistema es el que se practica hoy día para escribir la historia; nosotros claro es que no nos metemos en cosas tan graves ni en tales honduras, y que con el indicado moderno sistema solo tratamos de asuntos de *academias abajo,* sacando nuestras noticias de tradiciones, romances, consejas y creencias populares. Todo el mundo ha manoseado estos datos, que nos es tan grato poner en relieve, sin darles valor, cual lo hacían los indios con el oro antes que los conquistadores lo valorasen; como lo harán las futuras generaciones cuando lloren estas cosas perdidas. Nosotros tenemos el placer de haber explotado con fruto estas ricas minas; así es que hemos averiguado que el álamo blanco fue el primer árbol que hizo el Creador, que, por consiguiente, es el más viejo, y que por eso está cano el Adán vegetal; igualmente hemos sabido que la serpiente andaba derecha, erguida y orgullosa con su triunfo en el Paraíso, pero que habiendo la Sacra Familia en su huida a Egipto encontrado a una entre unas breñas, le quiso morder al Niño Dios, y que san José, indignado, la dijo para pararla: «Cae, soberbia, y no te vuelvas a levantar», y que desde entonces se arrastra. Sabemos también que los sapos y culebras existen con solo el fin de absorber en sí los venenos de la tierra.

Sabemos que los árboles que están todo el año verdes, disfrutan de este privilegio de vida y hermosura por haber sido aquellos a cuya sombra descansó la Virgen Madre con su Hijo Dios en su huida a Egipto; que goza su perfume el romero y que florece todos los viernes, días de la Pasión de nuestro Salvador, porque en sus ramas tendía la Virgen las ropitas del Niño, y que por eso también tiene el privilegio de atraer paz y ventura a las casas que en la Nochebuena se sahúman con él; que todo el mundo simpatiza, ama y aun respeta a las golondrinas, porque, compadecidas y caritativas, arrancaron las espinas de la corona que hería las sienes del Divino Mártir; que el mochuelo, que presenció la cruel crucificación del Dios-hombre, no hace desde entonces, aterrado y triste, sino repetir con doliente voz: «¡Cruz! ¡Cruz!»; que la rosa de Jericó, que era blanca, debe su color purpurino a una gota de sangre del herido Salvador que cayó en su cáliz; que en el monte Calvario y la calle de la Amargura se secaron y murieron las suaves plantas y las frescas hierbas después que pasó por ellas el Señor con la Cruz en los hombros, cubriéndose aquellos sitios de abulagas;[1] que el rayo pierde su fuerza en todo el ámbito en que alcanza la voz de la oración; que el día de la Ascensión, al tiempo de alzar en la misa mayor, las hojas de los árboles se inclinan unas a otras, formando cruces, por devoción y reverencia. Sabemos que los niños recién nacidos, y así puros e inocentes, que aún no tienen pensamientos ni ideas, cuando sonríen en sueños o despiertos, es a ángeles visibles solo a ellos; que cuando los oídos zumban, es el ruido que produce al caer una hoja del árbol de la vida; que cuando varias personas reunidas callan, no es porque vaya el coche sobre arena, como dicen las personas cultas, sino porque ha pasado sobre ellas un ángel, infundiendo al

---

1   Especie de abrojos.

148

aire que mueven sus alas el silencio de respeto a sus almas, sin que defina la causa su comprensión.

Igualmente sabemos que en varios pueblos de campo llevan todos los niños que aún no andan, el Sábado Santo, a los porches de la iglesia, y que en el momento que se canta el *Gloria* y despiertan las mudas campanas con el glorioso repique, ponen los niños en pie, y que estos con la alegría salen andando.

Sabemos también que la tarántula era una mujer tan casquivana y tan desatinada por el baile, que en una ocasión en que estaba bailando pasó su Divina Majestad, y que no por eso cesó de bailar, sino que prosiguió con espantosa irreverencia; por lo que el Señor la castigó convirtiéndola en araña, con una guitarra señalada en la espalda, teniendo su mordedura el efecto de hacer bailar a los que son mordidos por ella, hasta que, desfallecidos, exhaustos, caen en el lecho postrados. En fin, sabemos muchas otras cosas que hemos transcrito ya, y otras que transcribiremos, pues todo se andará si la soga no se rompe.

Pero, entre otras cosas, hay una que vamos a consignar ahora, de miedo de morirnos del cólera y que baje al sepulcro con nosotros, pues ya no existe apenas, y con ella desaparecerá su recuerdo.

Cuando la fe llenaba los corazones hasta hacerlo rebosar, eran traídas a miles las ofrendas y los exvotos al templo del Señor; hoy día, que somos ilustrados, empléanse de otro modo el oro, las cosas selectas y las artes pues, como dice el poeta:[2]

> En el siglo diez y nueve
> nadie a tener fe se atreve,
> y no hay quien en milagros crea.

Bien está... nos equivocamos, mal está.

Los primeros huevos de avestruz que en sus viajes por África pudieron haber los españoles, fueron depositados como una maravilla, sea como exvotos, sea como ofrendas en las iglesias, en las que, sujetos con lazos de vistosas cintas, pendían ante los altares como adornos de gran valor. Aún se

---

2   Don Vicente Barrantes.

ven en pueblos humildes, ante un modesto altar, algunos de esos enormes huevos, que parecen melones de porcelana, con sus ajados y descoloridos moños. ¿Quien los trajo?, ¿dónde se los halló?, ¿quién los colgó en aquel lugar? Al mirarlos asaltan la mente estas preguntas, que lanzan al sentir y a la imaginación en el vasto campo de conjeturas inaveriguables, pero todas dulces, santas y románticas.

El pueblo español, que tiene *una imaginación que siente,* no pudo ver el objeto material sin adherirle una idea, y le hizo un símbolo con su ferviente corazón. La idea adoptada a los huevos de avestruz colgados ante los altares es la siguiente, que sabiamente calificarán los santones de la *despreocupación* de fanática o supersticiosa, *ad libitum,* y que entregamos a los misioneros protestantes que nos favorecen con su propaganda, como mortífera arma contra los ignorantes y malvados *papistas.*

Diz que el ave que pone esos huevos, que parecen de mármol, no los puede sacar, porque no le es posible cubrirlos, ni su calor basta a traspasar la dura concha, pero tiene este pájaro tal fuego en su mirada, encendida por el ansia de sacar a sus hijos, que fijando la vista sobre los huevos de continuo y sin distraerse, con ese ansia, ese amor y esa consagración, penetra el cascarón y saca a sus hijuelos. Así es que penden estos huevos ante los altares en que se celebra el santo sacrificio de la misa, para enseñarnos que miremos al altar con el mismo amor, con la misma exclusiva atención y sin que nada nos distraiga. ¡Oh poetas! Si queréis mover el corazón, como es vuestra misión, aprended algo menos en las aulas y algo más del pueblo, que sencillamente cree y siente...

Referiremos ahora algunas etimologías de dichos y refranes que se han hecho sumamente conocidos, sin haber necesitado reproducir su procedencia. La primera será la del conocido dicho: *Ahí me las den todas.*

Había una vez un tramposo, que a todo el mundo debía y no pagaba a nadie.

Uno de sus acreedores se fue a quejar al juez, el que mandó al deudor un alguacil con la intimación de que pagase al punto.

El alguacil era muy grave, y por respuesta a la intimación recibió una bofetada.

Volviose al Juzgado y le dijo al juez:

—Señor, cuando voy a notificar algo de parte de usía, ¿a quién represento?

—A mí —contestó el juez.

—Pues, señor —prosiguió el alguacil señalando su carrillo—; a esta cara de usía han dado una bofetada.

—Ahí me las den todas —repuso el juez.

Esta es la del otro dicho: *Quien no te conozca te compre.*

Tres estudiantes pobres llegaron a un pueblo en el que había feria.

—¿Cómo haríamos para divertirnos? —dijo el uno al pasar por una huerta en la que estaba un borrico sacando agua de la noria.

—Ya di con el medio —contestó otro de los tres—; ponedme a la noria y llevaos el borrico, que venderéis enseguida en el Rastro.

Como fue dicho fue hecho.

Después que se hubieron alejado sus compañeros con el borrico, se paró el que había quedado en su lugar...

—¡Arre! —gritó el hortelano, que trabajaba a alguna distancia.

El borrico improvisado no se movió, ni sonó la esquila.

El hortelano subió a la noria, y ¡cuál sería su sorpresa al hallarse su borrico convertido en estudiante!

—¿Qué es esto? —exclamó.

—Mi amo —dijo el estudiante—, unas pícaras brujas me convirtieron en borrico; pero ya cumplí el tiempo de mi encantamiento y he vuelto a mi primitivo ser.

El pobre hortelano se desesperó; pero ¿qué había de hacer? Le quitó los arreos y le dijo que se fuese con Dios.

Enseguida tomó tristemente el camino de la feria para comprar otro burro. El primero que le presentaron unos gitanos que lo habían adquirido, fue su propio borrico; apenas lo vio, cuando echó a correr, exclamando: *Quien no te conozca te compre.*

Otro dicho es: *Yo te conocí ciruelo.*

En un pueblo quisieron tener una efigie de san Pedro, y para el efecto le compraron a un hortelano un ciruelo. Cuando estuvo concluida la efigie y puesta en su lugar, fue el hortelano a verla, y notando lo pintado y dorado de su ropaje, le dijo:

> Gloriosísimo san Pedro,
> yo te conocí ciruelo,
> y de tu fruta comí;
> los milagros que tu hagas
> que me los cuelguen a mí.

Dícese a menudo: *Ya sacó raja.* Deriva este dicho de que en Extremadura están divididos los montes de encinares en *rajas;* así denominan cierta extensión que puede cebar con la bellota un determinado número de cerdos. Estas *rajas,* cuando son de montes de los propios del pueblo, se reparten por un estipendio muy corto a los vecinos pobres, que, como es de suponer, ansían por tenerlas; pero como es muy difícil conseguirlas, por distribuirlas los Ayuntamientos generalmente entre sus paniaguados y protegidos, se dice de aquel que por su habilidad, intrigas, osadía o buena suerte, logra una ventaja difícil de obtener y que depende de otro: *ese sacó raja.*

El que tiene capa, escapa, proviene de cuando se hundió el puente nuevo en el Puerto de Santa María por la gran cantidad de gente que se aglomeró sobre él. El capitán general O'Rely había prohibido, para evitar desórdenes y robos, que se dejase pasar a los que llevasen capa, por lo cual ninguno con capa cayó al río.

Es muy usual el ponderar la pobreza de un individuo diciendo que está a la *cuarta pregunta.* Derívase esta aserción de que en los interrogatorios, para justificación de testigos sobre varios objetos, y entre ellos el de acreditar pobreza, se acostumbra comprender este extremo en la *cuarta pregunta,* en los términos siguientes:

«Cuarta. ¿Si sabe el testigo y le consta que la parte que lo representa es pobre, sin poseer bienes raíces ni rentas, por manera que cifra su subsistencia absolutamente en el producto de su personal trabajo?».

Las rayas

Horacio Quiroga (1878-1937)

Es uno de los padres del gran cuento latinoamericano, apegado a la tierra, el paisaje y las costumbres, pero también con una ventana abierta a lo extraño. En sus cuentos hay a menudo componentes macabros, pero es que la muerte siempre le rondó. Su padrastro se suicidó con una escopeta en el momento en que él entraba en su habitación, cuando tenía 18 años. De joven mató accidentalmente con una pistola a su amigo Federico Ferrando. Él mismo acabaría suicidándose tras serle diagnosticado un cáncer. Viajó a París y vivió en Buenos Aires, pero fue su toma de contacto con la provincia de Misiones, con su paisaje agreste y su mundo rural, la que marcó su literatura. Su vida anduvo siempre al filo del abismo con dificultades económicas, matrimonios conflictivos y la cercanía del desastre.

Quiroga es un autor modernista influido por Edgar Allan Poe e inspirado por la fuerza de la naturaleza, más inquietante que idílica. Este cuento, *Las rayas,* nos lleva a ese mundo de enigmas que surgen en los lugares más recónditos. El afán de expresarse de sus protagonistas los lleva a utilizar un lenguaje que solo ellos entienden. Las interpretaciones que se le han dado son múltiples, pero seguramente ninguna es exacta. Los ríos tienen sus propios enigmas.

LAS RAYAS

HORACIO QUIROGA

... —«**E**n resumen, yo creo que las palabras valen tanto, materialmente, como la propia cosa significada, y son capaces de crearla por simple razón de eufonía. Se precisará un estado especial; es posible. Pero algo que yo he visto me ha hecho pensar en el peligro de que dos cosas distintas tengan el mismo nombre».

Como se ve, pocas veces es dado oír teorías tan maravillosas como la anterior. Lo curioso es que quien la exponía no era un viejo y sutil filósofo versado en la escolástica, sino un hombre espinado desde muchacho en los negocios, que trabajaba en Laboulaye acopiando granos. Con su promesa de contarnos la cosa, sorbimos rápidamente el café, nos sentamos de costado en la silla para oír largo rato, y fijamos los ojos en el de Córdoba.

—Les contaré la historia —comenzó el hombre— porque es el mejor modo de darse cuenta. Como ustedes saben, hace mucho que estoy en Laboulaye. Mi socio corretea todo el año por las colonias y yo, bastante inútil para eso, atiendo más bien la barraca. Supondrán que durante ocho meses, por lo menos, mi quehacer no es mayor en el escritorio, y dos empleados —uno conmigo en los libros y otro en la venta— nos bastan y sobran. Dado nuestro radio de acción, ni el Mayor ni el Diario son engorrosos. Nos ha quedado, sin embargo, una vigilancia enfermiza de los libros como si aquella cosa lúgubre pudiera repetirse. ¡Los libros!... En fin, hace cuatro años de la aventura y nuestros dos empleados fueron los protagonistas.

El vendedor era un muchacho correntino, bajo y de pelo cortado al rape, que usaba siempre botines amarillos. El otro, encargado de los libros, era un hombre hecho ya, muy flaco y de cara color paja. Creo que nunca lo vi reírse, mudo y contraído en su Mayor con estricta prolijidad de rayas y tinta colorada. Se llamaba Figueroa; era de Catamarca.

Ambos, comenzando por salir juntos, trabaron estrecha amistad, y como ninguno tenía familia en Laboulaye, habían alquilado un caserón con sombríos corredores de bóveda, obra de un escribano que murió loco allá.

Los dos primeros años no tuvimos la menor queja de nuestros hombres. Poco después comenzaron, cada uno a su modo, a cambiar de modo de ser.

El vendedor —se llamaba Tomás Aquino— llegó cierta mañana a la barraca con una verbosidad exuberante. Hablaba y reía sin cesar, buscando constantemente no sé qué en los bolsillos. Así estuvo dos días. Al tercero cayó con un fuerte ataque de gripe; pero volvió después de almorzar, inesperadamente curado. Esa misma tarde, Figueroa tuvo que retirarse con desesperantes estornudos preliminares que lo habían invadido de golpe. Pero todo pasó en horas, a pesar de los síntomas dramáticos. Poco después se repitió lo mismo, y así, por un mes: la charla delirante de Aquino, los estornudos de Figueroa, y cada dos días un fulminante y frustrado ataque de gripe.

Esto era lo curioso. Les aconsejé que se hicieran examinar atentamente, pues no se podía seguir así. Por suerte todo pasó, regresando ambos a la antigua y tranquila normalidad, el vendedor entre las tablas, y Figueroa con su pluma gótica.

Esto era en diciembre. El 14 de enero, al hojear de noche los libros, y con toda la sorpresa que imaginarán, vi que la última página del Mayor estaba cruzada en todos sentidos de rayas. Apenas llegó Figueroa a la mañana siguiente, le pregunté qué demonio eran esas rayas. Me miró sorprendido, miró su obra, y se disculpó murmurando.

No fue solo esto. Al otro día Aquino entregó el Diario, y en vez de las anotaciones de orden no había más que rayas: toda la página llena de rayas en todas direcciones. La cosa ya era fuerte; les hablé malhumorado, rogándoles muy seriamente que no se repitieran esas gracias. Me miraron atentos pestañeando rápidamente, pero se retiraron sin decir una palabra.

Desde entonces comenzaron a enflaquecer visiblemente. Cambiaron el modo de peinarse, echándose el pelo atrás. Su amistad había recrudecido; trataban de estar todo el día juntos, pero no hablaban nunca entre ellos.

Así varios días, hasta que una tarde hallé a Figueroa doblado sobre la mesa, rayando el libro de Caja. Ya había rayado todo el Mayor, hoja por hoja; todas las páginas llenas de rayas, rayas en el cartón, en el cuero, en el metal, todo con rayas.

Lo despedimos enseguida; que continuara sus estupideces en otra parte. Llamé a Aquino y también lo despedí. Al recorrer la barraca no vi más que rayas en todas partes: tablas rayadas, planchuelas rayadas, barricas rayadas. Hasta una mancha de alquitrán en el suelo, rayada...

No había duda; estaban completamente locos, una terrible obsesión de rayas que con esa precipitación productiva quién sabe adónde los iba a llevar.

Efectivamente, dos días después vino a verme el dueño de la Fonda Italiana donde aquellos comían. Muy preocupado, me preguntó si no sabía qué se habían hecho Figueroa y Aquino; ya no iban a su casa.

—Estarán en casa de ellos —le dije.

—La puerta está cerrada y no responden —me contestó mirándome.

—¡Se habrán ido! —argüí sin embargo.

—No —replicó en voz baja—. Anoche, durante la tormenta, se han oído gritos que salían de adentro.

Esta vez me cosquilleó la espalda y nos miramos un momento. Salimos apresuradamente y llevamos la denuncia. En el trayecto al caserón la fila se engrosó, y al llegar a aquel, chapaleando en el agua, éramos más de quince. Ya empezaba a oscurecer. Como nadie respondía, echamos la puerta abajo y entramos. Recorrimos la casa en vano; no había nadie. Pero el piso, las puertas, las paredes, los muebles, el techo mismo, todo estaba rayado: una irradiación delirante de rayas en todo sentido.

Ya no era posible más; habían llegado a un terrible frenesí de rayar, rayar a toda costa, como si las más íntimas células de sus vidas estuvieran sacudidas por esa obsesión de rayar. Aun en el patio mojado las rayas se cruzaban vertiginosamente, apretándose de tal modo al fin, que parecía ya haber hecho explosión la locura.

Terminaban en el albañal. Y doblándonos, vimos en el agua fangosa dos rayas negras que se revolvían pesadamente.

Un tribunal literario

BENITO PÉREZ GALDÓS (1843-1920)

Don Benito Pérez Galdós es autor de algunas de las obras más significativas de la literatura española, como *Fortunata y Jacinta, Trafalgar, Doña Perfecta, Miau* o los intensos *Episodios nacionales.* En 1912 fue propuesto por algunos expertos literarios para el premio Nobel, pero otros sectores conservadores, a los que irritaba su anticlericalismo, lo boicotearon. Su figura siempre ha creado división de opiniones en la intelectualidad y durante décadas ha arrastrado la etiqueta de «don Benito, el *Garbancero*» por su estilo realista sin adornos ni artificios y su interés en los temas cotidianos.

En *Un tribunal literario,* que chorrea sarcasmo en cada línea, veremos su acérrima defensa de una literatura sin artificios ni concesiones facilonas. El mecenas trata de convencer al literato de que la manera de tener éxito es mediante el uso de esos ingredientes sentimentaloides: «Si no pone usted ahí mucho lloro, mucho suspiro, mucho amor contrariado, mucha terneza, mucha languidez, mucha tórtola y mucha codorniz, le auguro un éxito triste, y lo que es peor, el tremendo fallo de reprobación y anatema de la posteridad enfurecida». Nada más lejos de su concepción de la literatura. Galdós consideraba que «el auténtico novelista debe observar más la realidad e imaginarla menos, como ya hicieron Cervantes y Velázquez».

UN TRIBUNAL LITERARIO

Benito Pérez Galdós

I

—**M**e gustaría enteramente sentimental, que llegase al alma, que hiciera llorar... Yo cuando leo y no lloro, me parece que no he leído. ¿Qué quiere usted? Yo soy así —me dijo el duque de Cantarranas, haciendo con frente, boca y narices uno de aquellos gestos nerviosos que le distinguen de los demás duques y de todos los mortales.

—Yo le aseguro a usted que será sentimental, será de esas que dan convulsiones y síncopes; hará llorar a todo el género humano, querido señor duque —le contesté abriendo el manuscrito por la primera página.

—Eso es lo que hace falta, amigo mío: sentimiento, sentimiento. En este siglo materialista, conviene al arte despertar los nobles afectos. Es preciso hacer llorar a las muchedumbres, cuyo corazón esta endurecido por la pasión política, cuya mente está extraviada por las ideas de vanidad que les han imbuido los socialistas. Si no pone usted ahí mucho lloro, mucho suspiro, mucho amor contrariado, mucha terneza, mucha languidez, mucha tórtola y mucha codorniz, le auguro un éxito triste, y lo que es peor, el tremendo fallo de reprobación y anatema de la posteridad enfurecida.

Dijo; y afectando la gravedad de un Mecenas, mirome el duque de Cantarranas con expresión de superioridad, no sin hacer otro gesto nervioso que parecía hundirle la nariz, romperle la boca y rasgarle el cuero de la frente, de su frente olímpica en que resplandecía el genio apacible, dulzón y melancólico de la poesía sentimental.

Aquello me turbó. ¡Tal autoridad tenía para mí el prócer insigne! Cerré y abrí el manuscrito varias veces; pasé fuertemente el dedo por el interior de la parte cosida, queriendo obligar a las hojas a estar abiertas sin necesidad de sujetarlas con la mano; paseé la vista por los primeros renglones, leí el título, tosí, moví la silla, y, con franqueza lo declaro, habría deseado en aquel momento que un pretexto cualquiera, verbigracia, un incendio en la casa vecina, un hundimiento o terremoto, me hubieran impedido leer; porque, a la verdad, me hallaba sobrecogido ante el respetable auditorio que a escucharme iba. Componíase de cuatro ilustres personajes de tanto peso y autoridad en la república de las letras, que apenas comprendo hoy cómo fui capaz de convocarles para una lectura de cosa mía, naturalmente pobre y sin valor. Aterrábame, sobre todo, el mencionado duque de los gestos nerviosos, el más eminente crítico de mi tiempo, según opinión de amigos y adversarios.

Sin embargo, su excelencia había ido allí, como los demás, para oírme leer aquel mal parto de mi infecundo ingenio, y era preciso hacer un esfuerzo. Me llené, pues, de resolución, y empecé a leer.

Pero permitidme, antes de referir lo que leí, que os dé alguna noticia del grande, del ilustre, del imponderable duque de Cantarranas.

Era un hidalguillo de poco más o menos, atendida su fortuna, que consistía en una *posesión* enclavada en Meco, dos casas en Alcobendas y un coto en la Puebla de Montalbán; también disfrutaba de unos censos en el mismo lugar y de unos dinerillos dados a rédito. A esto habían venido los estados de los Cantarranas, ducado cuyo origen es de los más empingorotados. Así es que el buen duque era pobre de solemnidad; porque la posesión no lo daba más que unos dos mil reales, y esos mal pagados, las casas no producían tres maravedises, porque la una estaba destechada, y la otra, la solariega por más señas, era un palacio destartalado, que no esperaba sino un pretexto para venirse al suelo con escudo y todo. Nadie lo quería alquilar porque tenía fama de estar habitado por brujas, y los alcobendanos decían que allí se aparecían de noche las irritadas sombras de los Cantarranas difuntos.

El coto no tenía más que catorce árboles, y esos malos. En cuanto a caza, ni con hurones se encontraba, por atravesar la finca una servidumbre desde principios del siglo, en que huyó de allí el último conejo de que hay noticia. Los dinerillos le producían, salvo disgustos, apremios y tardanzas, unos tres mil realejos. Así es que su excelencia no poseía más que gloria y un inmenso caudal de metáforas, que gastaba con la prodigalidad de un millonario. Su ciencia era mucha, su fortuna escasa, su corazón bueno, su alma una retórica viviente, su persona... su persona merece párrafo aparte.

Frisaba en los cuarenta y cinco años; y esto que sé por casualidad, se confía aquí como sagrado secreto, porque él, ni a tirones pasaba de los treinta y nueve. Era colorado y barbipuntiagudo, con lentes que parecían haber echado raíces en lo alto de su nariz. Estas llamaron siempre la atención de los frenólogos por una especial configuración en que se traslucía lo que él llamaba *exquisito olfato moral*. Para la ciencia eran un magnífico ejemplar de estudio, un tesoro; para el vulgo eran meramente grandes. Pero lo más notable de su cariz era la afección nerviosa que padecía, pues no pasaban dos minutos sin que hiciese tantos y tan violentos visajes, que solo por respeto a tan alta persona, no se morían de risa los que le miraban.

Su vestido era lección o tratado de economía doméstica. Describir cómo variaba los cortes de sus chalecos para que siempre pareciesen de moda, no es empresa de plumas vulgares. Decir con qué prolijo esmero cepillaba todas las mañanas sus dos levitas y con qué amor profundo les daba aguardiente en la tapa del cuello, cuidando siempre de cogerlas con las puntas de los dedos para que no se le rompieran, es hazaña reservada a más puntuales cronistas.

¿Pues y la escrupulosa revista de roturas que pasaba cada día a sus dos pantalones, y los remojos, planchados y frotamientos con que martirizaba su gabán, prenda inocente que había encontrado un purgatorio en este mundo? En cuanto a su sombrero, basta decir que era un problema de longevidad. Se ignora qué talismán poseía el duque para que ni un átomo de polvo, ni una gota de agua manchasen nunca sus inmaculados pelos. Añádase a esto que siempre fue un misterio profundo la salud inalterable de un paraguas de ballena que le conocí toda la vida, y que mejor que el Observatorio podría dar cuenta de todos los temporales que se han sucedido en veinte años. Por lo que hace a los guantes, que habían paseado por Madrid durante cinco abriles su demacrada amarillez, puede asegurarse que la alquimia doméstica tomaba mucha parte en aquel prodigio. Además el duque tenía un modo singularísimo de poner las manos, y a esto, más que a nada, se debe la vida perdurable de aquellas prendas, que él, usando una de sus figuras predilectas, llamaba *el coturno de las manos*. Puede formarse idea de su modo de andar, recordando que las botas me visitaron tres años seguidos, después de tres remontas; y solo a un sistema de locomoción tan ingenioso como prudente, se deben las etapas de vida que tuvieron las que, valiéndonos de la retórica del duque, podremos llamar las *quirotecas de los pies*.

Usaba joyas, muchos anillos, prefiriendo siempre uno, donde campeaba una esmeralda del tamaño de media peseta, tan disforme, que parecía falsa; y lo era en efecto, según testimonio de los más reputados cronistas que de la casa de Cantarranas han escrito. No reina la misma uniformidad de pareceres, y aun son muy distintas las versiones respecto a cierta cadena que hermoseaba su chaleco, pues aunque todos convienen en que era de *doublé*, hay quien asegura ser alhaja de familia, y haber pertenecido a un magnate de la casa, que fue virrey de Nápoles, donde la compró a unos genoveses por un grueso puñado de maravedises.

Corría, con visos de muy autorizada, la voz de que el duque de Cantarranas era un *cursi* (ya podemos escribir la palabrilla sin remordimientos, gracias a la condescendencia del Diccionario de la Academia); pero esto no sirve sino para probar que los tiros de la envidia se asestan siempre a lo más alto, del mismo modo que los huracanes hacen mayores estragos en las corpulentas encinas.

El duque, por su parte, despreciaba estas hablillas, como cumple a las almas grandes. Pero llegaron tiempos en que salía poco de día, porque en su levita había descubierto la astronomía vulgar no sé qué manchas. En esto se parecía al sol, aunque por raro fenómeno, era un sol que no lucía sino por las noches. Frecuentaba varias tertulias, tomaba café, iba tres veces al año al teatro, paseaba en invierno por el Prado y en verano por la Montaña, y se retiraba a su casa después de conversar un rato con el sereno.

La índole de su talento le inclinaba a la contemplación. Leía mucho, deleitándose sobremanera con las novelas sentimentales, que tanta boga tuvieron hace cuarenta años. En esto, es fuerza confesar que vivía un poco atrasadillo; pero los grandes ingenios tienen esa ventaja sobre el común de las gentes; es decir, pueden quedarse allí donde les conviene, venciendo el oleaje revolucionario, que también arrastra a las letras. Para él, las novelas de madame de Genlis eran el prototipo, y siempre creyó que ni antiguos ni modernos habían llegado al zancajo de madame de Staël en su *Corina*. No le agradaba tanto, aunque sí la tenía en gran aprecio, *La Nueva Eloísa,* de Rousseau; porque decía que sus pretensiones eruditas y filosóficas atenuaban en parte el puro encanto de la acción sentimental. Pero lo que le sacaba de sus casillas eran *Las noches* de Young, traducidas por Escóiquiz; y él se sumergía en aquel océano de tristezas, identificándose de tal modo con el personaje, que, a veces, le encontraban por las mañanas pálido, extenuado y sin acertar a pronunciar palabra que no fuera lúgubre y sombría como un responso. En su conversación se dejaba ver esta influencia, porque empleaba frecuentemente la quincalla de figuras retóricas que sus autores favoritos le habían depositado en el cerebro. Su imagen predilecta era el sauce entre los vegetales, y la codorniz entre los vertebrados. Cuando veía una higuera, la llamaba sauce; todos los chopos eran para él cipreses; las gallinas antojábansele palomas, y no hubo jilguero ni calandria que, él, con la fuerza de su fantasía, no trocara en ruiseñor. Más de una vez le oí nombrar Pamela a su criada, y sé que únicamente dejó de llamar Clarisa a su lavandera *señá* Clara, cuando esta manifestó que no gustaba de que la pusiesen motes.

¿Será necesario afirmar que, aun concretado a una especialidad, el duque de Cantarranas era un excelente crítico? Baste decir que sus consejos tenían fuerza de ley y sus dictámenes eran tan decisivos, que jamás se apeló contra ellos al tribunal augusto de la opinión pública. Por eso le cité, en unión de los otros tres personajes que describiré luego, para que juzgase mi obrilla.

Era esta una novela mal concebida y peor hilvanada, incapaz por lo tanto de hombrearse con las muchas que, por tantos y tan preclaros ingenios producidas, enaltecen actualmente las letras en este afortunado país. Luego que los cuatro ilustres senadores que formaban mi auditorio se colocaron bien en sus sillas, saqué fuerzas de flaqueza, tosí, miré a todos lados con angustia, respiré con fuerza, y con voz apagada y temblorosa, empecé de esta manera:

—«*Capítulo primero.* Alejo era un joven bastante feo, hijo de honrados padres, chico de estudios de sanas y muy honestas costumbres, pobre de solemnidad, y bueno como una manzana. Vivía encajonado en su bohardilla, y desde allí contemplaba los gorriones que iban a pararse en la chimenea y los gatos que retozaban por el tejado. Miraba de vez en cuando al cielo, y de vez en cuando a la tierra, para ver ya las estrellas, ya los simones. Alejo estudiaba abogacía, lo cual le aburría mucho, y no tenía más distracción que asomarse al ventanillo de su tugurio. ¿Describiré la habitación de esta desventurada excrecencia de la sociedad? Sí; voy a describirla.

»Imaginaos cuatro sucias paredes sosteniendo un inclinado techo, al través del cual el agua del invierno por innumerables goteras se escurre. Andrajos de uno a modo de papel azul, pendían de los muros; y la cama, enclavada en un rincón, era paralela al techo, es decir, inclinada por los pies. Una mesa que no los tenía completos, sostenía apenas dos docenas de libros muy usados, un tintero y una sombrerera. Allí formaban estrecho consorcio dos babuchas en muy mal estado, con una guitarra de la cual habían huido a toda prisa las cuatro cuerdas, quedando una sola, con que Alejo se acompañaba cierta seguidilla que sabía desde muy niño. Allí alternaban dos pares y medio de guantes descosidos, restos de una conquista, con un tarro de betún y un frasco de agua de Colonia, al cual los vaivenes de la suerte convirtieron en botella de tinta, después de haber sido mucho tiempo alcuza de aceite. De inválida percha pendían una capa, una cartuchera de miliciano (1854), dos chalecos de rayas encarnadas y una faja que parecía soga. Un clavo sostenía el sombrero perteneciente a la anterior generación, y un baúl guardaba en sus antros algunas piezas de ropa, en las cuales los remiendos, aunque muchos y diversos, no eran tantos ni tan pintorescos como los agujeros no remendados.

»Pero asomémonos a la ventana. Desde ella se ve el tejado de enfrente, con sus bohardillas, sus chimeneas y sus misifuces. Más abajo se divisa el

 166

tercer piso de la casa; bajando más la vista el segundo, y por fin el principal. En este hay un cierro de cristales, con flores, pájaros y... ¡otra cosa! Alejo miraba continuamente la otra cosa que contenía el cierro. ¿Diremos lo que era? Pues era una dama. Alejo la contemplaba todos los días, y por un singular efecto de imaginación, estaba viéndola después toda la noche, despierto y en sueños; si escribía, en el fondo del tintero; si meditaba, revoloteando como espectro de mariposa alrededor de la macilenta luz que hacía veces de astro en el paraíso del estudiante.

»Mirando desde allí hacia el piso principal de enfrente, se distinguía en primer término una mano, después un brazo, el cual estaba adherido a un admirable busto alabastrino, que sustentaba la cabeza de la joven, singularmente hermosa. ¿Me atreveré a describirla? ¿Me atreveré a decir que era una de las damas más bellas, de más alto origen, de más distinguido trato que ha dado a la sociedad esta raza humana, tan fecunda en duquesas y marquesas? Sí, me atrevo.

»Desde arriba, Alejo devoraba con sus ojos una gran cabellera negra, espléndida, profusa, un río de cabellos, como diría mi amigo el ilustre Cantarranas. (Al oír este símil en que yo rendía público tributo de admiración al esclarecido prócer, este se inclinó con modestia y se ruborizó unas miajas.) Debajo de estos cabellos, Alejo admiraba un arco blanco en forma de media luna: era la frente, que desde tan alto punto de vista afectaba esta singular forma. De la nariz y barba solo asomaba la punta. Pero lo que se podía contemplar entero, magnífico, eran los hombros, admirable muestra de escultura humana, que la tela no podía disimular. Suavemente caía el cabello sobre la espalda: el color de su rostro al mismo mármol semejaba, y no ha existido cuello de cisne más blanco, airoso y suave que el suyo, ni seno como aquel, en que parecían haberse dado cita todos los deleites. La gracia de sus movimientos era tal, que a nuestro joven se le derretía el cerebro siempre que la consideraba saludando a un transeúnte, o a la amiga de enfrente. Cuando no estaba puesta al balcón, las voces de un soberbio piano la llevaban, trocada en armonías, a la zahúrda del pobre estudiante. Si no la admiraba, la oía: tal poder tiene el amor que se vale de todos los sentidos para consolidar su dominio pérfido. Pero, ¡extraño caso!, jamás en el largo espacio de un trienio alzó la vista hacia el nido de Alejo, no observó aquella cosa fea que desde tan alto la miraba y la escuchaba con el puro fervor del idealismo.

»Añadamos que Alejo era miope: el estudio y las vigilias habían aumentado esta flaqueza que no le permitía distinguir tres sobre un asno. Felizmente, el autor de este libro goza una vista admirable, y por lo tanto puede ver desde la bohardilla de Alejo lo que este no podía: la dama tal cual era en su forma real, despojada de todos los encantos con que la fantasía de un miope la había revestido; las máculas que le salpicaban el rostro, bastante empañado después de su quinto parto; podía advertir (y para esto hubo de reunir datos que facilitó cierta doncella) que para formar aquella sorprendente cabellera habían intervenido, primero Dios, que la creó no sabemos en qué cabeza, y después un peluquero muy hábil que solo arregló a la señora. También hubo de notar que no era su talle tan airoso como desde las boreales regiones de Alejo parecía, y que la nariz estaba teñida de un ligero rosicler, no suficiente a disimular su magnitud. En cuanto al piano, juraría que la dama no tocó en tres años otra cosa que una que empezaba en *Norma* y acababa en *Barba Azul,* pieza extravagante que su inhabilidad había compuesto de lo que oyó al maestro; y por último, por lo que respecte al seno, sería capaz de apostar que...».

Al llegar aquí me interrumpieron. Desde que leí lo de las máculas, notaba yo ciertos murmullos mal contenidos. Fueron *in crescendo,* hasta que llegando al citado pasaje, una exclamación de horror me cortó la palabra y me hizo suspender la lectura.

Cantarranas estaba nervioso, y la poetisa se abanicaba con furia, ciega de enojo y hecha un basilisco. No sé si he dicho que una de las cuatro personas de mi auditorio, era una poetisa. Creo llegada la ocasión de describir a esta ilustre hembra.

II

La cual pasaba por literata muy docta y de mucha fama en todo el mundo, por haber escrito varios tomos de poesía, y borronado madrigales en todos los álbumes de la humanidad. Cumpliendo cierta misteriosa ley fisonómica, era rubia como todas las poetisas, y obedeciendo a la misma fatalidad, alta y huesuda. La adornaba una muy picuda y afilada nariz, y una boca hecha de encargo para respirar por ella, pues no eran sus órganos respiratorios los más fáciles y expeditos. No sé qué tenían sus obras, que llevaban siempre el sello de su nariz, visión que me persiguió en sueños varias noches; y el mismo efecto de pesadilla me causaban dos rizos tan largos como poco frondosos, que de una y otra sien le colgaban. Por lo que el traje dejaba traslucir, era fácil suponer su cuerpo como de lo más flaco, amojamado y pobrecillo que en Safos se acostumbra.

Era viuda, casada y soltera. Expliquémonos. Siempre se la oyó decir que era viuda; todos la tenían por casada, y era en realidad soltera. En una ocasión vivió en cierto lugar con un periodista provinciano, y allí pasaban por esposos. El infeliz consorte fue un mártir. Llamaba ella a las piernas *columnas del orden social,* lo cual no era sino gallarda figura retórica, que cubría su mortal aversión a coser pantalones... Ella no cogía los puntos a los calcetines, porque, poco fuerte en toda clase de ortografías, siempre tenía en boca aquella sabia máxima: *no se vive solo de pan,* apotegma con que quería disimular su absoluta ignorancia en materia de guisados. La novela era su pasión: en el folletín del periódico de su marido, publicó una que este, aunque enemigo de prodigar elogios, calificaba de piramidal. Yo leí tres hojas, y confieso que no me pareció muy católica. También escribió otra que ella llamaba *eminentemente moral.* No quise moralizarme leyéndola, y regalé el ejemplar a mi criado, el cual lo traspasó a no sé quién.

Excuso reiterar la veneración que me infundía la tal señora por su competencia en el arte de novelar. Me había dicho repetidas veces que quería inculcarme alguno de sus elevados principios, y con este fin asistía como inexorable juez a la lectura.

La buena de la poetisa se escandalizó viendo el giro que yo daba a la acción. Rabiosamente idealista, como pretendían demostrar sus rizos y su nariz, no podía tolerar que en una ficción novelesca entrasen damas que no fueran la misma hermosura, galanes que no fueran la caballerosidad en persona. Por eso, saliendo a defender los fueros del idealismo, tomó la palabra, y con áspera y chillona voz, me dijo:

—¿Pero está usted loco? ¿Qué arte, qué ideal, qué estilo es ese? Usted escribirá sin duda para gente soez y sin delicadeza, no para *espíritus distinguidos*. Yo creí que se me había llamado para oír cosas más cultas, más elegantes. ¡Oh! No comprendo yo así la novela. Ya veo el sesgo que va usted a dar a eso: terminará con burlas indignas, como ha empezado. ¡Ay! ¡Encanallar una cosa que empezaba tan bien! Ahí está el germen de una alta obra moralizadora. ¡Qué lástima! Esa bohardilla, ese joven pobre que vive en ella, melancólicamente entretenido en contemplar a la dama del mirador... y pasan días, y la mira... y pasan noches, y la mira... ¡Que me maten si con eso no era yo capaz de hacer dos tomos! Y esa dama misteriosa... yo no diría quién era hasta el trigésimo capítulo. Tenía usted admirablemente preparado el terreno para componer una obra de largo *aliento.* ¡Qué lástima!

Al oír esto, no sé qué pasó por mí. Puesto que debo hacer confesión franca de mis impresiones aunque me sean desfavorables, me veo precisado a decir que el dictamen de persona tan perita me desconcertó de modo que en mucho tiempo no acerté a decir palabra. Sirva el rubor con que lo confieso de expiación a mi singular audacia y a la petulante idea de convocar tan esclarecido jurado para dar a conocer uno de los más ridículos abortos que de mente humana han podido salir. Al fin me serené, gracias a algunas frases bondadosas del siempre magnífico duque, y haciendo un esfuerzo, respondí a la poetisa:

—Y dado el principio de la novela; dados los dos personajes, la bohardilla, el cierro y lo demás, ¿qué discurriría usted? ¿Cómo desarrollaría la acción? (Inútil es decir que al hacer estas preguntas solo me guiaba el deseo de aprender, apoderándome de las recetas que para componer sus artificios literarios usaba aquella incomparable sibila.)

—¡Oh! ¿Qué haría yo, dice usted? —repuso acercándose a mí con tal violencia que pensé que me iba a saltar los ojos con su nariz—; ¿qué haría yo? Seguramente había de tirar mucho partido de esos elementos. Supongamos que soy la autora: ese joven pobre es muy hermoso, es moreno e interesante, un tipo meridional, tórrido, un hijo del desierto. Desde su ventana mira constantemente a la joven, y pasa la noche oyendo el triste maullar de los tigres (así llamaremos por ahora a los gatos hasta encontrar otro animal más poético), y desde allí se aniquila en el loco amor que le inspira aquella dama misteriosa, misterioooosa... ¿Qué haré? ¡Dios mío! Primero describiría a la dama muy poética... ticamente, muy lánguida, con cabellos rubios, muy rubios y flotantes, y una cintura así... (Al decir esto, hizo un ademán usual, determinando con los dedos pulgar e índice de ambas manos un círculo no más grande que la periferia de una cebolla.) La pintaría muy triste, vestida siempre de blanco, apoyada día y noche en el barandal, la mano en la mejilla, y contemplando la enredadera, que trepando como vegetal lagartija por los balcones, hasta sus mismos hombros llegaba.

—Le advierto a usted —dije con timidez— que yo no he puesto jardín, sino calle.

—No importa —respondió—; yo quito la calle y pongo pensiles. Continúo: la supondría siempre muy triste, y de vez en cuando una lágrima *asomaba* a sus ojos azules, semejando errante gota de rocío que se detiene a descansar en el cáliz de un jacinto. El joven mira a la dama, la dama no mira al joven. ¿Quién es aquella dama? ¿Es una esposa víctima, una hija mártir, una doncella pura lanzada al torbellino de la sociedad por la furia de las pasiones? ¿Ama o aborrece? ¿Espera o teme? ¡Ah! Esto es lo que yo me guardaría muy bien de decir hasta el capítulo trigésimo, donde pondría el gran golpe *teatral* de la obra... Veamos cómo desarrollaría la acción para lograr que se vieran y se conocieran los dos personajes. Un día la dama llora más que nunca y mira más fijamente al jardín; su vestido es más blanco que nunca y más rubios que nunca sus cabellos. Un pajarito que juguetea entre las matas viene a apoyarse en la enredadera junto a la mano de la dama, y como al ver la yema del dedo gordo cree que es una cereza, la pica. La joven da un grito, y en el mismo momento el pajarillo *salta* asustado, remonta el vuelo y va a posarse en la bohardilla de enfrente. La dama alza la vista siguiendo al diminuto volátil y ve... ¿a quién creéis que ve? Al joven que ha estado doce capítulos con los ojos fijos sin que esta se dignara mirarle. Desde entonces una corriente eléctrica se establece entre los dos amantes. ¡Se han contemplado! ¡Ay!

Al llegar, volvime casualmente hacia el duque de Cantarranas: estaba pálido de emoción y una *lágrima se asomaba* a sus ojos verdes, semejando viajera gota de rocío que se detiene a reposar en el cáliz de una lechuga.

Sentíame yo confundido, anonadado ante la pasmosa inventiva, la originalidad, el ingenio de aquella mujer, junto a quien las Safos y Staëlas eran literatas de tres al cuarto. De los demás personajes de mi auditorio nada diré, todavía.

—¡Bravo, soberbio! —exclamó Cantarranas aplaudiendo con fuerza y entusiasmándose de tal modo que se le saltó el mal pegado botón de la camisa, y las puntas del cuello postizo quedaron en el aire.

—¿Le gusta a usted mi pensamiento? preguntó la poetisa—. Esto es el *canvas* tan solo; después viene el estilo y...

—Me entusiasma la idea —repliqué, apuntando con lápiz lo que ella con el mágico pincel de su fantasía dibujara.

—Ese es el camino que usted debe seguir —añadió, dando a Cantarranas un alfiler para que afirmase el cuello.

—¡Oh! el recurso del pajarillo es encantador.

—El pajarillo —dijo Cantarranas— debe ser el intermediario entre la dama blanca y el joven meridional.

—Pues yo continuaría desarrollando la acción del modo siguiente —prosiguió ella—: veamos; el joven tomó el pajarillo con sus delicados dedos, y dándole algunas miguitas de pan, le alimentó varios días, consiguiendo domesticarle a fuerza de paciencia. Verá usted qué raro: le tenía suelto en el cuarto sin que intentara evadirse. Un día le ató un hilito en la pata y lo echó a volar; el pájaro fue a posarse al balcón en donde estaba la dama, que le acarició mucho y lo obsequió con migajitas de bizcocho, mojadas en leche. Volvió después a la bohardilla; el joven le puso un billete atado al cuello, y el ave se lo llevó a la dama. Así se estableció una rápida, apasionada y volátil correspondencia, que duró tres meses. Aquí copiaría yo la correspondencia, que ocuparía medio libro, de lo más delicado y elegante. Él empezaría diciendo: «Ignorada señora: los alados caracteres que envío a usted, le dirán, etc.». Y ella contestaría: «Desconocido caballero: con rubor y sobresalto he leído su epístola, y mentiría si no le asegurara que desde luego he creído encontrar un leal amigo, un amigo nada más...». Por esto de los amigos nada más se empieza. Así se prepara al lector a los grandes aspavientos amorosos que han de venir después.

—¡Qué ternura, qué suavidad, qué delicadeza! —dijo el duque en el colmo de la admiración.

—Acepto el pensamiento —manifesté, anotando todo aquel discreto artificio para encajarlo después en mi obra como mejor me conviniese.

Después que la poetisa hubo mostrado en todo su esplendor, adornándole con las galanuras del estilo, su incomparable ingenio; después que me dejó corrido y vergonzoso por la diferencia que resultaba entre su inventiva maravillosa y el seco, estéril y encanijado parto de mi caletre, ¿cómo había de atreverme a continuar leyendo? Ni a dos tirones me harían despegar los labios; y allí mismo hubiera roto el manuscrito, si el duque, que era la misma benevolencia, no me obligase a proseguir, con ruegos y cortesanías, que vencieron mi modestia y trocaron en valor mis fundados temores. Busqué, pues, en mi manuscrito el punto donde había quedado, y leí lo siguiente:

—«El joven Alejo era pobre, muy pobre. (Bien —dijo la poetisa.) Sus padres habían muerto hacía algunos años, y solo con lo que le pasaba una tía suya, residente en Alicante, vivía, si vivir era aquello. La mala sopa y el peor cocido con que doña Antonia de Trastámara y Peransúrez le alimentaba eran tales, que no bastarían para mantener en pie a un cartujo. Y aun así, doña Antonia de Trastámara y Peransúrez, tan noble de apellido como fea de catadura, solía quejarse de que el huésped no pagaba; horrible acusación que hiela la sangre en las venas, pero que es cierta. (La poetisa articuló una censura que me resonó en el corazón como un eco siniestro.) Así es que con los doscientos reales que de Alicante venían, el pobre no tenía más que para palillos, que era, en verdad, la cosa que menos necesitara. Luego las deudas se lo comían, y no podía echarse a la calle sin ver salir de cada adoquín un acreedor. Como era miope, las monedas falsas parece que le buscaban. ¡Singular atracción del bolsillo raras veces ocupado! En cuanto a distracciones, no tenía, aparte la dama citada, sino las murgas que en bandadas venían todas las noches, por entretener a la gente colgada de los balcones».

—¡Ay! ¡Ay! —observó la poetisa—; eso de las murgas es deplorable. Ya ha vuelto usted a caer en la sentina.

Al oír esto, otro de los personajes que me escuchaban rompió por primera vez su silencio, y con atronadora voz, dando en la mesa un puñetazo que nos asustó a todos, dijo:

—No está sino muy bien, magnífico, sorprendente. Pues qué, ¿todo ha de ser lloriqueos, blanduras, dengues, melosidades y tonterías? ¿Se escribe para doncellas de labor y viejas verdes, o para hombres formales y gentes de sentido común?

Quien así hablaba era la tercera eminencia que componía el jurado, y me parece llegada la ocasión de describirlo.

III

Don Marcos había sido novelista. Desde que se casó con la comercianta en paños de la calle de Postas, dejó las musas, que no le produjeron nunca gran cosa ni le ayudaron a sacar el vientre de mal año. Continuaba, sin embargo, con sus aficiones; y ya que no se entregara al penoso trabajo de la creación, solía dedicarse al de la crítica, más fácil y llevadero. Siempre en sus novelas (la más célebre se titulaba *El candil de Anastasio*) brillaba la realidad desnuda. De las muchas diferencias que existían entre su musa y la de Virgilio, la principal era que la de don Marcos huía de las sencillas y puras escenas de la naturaleza; y así como el pez no puede vivir fuera del agua, la musa susodicha no se encontraba en su centro fuera de las infectas bohardillas, de los húmedos sótanos, de todos los sitios desapacibles y repugnantes. Sus pinturas eran descarnados cuadros, y sus tipos predilectos los más extraños y deformes seres. Un curioso aficionado a la estadística hizo constar que en una de sus novelas salían veintiocho jorobados, ochenta tuertos, sesenta mujeres *de estas que llaman del partido,* hasta dos docenas y media de viejos verdes, y otras tantas viejas embaucadoras. Su teatro era la alcantarilla, y un fango espeso y maloliente cubría todos sus personajes. Y tal era el temperamento de aquel hombre insigne, que cuanto Dios crio lo veía feo, repugnante y asqueroso. Estos epítetos los encajaba en cada página, ensartados como cuentas de rosario. Era prolijo en las descripciones, deteniéndose más cuando el objeto reproducido estaba lleno de telarañas, habitado por las chinches o colonizado por la ilustre familia de las ratas; y su estilo tenía un desaliño sublime, remedo fiel del desorden de la tempestad. ¿Será preciso decir que usaba de mano maestra los más negros colores, y que sus personajes, sin excepción, morían ahogados en algún sumidero, asfixiados en laguna pestilencial, o asesinados con hacha, sierra u otra herramienta estrambótica? No es preciso, no, pues andan por el mundo, fatigando las prensas, más de tres docenas de novelas suyas, que pienso son leídas en toda la redondez del globo.

De su vida privada se contaban mil aventuras a cuál más interesante. Mientras fue literato, su fama era grande, su hambre mucha, su peculio escaso, su porte de esos que llamamos de mal traer. El editor que compraba y publicaba sus lucubraciones, no era tan resuelto en el pagar como en el imprimir, achaque propio de quien comercia con el talento; y don Marcos, cuyo nombre sonaba desde las márgenes del Guadalete hasta las del Llobregat, desfallecía cubierto de laureles, sin más oro que el de su fantasía, ni otro caudal que su gloria. Pero quiso la suerte que la persona del insigne autor no pareciese costal de paja a una viuda que tenía comercio de lana y otros excesos en la calle de Postas: hubo tierna correspondencia, corteses visitas, honesto trato; y al fin uniolos Himeneo, no sin que todo aquel barrio murmurara sobre por qué, cómo y cuándo de la boda. Lo que las musas lloraron este enlace, no es para contado; porque viéndose en la holgura, trocó el escritor los poco nutritivos laureles por la prosaica hartura de su nueva vida, y cuéntase que colgó su pluma de una espetera, como Cide Hamete, para que de ningún ramplón novelista fuera en lo sucesivo tocada. Después de larga luna de miel, cual nunca se ha visto en comerciantes de tela, se afirma que no reinó siempre en el hogar la paz más octaviana. No están conformes los biógrafos de don Marcos en la causa de ciertas riñas que pusieron a la esposa en peligro de morir a manos de su esposo: unos lo atribuyen a veleidades del escritor, otros más concienzudos, y buscando siempre las causas recónditas de los sucesos humanos, a que el pesimismo adquirido cultivando las letras infiltrose de tal modo en su pensamiento, que llenó su vida de melancolía y fastidio. ¡Tal influjo tienen las grandes ideas en las grandes almas!

A los ojos del profano vulgo, don Marcos era siempre el mismo. Aconsejaba a los jóvenes, procurando guiarles por el camino de la alcantarilla. Daba su opinión siempre que se la pidieran, y no negaba elogios a los escritores noveles, siempre que fuesen de su escuela colorista, que era la escuela del betún.

Este es el tercer personaje de los cuatro que formaban mi auditorio, y este el que expuso su modo de pensar, diciendo:

—No está sino muy bien. Hay que pintar la vida tal como es, repugnante, soez, grosera. El mundo es así: no nos toca a nosotros reformarlo, suponiéndolo a nuestro capricho y antojo: nos cumple solo retratar las cosas como son, y las cosas son feas. Ese joven que usted ha pintado ahí tiene demasiada luz, y le hace falta una buena dosis de negro. Hoy no saben dar claroscuro al estilo, y desde que han dejado de escribir ciertas personas que yo me sé, está la novela por los suelos. Si usted quiere hacer una obra ejemplar, rodee a ese caballerito de toda clase de lástimas y miserias; arroje usted sobre él la sombra siniestra de la sociedad, y la tal sociedad es de lo más repugnante, asqueroso o inmundo que yo me he echado a la cara. Y después, si lo conviene ofrecer una lección moral a sus lectores, haga que el chico se trueque de la noche a la mañana, por la sola fuerza del hambre y del hastío, en un ser abyecto, revelando así el fondo de inmundicia que en el corazón de todo ser humano existe. Preséntele usted con toda la negra realidad de la vida, braceando en este océano de cieno, sin poder flotar, y ahogándose, ahogándose, ahogándose... Pero, eso sí, déjele usted que se enamore con hidrofobia de la dama de enfrente; porque en ese gran recurso dramático ha de cimentarse todo el edificio novelesco. Si yo me encargara de desarrollar el plan, lo haría de ingenioso modo, nunca visto ni en novelas ni en dramas.

—¿A ver, a ver? —interrogamos todos, yo por afán de penetrar los pensamientos literarios de mi amigo, los demás por curiosidad y deseo de ver en todo su horror la cloaca intelectual de aquel atroz ingenio.

—Yo haría lo siguiente —continuó—: le supondría muy desesperado sin saber qué hacer para comunicarse y entablar relaciones con la dama de enfrente. Suprimo eso del pajarito, que es insufrible. (La poetisa dejó traslucir, con un movimiento de indignación, su ultrajado amor de madre.) Él piensa unas veces meterse a bandido para robar a la dama; otras se le ocurre quemar la casa para sacar a la señora en brazos. Entre tanto se pone flaco, amarillo, cadavérico, con aspecto de loco o de brujo: la casa se cae a pedazos, y en su miseria se ve obligado a comer ratas. (Cantarranas cerró los ojos después de mirar al cielo con angustia.) Un día se le pasa por las mientes un ardid ingenioso, y para esto tengo que suponer que vive, no en la casa de enfrente, sino en la boardilla de la misma casa. Modificada de este modo la escena, fácil es comprender su plan, que consiste en introducirse por el cañón de la chimenea y colarse hasta el piso principal.

—¡Qué horror! —exclamó la poetisa tapándose la cara con las manos —. ¡Se va a tiznar! Si al menos tuviera donde lavarse antes de presentarse a ella.

—No importa que se tizne —continuó el novelista—. Yo pintaría a la dama muy hermosa, sí, pero con una contracción en el rostro que denota sus feroces instintos. Ha tenido muchos amantes; es mujer caprichosa, uno de esos caracteres corrompidos que tanto abundan en la sociedad, marcando los distintos grados de relajación a que llega en cada etapa la especie humana. Ha tenido, como decía, muchísimos querindangos, y al fin viene a enamorarse de un negro traído de Cuba por cierto banquero, que es un agiotista inicuo, un bandolero de frac.

»Con estos antecedentes, ya puedo desarrollar la situación dramática, de un efecto horriblemente sublime. Veamos: ella está en su cuarto, lánguidamente sentada junto a un veladorcillo, y piensa en el Apolo de azabache, charolado objeto de su pasión. Hojea un álbum, y de tiempo en tiempo su rostro se contrae con aquel siniestro mohín que la hace tan espantablemente guapa. De repente se siente ruido en la chimenea: la dama tiembla, mira, y ve que de ella sale, saltando por encima de los leños encendidos, un hombre tiznado: en su delirio cree que es el negro: domínanla al mismo tiempo el estupor y la concupiscencia. La luz se apaga... ¡Pataplum!... ¿Qué les parece a ustedes esta situación?

—Digo que es usted el mismo demonio o tiene algún mágico encantador que lo inspire tan admirables cosas —respondí confuso ante la donosa invención de don Marcos, que me parecía en aquel momento superior a cuantos, entre antiguos y modernos, habían imaginado las más sutiles trazas de novela.

La poetisa estaba un tanto cabizbaja, no sé si porque le parecía mejor lo suyo o porque, teniendo por detestable el engendro de don Marcos, consideraba a qué límite de fatal extravío pueden llegar los más esclarecidos entendimientos. No estará de más que con la mayor reserva diga yo aquí, para ilustrar a mis lectores, que la poetisa tenía, entre otros, un defecto que suele ser cosa corriente entre las hembras que agarran la pluma cuando solo para la aguja sirven: es decir, la envidia.

—Pues verán ustedes ahora —continuó don Marcos— cómo armo yo el desenlace de tan estupendo suceso. A la mañana siguiente hállase la dama en su tocador, y ha gastado dos pastas de jabón en quitarse el tizne de la cara. Su rabia es inmensa: está furiosa; ha descubierto el engaño, y en su desesperación da unos chillidos que se oyen desde la calle. El joven, por su parte, trata de huir, al ver el enojo de la que adora. Quiere matar al desconocido mandinga, de quien está celosísimo; pero en lugar de bajar la escalera, se ve obligado a subir por el mismo cañón de la chimenea para no ser visto de cierto conde que entra a la sazón en la casa.

»La fatalidad hace que no pueda subir por el cañón, habiendo sido tan fácil la bajada; y mientras forcejea trabajosamente para ascender, resbala y cae al sótano y de allí, sin saber cómo, a un sumidero, yendo a parar a la alcantarilla, donde se ahoga como una rata. La ronda le encuentra al día siguiente, y le llevan, en los carros de la basura, al cementerio. Como aquí no tenemos *Morgue*, es preciso renunciar a un buen efecto final.

Así habló el realista don Marcos. Cantarranas estaba más nervioso que nunca, y la poetisa sacó un pomito de esencias, para aplicarlo al cartucho que tenía por nariz: este singular pomito era el *flacon* que había visto en todas las novelas francesas. Es la verdad que don Marcos le inspiraba profunda repugnancia, y por eso le llamaba ella *barril de prosa*, sin duda por vengarse del otro, que en cierto artículo crítico la llamó una vez *espuerta de tonterías*.

Yo no sabía qué hacer en presencia de dos fallos tan autorizados y al mismo tiempo tan contradictorios. Vacilaba entre figurar a mi héroe dando migajas de pan al pajarito, o metiendo la cabeza en los sumideros del palacio de su amada. Miré al magnífico duque, y le vi con la cabeza gacha y colgante, como higo maduro. La poetisa se hallaba en un paroxismo de furor secreto. ¿Cómo podía yo decidirme por una solución contraria a las ideas de Cantarranas, cuando este era mi Mecenas, o, para valerme de una de sus más queridas figuras, corpulento roble que daba sombra a este modesto hisopo de los campos literarios? Y al mismo tiempo, ¿cómo desairar a don Marcos, tan experimentado en artes de novela? ¿Cómo renunciar a su plan que era el más nuevo, el más extraño, el más atrevido, el más sorprendente de cuantos había concebido la humana fantasía? En tan crítica situación me hallaba, con el manuscrito en las manos, la boca abierta, los ojos asombrados, indeciso el magín y agitado el pecho, cuando vino a sacarme de mi estupor y a cortar el hilo de mis dudas la voz del cuarto de los personajes que el jurado componían. Hasta entonces había permanecido mudo, en una butaca vieja, cuyas crines por innumerables agujeros se salían, allí estaba, con aspecto de esfinge, acentuado por la singular expresión de su rostro severo. Creo que ha llegado la ocasión de describir a este personaje, el más importante sin duda de los cuatro, y voy a hacerlo.

IV

Si cuarenta años de incansable laboriosidad, de continuos servicios prestados al arte, a las letras y a la juventud son títulos bastantes para elevar a un hombre sobre sus contemporáneos, ninguno debiera estar más por cima de la vulgar muchedumbre que don Severiano Carranza, conocido entre los árcades de Roma por *Flavonio Mastodontiano*. Era casi académico, porque siempre que vacaba un sillón se presentaba candidato, aunque nunca quisieron elegirle. Su fuerte era la erudición; espigaba en todos los campos: en la historia, en la poesía, en las artes bellas, en la filosofía, en la numismática, en la indumentaria. Recuerdo su última obra, que estremeció el mundo de polo a polo, por tratar de una cuestión grave, a saber: de si el Arcipreste de Hita tenía o no la costumbre de ponerse las medias al revés, decidiéndose nuestro autor por la negativa, con gran escándalo y algazara de las Academias de Leipzig, Gotinga, Edimburgo y Ratisbona, las cuales dijeron que el célebre Carranza era un alma de cántaro al atreverse a negar un hecho que formaba parte del tesoro de creencias de la humanidad.

¿Pues y su disertación sobre los colmillos del jabalí de Erymantho, que fue causa de un sinfín de mordiscadas entre los más famosos eruditos? No diré nada, pues corre en manos de todo el mundo su famoso discurso sobre el modo de combinar las *tes* y las *des* en el metro de arte mayor, el cual le alzara a los cuernos de la luna, si antes, para gloria de España y enaltecimiento de sí propio, no hubiera escrito y dado a la estampa la nunca bastante encarecida *Oda a la invención de la pólvora,* en que llamaba a este producto químico *atmósfera flamínea.* Esta es su única obra de fantasía. Las demás son todas eruditas, porque vive consagrado a los apuntes. Como crítico no se le igualara ni el mismo Cantarranas, aunque no faltan biógrafos que lo equiparan a él, y hubo alguno que aseguró que le aventajaba en muchas cosas. Basta decir que Carranza había leído cuanto salió de plumas humanas, siendo de notar que todo libro que pasase por su memoria dejaba en ella un pequeño sedimento o depósito, aunque no fuera más grande que una gota de agua.

No había fecha que él no supiera, ni nombre que ignorara, ni dato que le fuera desconocido, ni coincidencia que se escapase a su penetración y colosal memoria. Bien es verdad que de este almacén sacaba el cargamento de sus críticas, las cuales tenían más de indigestas que de sabrosas, porque no existe cosa antigua que no sacara a colación, ni autor clásico que no desenterrara a cada paso para llevarle y traerle como a los gigantones en día de Corpus. Escribiendo, era prolijo: su estilo se componía de las más crespas y ensortijadas frases que es dado imaginar. Pulía de tal modo su prosa, que parecía una cabellera con cosmético y bandolina, pudiendo servir de espejo; y sus versos eran tales, que se les creerían rizados con tenacillas. Nunca repitió una palabra en un mismo pliego de papel, por miedo a las redundancias y sonsonetes. En cierta ocasión, habiendo hablado en un artículo del mondadientes de marfil de una dama, viéndose obligado a repetirlo por la fuerza de la sintaxis y pareciéndole vulgar la palabra palillo, llamó a aquel objeto el *ebúrneo estilete.* Por esta razón aparecían en sus escritos unas palabrejas que sus enemigos, en el furor de la envidia, llamaban estrambóticas. Tratarle a él de pedante era cosa corriente entre los malignos gacetilleros que molestan siempre a los grandes hombres como las pulgas al león.

La persona del erudito Carranza era tan notable como sus obras. Componíase de un destroncado cuerpo sobre dos no muy iguales piernas, brazos pequeños y los hombros cansadísimos; exornando todo el edificio un sombrero monumental, bajo el cual solía verse, en días despejados, la cabeza más arqueológica que ha existido. Después de la corbata, que afectaba cierto desaliño, lo que más descollaba era la boca, donde en un tiempo moraron todas las gracias, y ahora no quedaba ni un diente; y la nariz hubiera sido lo más inverosímil de aquel rostro si no ocuparan el primer lugar unos espejuelos voluminosos, tras los cuales el ojo perspicaz y certero del crítico fulguraba.

Estos ojos fueron los que me miraron con severidad que me turbó; esta boca fue la que con voz tan solemne como cascada, tomó la palabra y dijo:

—¡Oh extravío de las imaginaciones juveniles! ¡Oh ruindad de sentimientos! ¡Oh corrupción del siglo! ¡Oh bajeza de ideas! ¡Oh pérdida del buen gusto! ¡Oh aniquilamiento de las clásicas reglas! ¿Hay más formidable máquina de disparates que la que usted escribió, ni mayor balumba de despropósitos que la que esa señora y ese caballero han dicho? ¿En qué tiempos vivimos? ¿Qué república tenemos? Vaya usted, señora, a coser sus calcetas y a espumar el puchero, y usted, don Marcos, a cuidar sus hijos si los ha; y usted, joven, a aprender un oficio, que más cuenta le tiene cualquier ocupación, aunque sea ingrata y vil, que componer libros. Pues qué, ¿es el campo de las letras dehesa de pasto para toda clase de *pecus* o jardín frondosísimo donde solo los más delicados ingenios pueden hallar deleites y amenidades? Id, cocineros del pensamiento, a condimentar vulgares sopas y no sabrosos platos; que no es dado a tan groseras manos preparar los exquisitos manjares que se sirven en el ágape de los dioses.

Como Semíramis cuando ve aparecer la sombra de Nino para echarle en cara sus trapicheos; como Hamlet cuando oye al espectro de su padre revelándole los delitos de la *señá* Gertrudis; como Moisés cuando vislumbra a Jehová en la zarza ardiente, así nos quedamos todos, mudos, fríos, petrificados de espanto. El apóstrofe de aquel hombre, tenido por un oráculo, su singular aspecto, su severa mirada y el eco de su vocecilla, nos infundieron tal pavor, que hubo de transcurrir buen espacio de tiempo antes que yo tomase aliento, y sacara la poetisa su *flacon* y cerrara la boca el excelente duque.

Al fin nos repusimos del terror, y Carranza, advirtiendo el buen efecto que sus palabras habían producido, arremetió de nuevo contra nosotros, y de tal modo se ensañó con don Marcos, que pienso no le quedara hueso sano. La poetisa estaba turulata y no hacía más que abanicarse para disimular su enojo, mientras Cantarranas parecía inclinado, en fuerza de su natural bondad, a ponerse de parte del tremendo crítico.

—¡Y para esto me han llamado! —decía este—. La culpa la tiene quien, dejando serias ocupaciones y la sabrosa compañía de las musas, asiste a estas lecturas, donde le hacen echar los bofes con tantísimo desatino.

Entonces yo, desafiando con un arrojo que ahora me espanta la cólera del Aristarco, le dije:

—Pero ya que he tenido la osadía de traerle a usted aquí, oh varón insigne, ¿no me será permitido pedirle la más gran merced que hacerme pudiera, ayudando con sus luces a mejorar este engendro mío que con tan mala estrella viene al mundo?

—Sí, lo haré de muy buen grado —contestó el sabio, trocándose repentinamente en el hombre más suave y meloso de la tierra—. Voy a decir cómo desarrollaría yo mi pensamiento; pero han de prometerme que no he de ser interrumpido por aplausos, ni otra manifestación semejante. Empezaré, pues, declarando que yo colocaría la acción de mi obra en tiempos remotos, en los tiempos pintorescos e interesantes, cuando no había alumbrado público, y sí muchas rondas y gran número de corchetes; cuando los galanes se abrían en canal por una palabrilla, y las damas andaban con manto por esas callejuelas, seguidas de celestinas y rodrigones; cuando se guardaba con siete llaves el honor, sin que eso quiera decir que no se perdiese en su santiamén. Yo no sé cómo hay ingenios tan romos que novelan con cosas y personas de la época presente, donde no existen elementos literarios, según todos los hombres doctos hemos probado plenamente. Al demonio no se le ocurriría pintar aventuras en una calle empedrada y con faroles de gas. Por Dios y por los santos, ¿cabe nada más ridículo que un diálogo amoroso, en que aparece a cada momento la palabra *usted,* hecha para preguntar cómo está el tiempo, los precios de la carne, etc.?... Pues bien; yo figuraría mis personajes en el siglo XVII, y abriría la escena con gran ruido de cuchilladas y muchos *pardieces* y *voto a sanes;* después el ir y venir de los alguaciles y, por último, la voz cascada de una vieja alcahueta que acude con su farolito a reconocer la cara del muerto.

Todos nos mirábamos, sorprendidos ante el pintoresco cuadro que en un periquete había trazado aquel maestro incomparable.

—El joven pobre que ha puesto usted en la bohardilla, donde está muy requetebién, le figuraría yo un hidalgo de provincias, sin blanca y con malísima estrella. Ha llegado a Madrid en busca de fortuna, y solicita que le hagan capitán de tercios, para lo cual anda de ceca en meca, sin poder conseguir otra cosa que desprecios. La dama de enfrente es de la más alta nobleza, hija de algún montero mayor de la casta real, o cosa por el estilo, lo cual hace que tenga entrada en palacio, y sea bienquista de reyes, príncipes e infantes. Meteremos en el ajo algún rapabarbas o criado socarrón que haga de tercero, porque novela o comedia sin rapista charlatán y enredador es olla sin tocino y sermón sin agustino. ¡Y cómo había yo de pintar las escenas de tabernas, las cuchilladas, las pendencias que dirige siempre un tal maese Blas o maese Pedrillo! ¿Pues y las escenas de amor? ¡Qué discreción, qué ternezas, qué riqueza metafórica había yo de poner allí! Carta acá, carta allá, y entrevista en las Descalzas todos los días, porque la condesa vieja es tan devota, que no se mueve un clérigo ni fraile en las iglesias de Madrid sin que ella vaya a meter sus narices en la función. El hidalguillo tañe su laúd que se las pela, y la dama le manda décimas y quintillas. Ambos están muy amartelados. Pero cata aquí que el padre, que es un condazo muy serio, con su gorguera de encajes que parece un sol, gran talabarte de pieles y unos gregüescos como dos colchones, quiere que se case con don Gaspar Hinojosa Afán de Rivera, etc., etc., etc., que es contralor, hijo del virrey de Nápoles y secretario del general *qué sé yo cuántos,* que ha tomado a Amberes, Ostende, Maestrich u otra plaza cualquiera. El rey tiene un gran empeño en estas nupcias, y la reina dice que quiere ser madrina del bodorrio. Ahora es ella. La dama está fuera de sí, y el hidalguillo se rompe la cabeza para inventar un ardid cualquiera que le saque de tan espantoso laberinto. ¡Oh terrible obstáculo! ¡Oh inesperado suceso! ¡Oh veleidades del destino! ¡Oh amargor de la vida! Lo peor y más trágico del caso es que el padre se ha enterado de que hay un galán que corteja a la niña, y se enfurece de tal modo, que si le coge, le parte la cabeza en dos con la espada toledana. Cuenta al rey lo que pasa, la reina le echa fuerte reprimenda a nuestra heroína, y todos convienen en que el galán aquel es un majagranzas, que no merece ni descalzarle el chapín a la doncella. El mozo ya no rasca laúdes ni vihuelas, y se pasea por el Cerrillo de San Blas muy cabizbajo y melancólico. Los criados del conde le andan buscando para darle una paliza; pero escapa de ella, gracias a las tretas del socarrón de su lacayo, que no por estar muerto de hambre deja de ser maestro en artimañas y sutilezas. Los amantes van a ser separados para siempre. Y lo peor es que el don Gaspar se enfurruña y ya no quiere casarse, y dice que si topa en la calle al pobre hidalgo, le pondrá como nuevo. ¿Qué hacer? ¡Tate!... Aquí está el quid de la dificultad. ¿Cómo desenredar esta enmarañada madeja? Pues verán ustedes de qué manera ingeniosa, con qué donosura y originalidad desato yo este intrincado nudo, en que el lector, suspenso de los imaginarios hechos, los mira como si fuesen reales y efectivos. ¿Qué les parece a ustedes que voy a inventar? ¿A ver?

Todos nos quedamos con la boca abierta, sin saber qué contestarle. Yo sobre todo, ¿cómo había de imaginar cosa alguna que igualara a los profundos pensamientos de aquel pozo de ciencia?

—Pues verán ustedes —prosiguió—. Hallándose las cosas como he dicho, de repente... ¡Qué novedad! ¡Qué agudísima e inesperada anagnórisis!... Pues es el caso que el muchacho tiene un tío, oidor de Indias. Este tío oidor, que es todo un letrado y persona de pro, muere legando un caudal inmenso; de modo que cuando menos se lo piensa, el hidalguillo se ve con doscientos mil escudos en el arca y es más rico que el conde de enfrente. Cátate que en un momento le obsequian todos y le guardan más miramientos que si fuera el mismo duque de Lerma, ministro universal. El padre de la dama se ablanda, esta se marcha a Platerías diciendo que va a comprar unas arracadas, pero con el disimulado fin de ver al hidalguillo y oír de sus mismos labios la noticia de la herencia; la reina se desenoja, el rey dice que les ha de casar o deja de ser quien es. Don Gaspar se va furioso a las guerras de la Valtelina, donde le matan de un arcabuzazo, y por fin los dos jóvenes se casan, son muy obsequiados, y viven luengos años en paz y en gracia de Dios. Así, señores, desarrollaría yo el pensamiento de esta novela, que, expuesta de tal modo, pienso no sería igualada por ninguna de cuantas en lengua italiana o española se han escrito, desde Boccaccio hasta Vicente Espinel; que yo las he leído todas, y aquí pudiera referirlas *ce* por *be,* sin que se me quedara una en la cuenta.

Aquí terminó el dictamen de don Severiano Carranza, fénix de los literatos. Esta lección tercera era ya demasiada carga de bochorno y humillación para mí. Y ¿cómo había yo de continuar leyendo, si en un dos por tres me habían mostrado aquellos personajes la flaqueza de mi entendimiento, apto tan solo para bajas empresas? Me afrentaron, y de sus enseñanzas saqué menos provecho que vergüenza. Sí: lo digo con la entereza del que ya ha desistido de caminar por el escabroso sendero de la literatura, y confiesa todos sus yerros y ridiculeces. Cuando don Severiano acabó, la poetisa hizo un mohín de fastidio, señal de que el discurso no le había parecido de perlas. Don Marcos se reía del insigne erudito, y el duque de Cantarranas... (rubor me cuesta el confesarlo, porque lo estimo sobremanera, y desearía ocultar todo lo que le menoscabase; pero la imparcialidad me obliga a decirlo) el duque se había dormido, cosa inexplicable en quien siempre fue la misma cortesía.

Otro suceso doloroso tengo que referir, y sabe Dios cuánto me cuesta revelar cosas que puedan oscurecer algún tanto la fama que rodea a estas cuatro venerandas personas. ¿Revelaré este funesto incidente? ¿Llevaré la mundanal consideración y el afecto particular hasta el extremo de callar la verdad, hija de Dios, sin la cual ninguna cosa va a derechas en este mundo? No; que antes que nada es mi conciencia; y además, si enseño una flaqueza de mis cuatro amigos, no por eso van a perder la estimación general quienes tantos y tan grandes merecimientos y títulos de gloria reúnen. Hay momentos en que los más rutilantes espíritus sufren pasajero eclipse, y entonces, mostrándose la naturaleza en toda su desnudez, aparecen las malas pasiones que bullen siempre en el fondo del alma humana.

Esto fue lo que pasó a mis cuatro jueces en aquella noche funesta. Sucedió que unas palabras de don Marcos, que fue siempre algo deslenguado, irritaron al augusto crítico. Quiso intervenir Cantarranas, y como la poetisa dijese no sé qué tontería de las muchas que tenía en la cabeza, don Marcos le increpó duramente; salió a defenderla con singular tesón el duque, y recibió de pasada, y como sin querer, un furibundo sopapo. Desde entonces fue aquello un campo de Agramante, y es imposible pintar el jaleo que se armó. Daba el erudito a don Marcos, don Marcos al duque, este al erudito, el cual se vengaba en la poetisa, que arañaba a todos y chillaba como un estornino, siendo tal la baraúnda, que no parecía sino que una legión de demonios se había metido en mi casa. No pararon los irritados combatientes hasta que don Marcos no derramó sangre a raudales, rasguñado por la poetisa; hasta que esta no se desmayó dejando caer sus postizos bucles, y haciéndome en la frente un chichón del tamaño de una nuez; hasta que al duque no se le fraccionó en dos pedazos completos la mejor levita que tenía; hasta que Carranza no perdió sus espejuelos y la peluca, que era bermeja y muy sebosa.

Así terminó la sesión que ha dejado en mí recuerdos pavorosos. He revelado esta lamentable escena por amor a la verdad, y porque debo ser severo con aquellos que más valen y más fama gozan. De todos modos, si hago esta confesión, no es con ánimo de publicar debilidades, sino por hacer patente lo miserable de la naturaleza humana, que aun en los más elevados caracteres deja ver en alguna ocasión su fondo de perversidad.

V

De la novela, inocente causa de tan reñida controversia y desbarajuste final, ¿qué he de decir, sino que salió cual engendrada en aciaga noche de escándalo? Como quise adoptar las ideas de cada uno, por parecerme todas excelentes, mi obra resultó análoga a esas capas tan llenas de remiendos y pegotes, que no se puede saber cuál es el color y la tela primitivos. Después de la introducción que he leído, adopté el pensamiento del pajarito y le puse de intermediario entre los dos amantes. Luego, pareciéndome de perlas el incidente de la chimenea, hice que Alejo se mudara a la casa de enfrente, y que una noche se deslizara muy callandito por el interior del ennegrecido tubo, apareciéndose a la dama cuando esta se percataba menos.

Lo del negro no me fue posible introducirlo; pero sí el magnífico desenlace del tío en Indias, ideado por el fénix de los críticos, aunque no pude suponerlo oidor, sino tabernero, diferencia que importa poco para el caso. Así la novela, como hija de distintos progenitores, venía a ser la cosa más pintoresca, variada y original del mundo, y bien podía decir su autor: «*yo, el menor padre de todos...*». Imprimila, porque ningún editor la quería tomar, aunque yo, llevando mi modestia hasta lo sublime, la daba por ochenta reales al contado y otros ochenta, pagaderos a plazos de dos duros en dos años.

La puse a la venta en las principales librerías, y en un lustro que ha corrido llevo despachada la friolera de tres ejemplares, más los que me tomaron al fiado, y que espero cobrar si la cosecha es buena en el próximo otoño. Un librero de Sevilla me ha prometido comprarme un ejemplar, si le hago la rebaja de dos reales; y este pedido, con otras proposiciones que me dirigen de lejanas tierras, me hace esperar que venderé hasta diez en todo lo que queda de año. No puedo quejarme, en verdad, porque yo sé que si las cosas estuvieran mejor y sobrase dinero en el país, no había de quedar un ejemplar para muestra.

De todos modos, me consuela la singular protección que me dispensa, ahora como antes, el duque de Cantarranas, mi ilustre Mecenas; quien ha podido conseguir de un amigo suyo, dueño de una tienda de ultramarinos, que me compre media edición al peso, y a veinticinco reales la arroba. Si merced a la solicitud del prócer ilustre consigo realizar este negocio, me servirá de estímulo para proseguir por el fatigoso camino de las letras, que si tiene toda clase de espinas y zarzales en su largo trayecto, también nos conduce, como sin querer, a la holgura, a la satisfacción y a la gloria.

Madrid, septiembre de 1872

Perlista

EMILIA PARDO BAZÁN (1851-1921)

Aunque su figura es objeto de atención en los últimos años, todavía hay que situar en su potente magnitud literaria a Emilia Pardo Bazán. No solo por la importancia de sus novelas y cuentos, que forman parte de los mejores ejemplos del realismo literario de su tiempo, sino por la amplitud de sus inquietudes, que la llevaron a escribir de manera arrolladora crónica periodística, escritos de viajes, ensayo histórico, crítica literaria, libros de cocina, poesía, teatro, biografías, divulgación científica... Y no menos importante fue su contribución en textos y conferencias a la reivindicación de la mujer en la sociedad española, con declaraciones públicas muy adelantadas a su tiempo.

Pescando en la variadísima dimensión de su obra encontramos esta pieza titulada *Perlista,* publicada en la recopilación de cuentos *El fondo del alma,* en 1910. Aunque después derivará a otros asuntos de manera hábil, resulta interesante el retrato que hace de la figura del escritor. Una mirada crítica, en la que la soberbia nubla el entendimiento al artista, al que nos muestra como un gruñón insoportable. Temeroso de que su ego pueda verse dañado fácilmente, cuando se propone al excelso autor salir de casa a ventilarse y darse una vuelta por las librerías anticuarias, su reacción es furibunda: «¿Libreros de viejo? ¿Tragar polvo cuatro horas para descubrir finalmente un libro nuestro, con expresiva dedicatoria a alguien, que lo ha vendido o lo ha prestado por toda la eternidad?».

PERLISTA

Emilia Pardo Bazán

E l gran escritor no estaba aquella tarde de humor de literaturas. Hay días así, en que la vocación se sube a la garganta, produciendo un cosquilleo de náusea y de antipatía. Los místicos llaman *acidia* a estos accesos de desaliento. Y los temen, porque devastan el alma.

—¿Quiere usted que salgamos, que vayamos por ahí, a casa de algún librero de viejo, a los almacenes de objetos del Japón?

Conociendo su afición a la bibliografía, su pasión por el arte del remoto Oriente, creí que le proponía una distracción grata. Pero era indudable que tenía los nervios lo mismo que cuerdas finas de guitarro, pues bufó y se alarmó como si le indujese a un crimen.

—¿Libreros de viejo? ¿Tragar polvo cuatro horas para descubrir finalmente un libro nuestro, con expresiva dedicatoria a alguien, que lo ha vendido o lo ha prestado por toda la eternidad? ¿Japonerías? ¡Buscarlas! Son muñecos de cartón y juguetes de cinc, fabricados en París mismo, recuerdo grosero de las preciosidades que antaño le metían a uno por los ojos casi de balde. Eso subleva el estómago. ¡Puff!

—Pues demos un paseíto sin objeto, solo por escapar de estas cuatro paredes. Nos convidan el tiempo hermoso y la ciudad animada y hasta embalsamada por la primavera. Los árboles de los «squares» están en flor y huelen a gloria. Y a falta de árboles, trascienden los buñuelos de las freidurías, la ropa de las mujeres, el cuero flamante de los arneses de los caballos, los respiraderos de las cocinas... Sí; la manteca de los guisos tiene en París un tufo delicioso. ¡A mí me da alegría el olor de París!

El maestro, pasando del enojo infantil a una especie de tristeza envidiosa, me fijó, me escrutó con lenta mirada penetrante.

—Tengo ese olor—murmuró hablando consigo mismo— metido en los poros del cuerpo; si me retuercen, sale a chorros. ¡Qué no daría yo por encontrar regocijador y tónico el olor de París, como allá en 1860! En fin... porque a uno se le acabe la cuerda, no se van a parar los demás relojes. ¡A la calle! Celina... mi sombrero, mi abrigo, mi bastón, mi portamoneda... *Depêchez vous, ma fille...*

El ómnibus nos soltó en el bulevar, a tales horas —las cinco de la tarde— atestado de gentío. La inmersión en las olas de la multitud reanimó al maestro. Con visos de animación me propuso llevarme a ver «algo que me interesaría quizás». La restricción era en él habitual. Su espíritu cansado evitaba afirmar con energía cosa alguna.

Internándonos por calles menos frecuentadas, no lejos de la plaza de la Concordia, nos detuvimos en el portal de una casa grande, semiantigua, época Luis Felipe. El portero suspendió la lectura del *Gaulois* para informarnos.

—¿Madmoiselle Merry? Perfectamente... En el patio, escalera del fondo, a la derecha. Quinto piso.

—¿No le molestará a usted la subida? —indiqué al maestro.

—¡Como no hay remedio! —murmuró encogiéndose de hombros—. Si ha de conocer usted a la ensartadora de perlas... Ya un día le hablé a usted de ella. Creo que merece los ciento veintiocho escalones...

Arriba. De piso en piso, la encerada escalera, al principio oscura, se llenaba de claridad. En el cuarto respiramos. En el quinto, al repique de la campanilla, salió una vieja sirviente, de rizada y almidonada papalina, semejante a las que se ven en los retratos flamencos, y nos hizo entrar —con exclamaciones cordiales de bienvenida— en un saloncito de mobiliario usadísimo, anticuado, limpio como el oro. A los dos minutos, presentose la señorita Merry. Era otra anciana, de papalina también, pero papalina de encaje negro con cintas malva; de rostro que aún conservaba las medio desvanecidas líneas de una hermosura delicada e ideal; de ojos azules, descoloridos como violetas marchitas; de fatigados parpados, como tienen las personas que han llorado mucho; de manos pálidas, prolongadas, divinamente cuidadas, manos de aristócrata y de monja claustral. Después de los primeros saludos y cumplimientos, el maestro dijo, señalando hacia mí:

—Es extranjera... Yo rogaría a usted que la informase de algunos detalles referentes a su oficio... a su arte, me atrevería a decir.

—¡Arte! —pronunció la señorita, sacudiendo la cabeza—. Oficio y muy oficio. Me dedico, señora, a enhebrar perlas; es decir, a colocarlas de manera que luzcan todo lo posible, y que vayan exactamente aparejadas según su magnitud y su oriente. Ya ve usted qué cosa tan sencilla. Pasen ustedes a mi taller, y así se formarán idea de cómo trabajo. Justamente tengo entre manos la gargantilla de un rajá, un tesoro de la India. Por aquí...

Abrió una puertecilla disimulada y nos encontramos en el taller, cuarto clarísimo, vacío, sin alfombra, sin cortinajes, casi sin muebles, excepto un taburete bajo y una mesita negra con ranuras paralelas, de anchuras diferentes. En el suelo una pirámide de cribas de agujeritos menudos; en el fondo una caja de caudales, de hierro y acero, destinada a encerrar las perlas de noche.

—Antonieta, sillas para este señor y esta señora —ordenó la perlista—. No extrañen ustedes ver la habitación tan desnuda... Si una perla salta de la ranura o se me escapa a mí de entre los dedos, tengo que encontrarla; no voy a disculparme con que no parece... Las junturas del piso están tomadas con cera. Perlas hubo aquí tasadas en cientos de miles de francos... Si no morimos asesinadas y robadas, yo y mi pobre criada, milagro será. Jamás duermo tranquila; me levanto a rondar; el menor ruido me eriza el cabello. ¿Ven ustedes? Estas cribas son para cribar las perlas cuando se quiere hacer con ellas eso que llaman un collar de perro... para lo cual se necesita que tengan una igualdad extraordinaria, absoluta; si no, no es bonita la joya. Pero cuando las perlas alcanzan este tamaño... ¡entonces, a simple vista, las combino!

Señaló a las ranuras de la mesa. En la penúltima se alineaba una hilera de estupendas perlas, enormes, redondas, de dulce reflejo, lácteo y opalino.

—Son las del rajá —advirtió la señorita—. De primera magnitud. Y digo de primera, porque si hay otra ranura, todavía mas ancha, esa... solo se llenó una vez cuando Oxen, el millonario norteamericano, compró secretamente una sarta antigua, dicen que de la virgen de Loreto. Eran colosales... pero disparejas. Me vi apurada para casarlas, y al fin no quedaron bien: mi conciencia me lo repetía.

—¿Y cómo se le ha ocurrido a usted ejercer esta profesión? —interrogué curiosamente.

—¡Ah!... Es la historia de mi vida —murmuró la anciana, cuya piel plegada y amarilla, del amarillo de la vitela antigua, se coloreó un poco—. El maestro lo sabe, y puesto que usted es su amiga, no tengo reparo en contársela. Ante todo, algo que a usted la sorprenderá: soy «única» en mi profesión en París. Quiero decir que a nadie sino a mí le llevan a hilar sartas de perlas; que los joyeros a mí acuden, y a pesar de ser bien escaso el número de collares magníficos en Europa, como todos vienen a parar aquí, ando siempre agobiada de labor... Es cosa singular: parece facilísimo hilar perlas, y facilísimo sería, en efecto, si se redujese a ponerlas unas tras otras... Pero cabalmente es indudable —lo aseguro por experiencia— que solo hay una combinación dada para que luzcan debidamente, y que cada hilo requiere la suya.

»Si ensarto cincuenta perlas puedo equivocarme de cuarenta y nueve modos, y acertar solo de uno. Así es que, a veces, ensayo las cincuenta, hasta descubrir el que debe ser. Se cuenta que tengo un secreto para hilar... Ya saben ustedes mi secreto: paciencia. Y además, este oficio no sirve sino para quien sienta una chifladura por las perlas, como yo la sentí desde niña. No poseo ninguna, ni tamaña como un grano de trigo... y manejo las mejores del mundo. Aquí, los collares de la desgraciada emperatriz; aquí, los de las princesas; aquí, los de las reinas, de las actrices, de las impuras, de las archimillonarias, de las odaliscas turcas, de las imágenes católicas... Ya, ya

194

voy a *eso;* a cómo se reveló mi vocación de perlista. ¡Bien sencillo! En dos palabras. Yo tuve una hermana y un novio. Mi hermana —hermana solo por parte de madre— heredó, de un tío suyo, una gran fortuna. Entonces mi novio rompió conmigo y se dedicó a pretenderla a ella; mi hermana le hizo caso... y se concertó la boda. Poseíamos un collarcito de familia, unas sartas; mi madre me había regalado la mitad a mí, a mi hermana la otra. Estaban mal hiladas. Hilé bien las mías, y pedí a la novia las suyas, que hilé también. Al hacerlo, sobre cada perla solté una lagrimilla... porque al fin es duro presenciar cómo se casa con otra el hombre a quien queremos. La novia, al ver su collar, creyó que no era el mismo, sino otro mejor, donde yo había puesto perlas de las mías. Esto me indicó que debía haberlo hecho... y cogí las mías y se las regalé. Al otro día, no pudiendo resistir más, me escapé sola, me vine a París, sin recursos, y se me ocurrió ofrecer mis servicios a un joyero, que los aceptó. Ahí tiene usted la historia...

—¿Y ha conservado usted siempre la afición a hilar perlas?

—Siempre, sí... pero a veces, por momentos, me entra una fatiga, un tedio; los ojos se me nublan, no veo el agujero, ni el hilo, ni el oriente, ni la forma... Luego se me pasa, ¡Y a enfilar con entusiasmo!

—Como nosotros, esa infeliz —díjome al salir el maestro, conmovido—. ¡Buena lección nos ha dado! Lección para escritores. De las combinaciones que pueden hacerse con cincuenta palabras, cuarenta y nueve no valen; solo es artística una...

Luna de miel

GUY DE MAUPASSANT (1850-1893)

La influencia de su madre, gran lectora de Shakespeare, fue crucial para Guy de Maupassant. También en la manera en que logró que Gustave Flaubert se interesase por él, que lo tomó bajo su protección literaria. En casa de Flaubert, conoció a Émile Zola o al novelista ruso Iván Turguénev. Escribió más de 300 cuentos y su economía de estilo puede hacer que parezcan cuentos simples, pero no lo son. A menudo hay dobles lecturas.

Este cuento breve, titulado *Luna de miel,* fue publicado en el diario francés *Le Gaulois* en 1882. Su brevedad y sencillez parece desgranar un episodio mínimo: la añoranza de una mujer madura de su viaje de novios. Sin embargo, la presencia del libro que desata todo el relato nos hace pensar en qué quería transmitirnos Maupassant. Un posible apunte: el amor es tan efímero y frágil, quizá solo una construcción de nuestra imaginación, que solo puede sobrevivir al paso del tiempo en las páginas de un libro.

LUNA DE MIEL

GUY DE MAUPASSANT

PERSONAJES:
Madame Rivoil, cincuenta años
Madame Bevelin, sesenta años

Un salón. En una mesita un libro abierto: *La chanson des nouveaux époux,* de Juliette Lamber.

Madame Rivoil: Este libro me ha impresionado especialmente. Acabo de leer mi historia, una historia que yo protagonicé hace más de treinta años. Me ve, querida amiga, con los ojos rojos: llevo dos horas llorando a lágrima viva; lloro por ese lejano pasado, muy corto y que terminó, terminó…, terminó.

Madame Bevelin: ¿Y por qué añorar tanto lo que se esfumó?

Madame Rivoil: ¡Ay! Lo único que añoro es mi luna de miel. Por eso, este libro, *La chanson des nouveaux époux,* me ha emocionado muchísimo.

En la vida solo se hace realidad un sueño, y es ese. Así que, imagine usted. Sales de viaje sola con él, quienquiera que sea. Vas, siempre y a todas partes, sola con él, unida a él, llena de un cariño delicioso e inolvidable. En la vida solo tenemos una hora de verdadera poesía y es esa; solo una única ilusión, pero tan completa que no vuelves a la realidad hasta meses después; solo un momento de éxtasis, pero tan intenso que todo desaparece, todo, menos Él. Y usted me dirá que muy a menudo no le amamos de verdad. ¡Qué más da!

Entonces no lo sabes, crees amarlo; y lo que amas es el amor. Él es el amor, él es todas nuestras ilusiones palpables, todas nuestras expectativas cumplidas; es la esperanza alcanzada; la persona a la que vamos a poder consagrarnos, a la que nos hemos entregado; él es el Amigo, tu Amo, tu Señor, todo.

Nuestro sueño, el de todas las mujeres, es amar, y tener para nosotras solas, totalmente para nosotras, en continua intimidad, al que adoramos y también nos adora, o eso creemos. En el primer mes esto se cumple. Pero en la vida solo existe ese mes y nada más, ¡nada más!

Yo hice el viaje de amor clásico que celebra Juliette Lamber; y esta mañana, cuando encontré en su libro todos esos lugares que aún recuerdo con cariño, los únicos donde he sido verdaderamente feliz, el corazón me dio un vuelco, se me desbocó, se me paró; y al releer, treinta años después, lo que él me dijo hace ya tanto tiempo, me parecía volver a empezar el dulce pasado... Oía su voz, veía sus ojos.

¡Ay, cuánto me ha hecho sufrir desde entonces!

Sí, sí, toda mi verdadera alegría está guardada en mi luna de miel. La recuerdo como si hubiera sido ayer.

Nosotros, en lugar de hacer como todo el mundo, salir de viaje la misma noche para evaporar, en cualquier hostal, las primeras gotas de felicidad, y echar a perder, rodeados de camareros de planta con su uniforme blanco y de trabajadores del ferrocarril, la frescura de la primera intimidad y la inocencia del amor, nos quedamos los dos solos, de tú a tú, encerrados, abrazados, en una casita de campo solitaria.

Luego, cuando mi cariño, indeciso, inquieto y desconcertado al principio, creció con sus besos; cuando la chispa que tenía en el corazón se convirtió en llama y ardí entera, me llevó a ese viaje que fue un sueño.

¡Ay, sí, qué recuerdos!

Sé que primero estuve seis días muy cerca de él, en una silla de posta recorriendo caminos. De vez en cuando, veía algo del paisaje por la portezuela, pero, sin duda, lo que mejor vi es un bigote rubio y rizado que se acercaba a mi cara a cada momento.

Entré en una ciudad donde no alcancé a ver nada; luego me encontré en un barco que, al parecer, zarpaba hacia Nápoles.

Estábamos los dos de pie, juntos, en esa superficie que se balanceaba. Yo apoyaba una mano en su hombro; entonces empecé a darme cuenta de lo que ocurría a mi alrededor.

Mirábamos pasar la costa provenzal, porque era Provenza lo que acababa de cruzar. El mar quieto, estancado, como endurecido por el calor bochornoso que desprendía el sol, se extendía por debajo de un cielo infinito. Las paletas de la rueda golpeaban el agua y perturbaban su sueño tranquilo. Y por detrás de nosotros, un rastro de espuma muy largo, un enorme reguero blanco, donde las olas revueltas burbujeaban como el champán, prolongaba hasta donde alcanzaba la vista la estela muy recta de la embarcación.

De pronto, por la parte delantera del barco, solo a unas brazas de nosotros, un pez enorme, un delfín, saltó fuera del agua, luego volvió a sumergirse, primero la cabeza, y desapareció. Yo me asusté, grité y me abracé muy fuerte a René. Enseguida, me dio risa mi miedo y miraba nerviosa por si el animal aparecía de nuevo. Unos segundos después, volvió a asomarse como un juguete mecánico enorme. Y otra vez se sumergió y otra vez salió del agua; luego fueron dos delfines, luego tres y luego seis, parecían saltar alrededor del torpe barco, acompañar a su hermano gigantesco, el pez de madera con aletas de hierro. Pasaban a la izquierda y volvían a la derecha del barco, y siempre, juntos o uno detrás de otro, como si estuvieran jugando o en una divertida persecución, se levantaban en el aire con un gran salto que trazaba una curva y se sumergían en fila.

Y yo aplaudía feliz cada vez que los nadadores enormes y ágiles aparecían. ¡Ay esos peces, esos imponentes peces! Guardé un recuerdo delicioso de ellos. ¿Por qué? No lo sé, no lo sé en absoluto. Pero se quedaron en mi retina, en mi pensamiento y en mi corazón.

De pronto desaparecieron. Los distinguí por última vez, muy lejos, hacia altamar, y ya no volví a verlos. Durante un segundo, me entristeció que se hubieran ido.

Caía la tarde, una tarde tranquila, cálida, radiante, llena de luz y de una paz feliz. Nada agitaba el aire ni el agua; y esa tranquilidad infinita del mar y del cielo se extendía hasta mi alma aletargada, que nada agitaba tampoco. El sol enorme se ocultaba despacio a lo lejos, hacia África invisible, ¡África!, la tierra ardiente cuyo calor ya creía sentir; pero una especie de caricia fresca, que ni siquiera tenía aspecto de brisa, me rozó la cara cuando el astro desapareció.

Fue la noche más hermosa de mi vida.

No quise ir al camarote, porque allí se respiraban los olores horribles del barco. Nos tumbamos los dos en el puente, envueltos en unos abrigos; no dormimos en toda la noche. ¡Ay! ¡Cuántos sueños! ¡Cuántos sueños!

El ruido monótono de la rueda me arrullaba; miraba por encima de mi cabeza las legiones de estrellas, qué luminosas, con una luz intensa, brillante y como mojada, en el cielo limpio del Sur.

Al amanecer, me adormilé. Unas voces me despertaron. Eran los marineros que limpiaban el barco cantando. Y nos levantamos.

Bebía el sabor de la bruma salada, me calaba hasta el tuétano. Miré hacia el horizonte. Por delante, vi algo gris, aún confuso con las primeras luces del día, una especie de cúmulo de nubes extrañas, puntiagudas, irregulares, que parecía posado en el mar.

Luego lo distinguí mejor, las formas estaban más dibujadas en el cielo claro: una línea larga de curiosas montañas picudas se levantaba delante de nosotros, ¡Córcega!, envuelta en una especie de velo ligero.

El capitán, un hombrecillo ya mayor, curtido, flaco, achicado, encogido y arrugado por el viento duro y salado, apareció en el puente y, con una voz ronca por treinta años de mando, consumida por los gritos en las tormentas, me preguntó:

—¿Huele usted las hierbas de los mendigos?

Y, es cierto, yo olía un perfume de plantas fuerte, extraño e intenso, un aroma silvestre.

El capitán añadió:

—Así huele Córcega. Después de veinte años lejos, la reconocería a cinco millas mar adentro. Soy de aquí, señora. Él, allí, en Santa Elena, siempre hablaba del perfume de su tierra. Éramos parientes.

El capitán, con el sombrero en la mano, saludó a Córcega y saludó allá, en lo desconocido, a su pariente, el emperador.

Yo tenía ganas de llorar.

Al día siguiente llegamos a Nápoles; hice, parada a parada, el viaje feliz del libro de Juliette Lamber.

Vi del brazo de René todos los lugares, aún tan queridos para mí, donde la escritora ambienta las escenas de amor; es el libro de los recién casados, todos deberían llevarlo allí y guardarlo como una reliquia al volver a casa. *Ellas* lo releerán siempre.

Cuando llegué a Marsella, después de un mes en las nubes, sentí una tristeza inexplicable, tenía la ligera sensación de que se había acabado; que había agotado la felicidad.

Relato oscuro, narrador más oscuro

VILLIERS DE L'ISLE-ADAM (1838-1889)

En esta antología hemos buscado combinar autores del canon literario con otros menos conocidos, pero que también forman parte de la tramoya de la historia de la literatura. Villiers de L'Isle-Adam no consiguió la celebridad; no convenció a muchos lectores ni a los críticos, ni siquiera a otro colega escritor, Théophile Gautier, que le negó la mano de su hija por parecerle que no iba a ir a ninguna parte. Es cierto que su vida fue tan irregular como la calidad de sus cuentos, pero escribió una novela que se adelantó a su época y marcó un hito en la ciencia ficción con su mujer mecánica: *La Eva futura*.

Baudelaire lo había animado a leer las obras de Edgar Allan Poe y lo impresionaron de tal modo que muchas de sus narraciones se decantan hacia lo fantástico o lo macabro. Quizá este *Relato oscuro, narrador más oscuro* sea uno de sus cuentos más sutiles en la manera de causarnos desasosiego, a la vez que es también una radiografía de cómo trabaja la cabeza de un creador. La reunión de dramaturgos, que explican y analizan una historia real como si estuvieran en un taller literario, es una descripción, sin crítica ni adjetivación, de la manera en que un escritor mira el mundo con cierta distancia.

RELATO OSCURO, NARRADOR

MÁS OSCURO

Auguste Villiers de L'Isle-Adam

A Coquelin el benjamín.
Ut declaratio fiat.

Aquella noche, estaba invitado oficialmente a una cena con autores dramáticos, que se reunían para celebrar el éxito de un colega. Era en Chez B***, el restaurante de moda entre los escritores.

La cena al principio fue sencillamente aburrida.

Sin embargo, después de haber bebido de trago varios vasos llenos de un Léoville añejo, la charla se animó. En especial porque giraba en torno a los continuos duelos, que eran la comidilla de esa época en París. Todos recordaban, con la desenvoltura de rigor, haber manejado la espada de duelo y pretendían insinuar, como si nada, vagas ideas intimidatorias, bajo la apariencia de teorías eruditas y guiños conocidos acerca de la esgrima y el tiro. El más ingenuo, un poco bebido, parecía enfrascado en la combinación de una cruzada en segunda, que imitaba por encima del plato con el tenedor y el cuchillo.

De pronto, uno de los invitados, el señor D***, un hombre ducho en los entresijos del teatro, una autoridad en la estructura de cualquier situación dramática, el que mejor, en definitiva, de todos los invitados había demostrado ser capaz de «ejecutar un gran éxito teatral», exclamó:

—Señores, ¿qué diríais si os hubiera ocurrido mi aventura del otro día?

—¡Es verdad! —respondieron los comensales—. ¿Fuiste el segundo testigo de ese tal señor de Saint-Sever?

—Venga, ¿y si nos contases, pero realmente, qué pasó?

—Encantado —respondió D***—, aunque aún se me encoge el corazón solo con pensarlo.

Después de dar unas silenciosas bocanadas a un puro, D*** empezó en estos términos [le cedo estrictamente la palabra]:

—Hace unos quince días, un lunes, a las siete de la mañana, me despertaron unos golpes en la puerta: hasta pensé que era Peragallo. Me entregaron una tarjeta y la leí: «Raoul de Saint-Sever». Ese era el nombre de mi mejor amigo del colegio. Llevábamos diez años sin vernos.

»Saint-Sever entró.

»¡Claro que era él!

»—Cuánto tiempo sin estrecharnos la mano —le dije—. ¡Qué contento estoy de volver a verte! Charlaremos de los viejos tiempos mientras desayunamos. ¿Vienes de Bretaña?

»—Sí, llegué ayer —me respondió.

»Me puse una bata, serví dos vasos de madeira y cuando me senté, seguí comentando:

»—Raoul, pareces preocupado, pensativo... ¿Es habitual en ti?

»—No, es una oleada de emociones.

»—¿Emociones? ¿Has perdido en Bolsa?

»Raoul negó con la cabeza.

»—¿Has oído hablar de los duelos a muerte? —me soltó simplemente.

»La pregunta me sorprendió, lo reconozco, fue brusca.

»—¡Divertida cuestión! —respondí, por decir algo.

Y lo miré.

»Recordando sus gustos literarios, pensé que venía a exponerme el desenlace de una obra de teatro que había creado en su retiro de provincias.

»—¿Que si he oído hablar de duelos? ¡Soy dramaturgo! Mi trabajo consiste en urdir, ajustar y resolver historias de ese género. Los enfrentamientos son mi especialidad y la gente acepta reconocer que destaco en eso. ¿No lees la gaceta del lunes?

»—Pues bien —me dijo—, se trata precisamente de algo así.

»Lo observé con atención. Raoul parecía pensativo, distraído, con la mirada y la voz tranquilas, normales. En ese momento tenía mucho de Surville..., incluso de Surville en sus buenos papeles. Pensé que estaba inspirado y que podía tener talento... un talento en ciernes, pero, a fin de cuentas, algo.

»—Rápido —grité impaciente—, ¡la situación! ¡Cuéntame la situación! Tal vez, profundizando...

»—¿La situación? —respondió Raoul abriendo unos ojos como platos—. Es muy sencilla. Ayer por la mañana, cuando llegué al hotel, me encontré con una invitación para un baile, que se celebraba esa misma noche, en la calle Saint-Honoré, en casa de la señora de Fréville. Debía ir allí. Durante la fiesta, imagina lo que tuvo que pasar, me vi obligado a lanzar el guante a un señor, delante de todo el mundo.

»Comprendí que estaba desarrollando la primera escena de su «gran obra».

»—Vaya, vaya —le dije—, y ¿cómo llegas ahí? Sí, el principio. Tiene frescura, energía. Pero, ¿qué sigue?, ¿cuál es el fundamento, la disposición de la escena, la idea del drama, el conjunto en definitiva? ¡A grandes rasgos! ¡Vamos, vamos!

»—Injuriaron a mi madre, amigo mío —respondió Raoul, que parecía no escuchar—. A mi madre. ¿No es fundamento suficiente?

[En este momento D*** interrumpió el relato y miró a los comensales, que no habían podido evitar una sonrisa con las últimas palabras.]

»—¿Se ríen, señores? —dijo D***—. Yo también sonreí. Sobre todo, el «me bato por mi madre» me parecía tan falso y demodé que hacía daño. Era pésimo. Ya veía eso en el escenario. El público se desternillaría de risa. Lamentaba la inexperiencia teatral del pobre Raoul, e iba a disuadirlo de lo que yo consideraba un proyecto mortinato más indigesto que el ajo, cuando añadió:

»—Abajo está Prosper, un amigo bretón. Ha venido de Rennes conmigo. Prosper Vidal; me espera en el coche delante de la puerta. En París, solo te conozco a ti. Bueno, ¿quieres ser mi segundo testigo? Los de mi adversario estarán en mi hotel dentro de una hora. Si aceptas, vístete deprisa. Tenemos cinco horas de tren a Erquelines.

»¡Solo entonces me di cuenta de que me estaba hablando de algo de la vida! ¡De la vida real! Me quedé atónito. Tardé un instante en estrecharle la mano. ¡Yo sufría! Vaya, no me gusta batirme en duelo más que a cualquiera, pero creo que me habría conmovido menos si hubiéramos hablado de mí.

—Es verdad, así somos... —comentaron los comensales, que querían beneficiarse de la observación.

—Tendrías que habérmelo dicho inmediatamente —le respondí—. Me dejaré de palabrería. Eso es bueno para el público. Cuenta conmigo. Baja, ahora voy yo.

[En este momento D*** guardó silencio; estaba visiblemente alterado por el recuerdo de los acontecimientos que nos acababa de contar.]

»Cuando me quedé solo —continuó—, tracé mi plan mientras me vestía deprisa y corriendo. No había que complicar las cosas: la situación (insignificante, es cierto, en el teatro) me parecía de sobra suficiente en la vida real. Y su lado *Closerie des Genêts*, sin ánimo de ofender, desaparecía cuando pensaba en lo que estaba en juego, ¡la vida de mi buen amigo Raoul! Bajé sin perder un minuto.

»El otro testigo, Prosper Vidal, era un médico joven, muy comedido en su aspecto y al hablar, una persona distinguida, un poco realista, que me recordaba a los antiguos Maurice Coste. Me pareció muy adecuado para la circunstancia. Lo entendéis, ¿verdad?

[Todos los invitados, ya muy atentos, hicieron el gesto afirmativo con la cabeza que esa hábil pregunta necesitaba.]

»Después de presentarnos, fuimos en el coche al bulevar Bonne-Nouvelle, donde estaba su hotel (cerca del Gymnase). Subí a su habitación. Allí nos encontramos con dos señores, abotonados de arriba abajo, de aspecto elegante, aunque también algo demodés. (Entre nosotros, creo que en la vida real están un poco atrasados.) Nos saludamos. Diez minutos después, las reglas estaban decididas: pistola, veinticinco pasos y fuego. En Bélgica. Al día siguiente. A las seis de la mañana. En definitiva, todo lo que conocemos de sobra.

—Podrías haber encontrado algo más novedoso —interrumpió, tratando de sonreír, el invitado que combinaba estocadas secretas con el tenedor y el cuchillo.

—Amigo mío —respondió D*** con amarga ironía—, ¡qué listo eres! ¡Muy ingenioso! Tú siempre lo ves todo bajo el prisma del teatro. Pero, si hubieras estado allí, habrías buscado, igual que yo, la simplicidad. En esa situación, no procedía presentar como armas el abrecartas del *Proceso Clémenceau*. ¡Hay que entender que no todo en la vida es comedia! Yo, ya veis, ¡me entusiasmo fácilmente con las cosas reales, las cosas naturales...! ¡Y que pasan de verdad! ¡Qué diablos, no estoy completamente muerto por dentro! Y os aseguro que cuando, media hora más tarde, nos subimos al tren de Erquelines, con las armas en una maleta, «no fue en absoluto divertido». ¡Tenía el corazón desbocado, palabra de honor! Mucho más que en cualquier estreno.

[Aquí D*** interrumpió la historia y bebió un gran vaso de agua de un trago: estaba lívido.]

—Sigue —le pidieron los comensales.

—Me ahorro los detalles del viaje, la frontera, la aduana, el hotel y la noche —murmuró D*** con tono ronco—. Jamás me había sentido tan amigo del señor de Saint-Sever. No dormí ni un segundo en toda la noche, a pesar de lo cansado que estaba por los nervios. Al fin, amaneció, eran las cuatro y media de la mañana. Hacía buen tiempo. Había llegado el momento. Me levanté y me refresqué la cara con agua fría. No tardé mucho en asearme.

»Entré en la habitación de Raoul. Él había pasado la noche escribiendo. Todos hemos madurado esas escenas. Solo tenía que recordar para ser natural. Raoul estaba dormido al lado de la mesa, en un sillón; aún seguían las velas encendidas. Con el ruido que hice al entrar se despertó y miró el reloj. Lo esperaba, conocía ese gesto; entonces me di cuenta de lo oportuno que es.

»—Gracias, amigo —me dijo—. ¿Prosper está listo? Tenemos media hora de camino. Creo que ya es hora de avisarlo.

»Poco después, los tres bajamos y cuando daban las cinco estábamos en el camino principal de Erquelines. Prosper llevaba las pistolas. Yo tenía realmente «pánico escénico», ¡lo oís! No me avergüenzo.

»Raoul y Prosper hablaban de asuntos familiares como si nada. Raoul estaba soberbio, todo vestido de negro, con aire serio y decidido, muy tranquilo, imponente por su naturalidad. Un referente en su estilo. Fijaos, ¿habéis visto a Bocage en Ruan, en las obras del repertorio de 1830-1840? Raoul tuvo ahí esos destellos, quizá más hermosos que en París.

—¡Ja!, ¡ja! —protestó una voz.

—Bueno, bueno, ¡exageras un poco...! —interrumpieron dos o tres comensales.

—En definitiva, Raoul, creedme, me entusiasmó como nadie lo había hecho antes —siguió explicando D***—. Llegamos al campo de duelo a la vez que nuestros adversarios. Yo tenía como un mal presentimiento.

»El adversario era un hombre frío, con aspecto de oficial, de buena familia, un físico a lo Landrol, pero con menos prestancia. Las negociaciones sobraban, se cargaron las armas. Yo conté los pasos y tuve que sujetarme el alma (como dicen los árabes) para no mostrar mis «apartes». Lo mejor era el estilo clásico.

»Toda mi interpretación estaba contenida. No vacilé. Finalmente, se marcó la distancia. Fui hacia Raoul. Lo abracé y le estreché la mano. Se me saltaban las lágrimas y no las de rigor, sino las de verdad.

»—Vamos, vamos, querido D*** —me dijo Raoul—, tranquilo. ¿Qué es esto?

»Después de esas palabras, lo miré.

»El señor de Saint-Sever estaba, lisa y llanamente, magnífico. ¡Parecía subido a un escenario! Lo admiraba. Hasta entonces, yo había creído que esa sangre fría solo se veía encima de las tablas.

»Los dos adversarios se situaron uno frente al otro, con los pies en las marcas. Hubo una especie de cambio escenográfico. ¡Me palpitaba el corazón! Prosper entregó a Raoul la pistola cargada, lista para usar; luego, giré la cabeza con una angustia espantosa y volví al primer plano, al lado del foso.

»¡Los pájaros cantaban! ¡Veía las flores al pie de los árboles! ¡Árboles de verdad! Cambon nunca ha firmado una mañana más hermosa. ¡Qué terrible antítesis!

»—¡Un...! ¡Dos...! ¡Tres...! —gritó Prosper a intervalos regulares, dando palmadas a la vez.

»Estaba tan confundido que creí oír los tres golpes del regidor. Sonaron dos disparos al mismo tiempo. ¡Ay, Dios mío! ¡Dios mío!

[D*** guardó silencio y se sujetó la cabeza con las manos.]

—¡Venga! Ya sabemos que tienes buen corazón... ¡Acaba! —gritaron desde todas partes los comensales, también muy emocionados.

—Bueno, esto es lo que ocurrió —dijo D***—. Raoul cayó en la hierba, de lado, después de girar sobre sí mismo. La bala le había dado en todo el corazón, ¡así, aquí! [Y D*** se golpeaba el pecho.] Corrí hasta donde estaba.

»—¡Mi pobre madre! —susurró Raoul.

[D*** miró a los comensales: todos, personas de tacto, esta vez comprendieron que habría sido de bastante mal gusto insistir en la sonrisa por «el desenlace habitual». Así que tragaron con facilidad el «mi pobre madre», poniéndose en situación realmente, esa frase era posible.]

»Y nada más —añadió D***—. Raoul vomitó sangre.

»Miré hacia el adversario: tenía un hombro destrozado.

»Estaban curándolo.

»Yo cargué con mi amigo en brazos y Prosper le sujetaba la cabeza.

»En un minuto, imaginad, recordé los buenos años de infancia: ¡los recreos, las risas alegres, los días de asueto, las vacaciones y cuando jugábamos a la pelota...!

[Todos los invitados agacharon la cabeza para demostrar que les gustaba el acercamiento. D***, visiblemente alterado, se pasaba la mano por la frente. Siguió con un tono increíble y la mirada fija en el vacío.]

»¡Era... en definitiva, como un sueño! Yo lo miraba. Él ya no me veía. Raoul expiraba. Y ¡qué sencillo! ¡Qué digno! Sin una queja. Sobrio, en una palabra. Yo estaba conmovido. ¡Y me cayeron dos lagrimones! ¡Dos reales! Sí, señores, dos lágrimas... Me gustaría que Fréderick las hubiera visto. Las habría incorporado. Balbuceé una despedida al pobre Raoul y lo tumbamos en el suelo.

»Rígido, sin ninguna postura artificial, ¡ninguna pose! ¡Ahí estaba, REAL como siempre! Con sangre en el traje. Los puños rojos. La frente ya muy blanca. Los ojos cerrados. Yo solo pensaba que estaba *sublime*. Sí señores, ¡sublime!, esa es la palabra... Vaya, me parece... que aún lo estoy viendo.

Ya no podía dominar la admiración. ¡Me estaba volviendo loco! ¡No sabía qué pensar! ¡Estaba confuso! ¡Aplaudía! ¡Quería volver a llamarlo al escenario!

[Entonces, D***, que estaba tan alterado que gritaba, se quedó, de repente, completamente callado. Luego, sin transición, con tono muy tranquilo y una sonrisa triste, añadió:]

—Sí, por desgracia, habría querido volver a llamarlo... a la vida.

[Esas afortunadas palabras recibieron un murmullo de aprobación.]

»Prosper me arrastró.

[Aquí, D*** se levantó, con la mirada fija. Parecía realmente lleno de dolor; después, se dejó caer en la silla.]

»Bueno, ¡todos somos mortales! —añadió en voz muy baja.

[Luego, bebió una copa de ron, volvió a dejarla en la mesa haciendo mucho ruido y a continuación la rechazó como un cáliz.]

D***, al terminar así, con la voz rota, acabó por cautivar tanto al auditorio, por lo impresionante de la historia y por la fuerza de su ritmo, que cuando se calló, estallaron los aplausos. Creo tener que añadir mi humilde felicitación a la de sus amigos.

Todo el mundo estaba muy emocionado. Muy emocionado.

«Un logro personal», pensé yo.

—D*** tiene verdadero talento —se susurraban al oído los comensales.

Todos fueron a estrecharle la mano entusiasmados. Yo me marché.

Unos días más tarde, me encontré con un amigo, un literato, y le conté la historia del señor D*** tal como la había escuchado.

—Bueno, ¿qué te parece? —le pregunté al terminar.

—Sí. ¡Es casi una novela corta! —me respondió, después de pensar un instante—. ¡Así que escríbela!

Lo miré fijamente.

—Claro —le dije—, *ahora* puedo escribirla, está terminada.

La inocencia de Reginald

HECTOR HUGH MUNRO (SAKI) (1870-1916)

Hector Hugh Munro fue un gran admirador de la poesía persa y las historias orientales y algo de eso se ha filtrado en su literatura. De hecho, tomó su sobrenombre literario (Saki) de la obra de un poeta persa del siglo XII. Llevó su homosexualidad bastante en secreto y se vengaba de la encorsetada sociedad victoriana de la época que lo obligaba a disimular su opción sexual con cuentos mordaces donde retrataba de manera cáustica algunos comportamientos sociales. Fue comparado a Oscar Wilde por esa mezcla de ingenio y amargura.

En este cuento topamos con uno de los personajes fetiches de Saki. Reginald es divertido pero bastante insufrible: con la excusa de ser escritor, ridiculiza a cuantos se le ponen por delante, especialmente si son de alta cuna y baja inteligencia. Las aventuras de Reginald se reunieron en varias recopilaciones y el denominador común es la crítica a la banalidad de eso que todavía se da en llamar «buenas costumbres».

LA INOCENCIA DE REGINALD

SAKI

Reginald deslizó un clavel del color de moda en el ojal de su vestido nuevo y examinó el resultado con aprobación.

—Estoy de ánimo perfecto —se dijo—, para que alguien con un futuro inconfundible me haga un retrato. ¡Cuán reconfortante sería quedar para la posteridad como *Joven con clavel rosado* en el catálogo, acompañado de *Niño con un montón de primaveras* y todos los otros!

—La juventud —dijo el Otro—, debe sugerir inocencia.

—Pero nunca seguir esa sugerencia. Ni siquiera creo que ambas cosas vayan de la mano. La gente habla mucho sobre la inocencia de los niños, pero no los pierde de vista por más de veinte minutos. Si vigilas la leche, no hierve y se derrama. Una vez conocí a un muchacho que era de veras inocente; sus padres eran gente de sociedad, pero... nunca, desde pequeño, le produjeron la más mínima ansiedad. Creía en los balances de las compañías, en la transparencia de las elecciones y en las mujeres que se casan por amor, incluso en un sistema para ganar en la ruleta. Nunca perdió la fe, pero despilfarró más de lo que sus jefes podían darse el lujo de perder. La última vez que oí de él, estaba seguro de su inocencia... a diferencia del jurado. De todos modos, yo sí soy inocente de lo que todo el mundo me está acusando ahora, y por lo que puedo ver, sus acusaciones permanecerán infundadas.

—Una actitud inesperada de tu parte.

—A mí me encanta la gente que hace cosas inesperadas. ¿No te ha encantado siempre el tipo que va y mata un león en el foso cuando está aburrido? Pero sigamos con esta inocencia desafortunada. Hace tiempo, cuando estuve peleando con más gente de la que acostumbro, tú entre ellos (debió haber sido en noviembre, porque nunca peleo contigo muy cerca de Navidad), tuve la idea de que me gustaría escribir un libro. Iba a ser un libro de reminiscencias personales, sin dejar nada de lado.

—¡Reginald!

—Eso fue exactamente lo que dijo la duquesa cuando se lo mencioné. Como yo andaba en plan de provocar, me quedé callado; lo siguiente que la gente oyó de mí fue, por supuesto, que había escrito el libro y lo había publicado. Después, mi privacidad no fue superior a la de un pez ornamental. La gente me atacaba en los lugares más inesperados. Me rogaban o me ordenaban que quitara cosas que ya se me había olvidado que habían sucedido. Una vez estaba sentado detrás de Miriam Klopstock en un palco del Teatro Real, cuando empezó con lo del incidente del perro chow chow en el baño, lo cual, insistió, tenía que quedar por fuera. Sostuvimos una discusión intermitente, pues algunas personas querían escuchar la obra y Miriam es campeona de gritos. Le tuvieron que impedir que siguiera jugando en el club de *hockey* de las «Guacamayas» porque en un día tranquilo se podía escuchar a más de media milla lo que pasaba por su cabeza cuando le daban un golpe en la espinilla. Les dicen las guacamayas por sus vestimentas azul con amarillo, pero tengo entendido que el lenguaje de Miriam era aún más colorido. Solo admití hacer un cambio, decir que había sido un spitz y no un chow chow, del resto me mantuve firme. Dos minutos después se dirigió a mí con su voz de megáfono: «Me prometiste que no lo mencionarías. ¿Nunca mantienes tus promesas?». Cuando la gente dejó de mirarnos le dije que yo en vez de promesas preferiría mantener ratones blancos. La vi rasgar la hoja del programa unos minutos, antes de que se recostara hacia atrás y resoplara: «No eres el muchacho que creía», como si fuera un águila

que hubiera llegado al Olimpo con el Ganímedes equivocado. Ese fue su último comentario audible, pues siguió rompiendo el programa y tirando los pedacitos alrededor hasta que la vecina le preguntó, con la dignidad del caso, si era necesario que le mandara a traer una papelera. No me quedé hasta el último acto.

»También está el asunto de la señora... siempre se me olvida su nombre; vive en una calle de esas que los cocheros nunca han oído mencionar, y recibe los miércoles. Una vez me asustó terriblemente en una exhibición privada cuando dijo: «Yo no debería estar aquí, sabes; este es uno de mis días». Pensé que quería decir que sufría crisis periódicas y estaba esperando un ataque en cualquier momento. Hubiera sido demasiado vergonzoso que le hubiera dado por ser César Borgia o santa Isabel de Hungría. Una cosa así lo haría sentir a uno desagradablemente expuesto, incluso en una exhibición privada. Sin embargo, ella solo quería decir que era miércoles, cosa incontrovertible en ese momento. Pues bien, ella anda por una ruta totalmente distinta de la Klopstock. No hace muchas visitas por ahí, así que estaba ansiosa de que yo sacara a colación un incidente que sucedió en una de las fiestas al aire libre donde los Beauwhistle, cuando dice que accidentalmente le golpeó las canillas a un su serenísimo tal y tal con un palo de cróquet y que el tipo la insultó en alemán. De hecho, lo que ocurrió fue que él andaba pontificando en francés sobre el escándalo de los Gordon-Bennet (nunca me acuerdo si se trata de un submarino nuevo o de un divorcio; claro: ¡como soy tan estúpido!). Para ser desagradablemente exacto, ella no le pegó por dos pulgadas (exceso de ansiedad, posiblemente), pero le gusta pensar que sí le dio. Yo he sentido eso con una perdiz que sigue volando tan campante, me parece que por falso orgullo, hasta que pasa al otro lado de la cerca. Dijo que me podía describir hasta lo que llevaba puesto en aquella ocasión. Le dije que no quería que mi libro se leyera como si fuera una lista de lavandería, pero ella me explicó que no estaba hablando de esas cosas.

»Y está lo del muchacho Chilworth, que puede ser encantador, siempre que se contente con ser un estúpido y se vista como le digan; pero a veces le da por ser epigramático y el resultado es como ver a un grajo tratando de hacer nido en un ventarrón. Como no lo incluí en el libro, me ha estado persiguiendo para que incluya una ocurrencia suya acerca de los rusos y la amenaza amarilla, y está molesto porque no lo haré.

»Total, me parece que sería una inspiración bastante brillante de tu parte si me invitaras de pronto a pasar un par de semanas en París.

Mendel, el de los libros

STEFAN ZWEIG (1881-1942)

Durante la Primera Guerra Mundial, el antibelicismo de Stefan Zweig lo llevó a exiliarse a Suiza. La guerra sería una de sus obsesiones. Durante la Segunda Guerra Mundial sus libros fueron prohibidos en Alemania y decidió poner kilómetros de por medio con la Alemania nazi instalándose en Sudamérica. Estando en Brasil, las noticias del avance del III Reich en 1942 hicieron que su esposa y él, persuadidos de que el mundo iba a quedar física y moralmente aplastado bajo la bota del racismo nazi, decidieran suicidarse.

Escrito en 1929, *Mendel, el de los libros* nos cuenta la historia de un librero de anticuario con una memoria prodigiosa, que utiliza como oficina una mesa del elegante café Gluck de Viena. Es un hombre respetado e incluso admirado por su enorme conocimiento, que él cultiva viviendo con la cabeza metida en los libros. Tanto vive en su mundo de letras y obras antiguas, que no se da cuenta de que ha estallado la guerra y de que un extranjero en tiempos de guerra puede ser visto como un enemigo. Relatado de manera maravillosa, es una historia que nos hace pensar en la absurdidad de los afanes nacionalistas y las guerras.

MENDEL, EL DE LOS LIBROS

STEFAN ZWEIG

Habiendo regresado a Viena y de camino a casa de una visita, me pilló en los arrabales de la ciudad un chaparrón imprevisto, cuyo azote húmedo hizo a la gente escapar bajo porches y portales, y también yo busqué sin demora un refugio en el que resguardarme. Por fortuna, en Viena espera en cada esquina un café, así que me refugié en el que me quedaba justo enfrente, con el sombrero ya chorreando y los hombros bien empapados. Resultó ser el habitual café de periferia, casi esquemático, sin las imitaciones a la última moda de los cafés cantantes del centro, que copian a los alemanes; un café al estilo burgués de la vieja Viena y a rebosar de gente humilde que consume más periódicos que pasteles. A esa hora, al caer la tarde, de hecho, el aire, en cualquier caso sofocante, estaba densamente veteado de aros de humo azul, pese a lo cual el café parecía limpio, con sus sofás de peluche obviamente nuevos y sus cajas registradoras de aluminio reluciente; con la prisa no me había tomado la molestia de leer su nombre fuera, ¿para qué? Y ahora, ya sentado al calor, miraba impaciente a través de los cristales bañados de azul para ver cuándo la molesta lluvia tendría a bien desplazarse un par de kilómetros más lejos.

Estaba, pues, ociosamente sentado, y comenzaba ya a vencerme esa perezosa pasividad que fluye invisible y narcótica en todo café vienés auténtico.

Con este sentimiento vacío, observé a la gente, a la que la luz artificial de aquella sala llena de humo sombreaba los ojos de gris enfermizo; miré a la señorita de la caja registradora y cómo repartía mecánicamente azucarillo y cucharilla en cada taza de café para el camarero; leí medio dormido y sin prestarles atención los carteles indiferentes de las paredes, y esta especie de atontamiento casi me sentaba bien. Pero un sobresalto curioso me despertó de mi duermevela, se produjo en mí un movimiento interior, un desasosiego vago, como cuando empieza un leve dolor de muelas del que uno no sabe aún si viene de la izquierda, de la derecha, de la mandíbula superior o de la inferior; solo sentía una tensión imprecisa, una intranquilidad del espíritu. Pues, en ese momento —no podría haber dicho por qué—, fui consciente de que debía de haber estado en aquel lugar ya hacía años y de que aquellas paredes, aquellos asientos, aquellas mesas, aquella sala desconocida y llena de humo estaban vinculados a algún recuerdo.

Pero, cuanto más empujaba la voluntad hacia ese recuerdo, más malicioso y escurridizo retrocedía él, como una medusa que se ilumina indecisa en la capa más profunda de la consciencia y, sin embargo, no es posible asir, no es posible atrapar. En vano fijé la mirada en cada objeto de mi entorno; desde luego, había cosas que no conocía, como la caja registradora, por ejemplo, con su tintineante calculadora automática, y tampoco el revestimiento marrón de la pared, de falso palisandro: todo esto debían de haberlo montado más tarde. Y sin embargo... Sin embargo, yo había estado ya allí una vez hacía veinte años, puede que más, y había quedado allí prendido, oculto en lo invisible como un clavo en la madera, algo de mi propio yo, dejado atrás hacía mucho. A la fuerza, agucé y extendí mis sentidos por el salón y, al mismo tiempo, hacia mí mismo... Y, no obstante, maldita sea, no lograba alcanzar aquel recuerdo desaparecido, ahogado en mi interior.

Me enfadé como se enfada uno siempre cuando algún fracaso lo apercibe de la insuficiencia y la imperfección de sus facultades intelectuales. Pero no abandoné la esperanza de conseguir llegar a ese recuerdo. Me bastaría un mínimo detalle en el que hacer presa, lo sabía, pues mi memoria es de tal índole que, para lo bueno y para lo malo, resulta por un lado terca y caprichosa, pero luego indescriptiblemente fiel. Absorbe a menudo en sus penumbras lo más importante, tanto de los acontecimientos como de los rostros, tanto de lo leído como de lo vivido, y no destila nada de dicho inframundo si no se la obliga a ello por puro ejercicio de la voluntad. Pero me basta asir el más volátil de los apoyos, una postal, un par de trazos en un sobre, una hoja de periódico ahumada, y enseguida centellea lo olvidado como un pez en un anzuelo que surge de la superficie fluida y oscura, sensitivo y lleno de vida. En ese momento conozco cada detalle de una persona, su boca y, en la boca, las mellas de la dentadura a la izquierda cuando ríe, y el sonido quebrado de su risa y cómo, cuando ríe, se le estremece el bigote y surge así otro rostro, nuevo, de esa risa: todo eso lo veo, entonces, de inmediato, y sé después de años cada palabra que ese hombre me dijo en su momento. Pero siempre necesito, para ver y sentir al completo el pasado, un estímulo de los sentidos, una mínima ayuda de la realidad. Así que cerré los ojos para pensar con más intensidad, para formar y asir ese anzuelo secreto.

¡Pero nada! ¡Nada una vez más! ¡Enterrado y olvidado! Y me enfurecí de tal modo con la mente horrible y caprichosa entre mis sienes que podría haberme dado de puñetazos en la frente, como se sacude una máquina estropeada que nos niega contra derecho en un restaurante automático lo solicitado. No, ya no podía seguir sentado tranquilo, tanto me agitaba aquel fracaso del intelecto, y me levanté de pura rabia para desahogarme. Pero, fue curioso, apenas hube dado unos pasos por el local, comenzó a hacerse en mí ese primer albor fosforescente, lleno de brillo y resplandor. A la derecha de la caja registradora, recordé, se podía entrar en un salón sin ventanas, iluminado solo por luz artificial. Y, de hecho, así era. Ahí estaba, empapelado de otra manera, pero por lo demás con las mismas dimensiones, aquel salón trasero rectangular, de contornos difusos: el salón de juego. Por instinto, miré a mi alrededor cada objeto, con los nervios vibrando de felicidad (enseguida lo sabría todo, sentí). Dos mesas de billar yacían allí sin uso, como dos silenciosos pantanos verdes; en los rincones se agazapaban mesas de cartas, en una de las cuales jugaban al ajedrez dos consejeros o catedráticos. Y en el rincón, justo al lado de la estufa de hierro, por donde se iba al locutorio, había una mesita cuadrada. Y ahí fue donde de pronto me vino todo. Lo supe de inmediato, al instante, con una sola sacudida cálida y feliz: Dios mío, ahí era donde se sentaba Mendel, Jakob Mendel, «Mendel, el de los Libros», y yo había dado de nuevo, después de veinte años, con su cuartel general, con el Café Gluck, en lo alto de la calle Alser. Jakob Mendel, cómo podía haber olvidado, durante un tiempo tan inexplicablemente largo, a ese hombre tan especial y fabuloso, a esa peculiar maravilla del mundo, célebre en la universidad y en un círculo íntimo y reverente; cómo había podido perder el recuerdo de aquel corredor de libros, aquel mago de los libros, que se sentaba aquí todos los días sin falta, de la mañana a la noche, ¡emblema del saber, fama y honor del Café Gluck!

Y solo un segundo de volver la mirada hacia dentro me bastó para que su figura inconfundible surgiese de las manchas luminosas tras los párpados. Lo vi de inmediato ante mí, sentado como siempre en la mesita cuadrada, cuyo tablero de mármol, gris ya de la suciedad, estaba todo el tiempo cubierto de libros y papeles. Sentado con constancia inquebrantable, la mirada enmarcada por las gafas, hipnóticamente fija en un libro; sentado y, mientras leía, tarareando desafinado, mecía adelante y atrás el cuerpo y la calva deslustrada y salpicada de manchas: una costumbre adquirida en el jéder, la escuela elemental judía del Este. Ahí, en esa mesa y solo en ella, leía sus catálogos y libros, como le habían enseñado a leer el Talmud, cantando en voz baja mientras se balanceaba, como una cuna negra que se mece. Porque, como un niño que se duerme y se aleja del mundo gracias a este sube y baja rítmicamente hipnótico, es opinión de los devotos que también el espíritu entra con más facilidad en la gracia del ensimismamiento ayudado por este balanceo del cuerpo inactivo. Y, de hecho, este Jakob Mendel no veía ni oía nada de lo que sucedía a su alrededor. Junto a él hacían ruido y alborotaban los jugadores de billar, corrían los mozos del café, sonaba metálico el teléfono, se fregaba el pavimento, se alimentaba la estufa, y él no se enteraba de nada. Una vez una brasa cayó de la estufa, el *parquet* comenzó a oler a quemado y a echar humo a dos pasos de él, y solo entonces el infernal hedor llamó la atención sobre el peligro a un cliente, que se precipitó veloz a apagar la humareda; él, sin embargo, Jakob Mendel, a un par de centímetros y ya adobado por el humo, no se había enterado de nada. Porque estaba leyendo, como otros rezan, como los jugadores juegan y los borrachos aturdidos miran al vacío, él leía con un ensimismamiento tan conmovedor que toda lectura de otras personas me ha parecido siempre, desde entonces, profana. En este baratillero de libros oriundo de Galitzia, Jakob Mendel, descubrí por primera vez en mi juventud el gran misterio de la concentración total, que iguala al artista con el erudito, al auténtico sabio con el demente, la trágica felicidad e infelicidad de la total obsesión.

Me había enviado a él un antiguo compañero de la universidad. Entonces yo investigaba al, aún hoy día, muy poco reconocido médico paracelsista y magnetizador Mesmer, a decir verdad con poca fortuna, pues las obras que encontraba se demostraban insuficientes y el bibliotecario, al que yo, novato ingenuo, había pedido información, me había gruñido poco amable que la investigación bibliográfica era cosa mía, no suya. Entonces, uno de mis compañeros me mencionó por primera vez su nombre.

—Te llevaré donde Mendel —me prometió—, que lo sabe todo y lo consigue todo; él te encontrará el libro más olvidado de la librería de viejo alemana más recóndita. El hombre más eficiente de Viena y, además, un original, un primitivo dinosaurio de los libros en vías de extinción.

Así que fuimos los dos juntos al Café Gluck, y sí, allí estaba sentado Mendel, el de los Libros, con sus gafas, la barba descuidada, vestido de negro y leyendo mientras se balanceaba como un arbusto negro al viento. Nos acercamos y no se dio cuenta. Solo estaba allí sentado, leyendo, y su tronco oscilaba como una pagoda, adelante y atrás sobre la mesa, y tras él se balanceaba colgado en la silla su resquebrajado paletó negro, igualmente llenito de periódicos y papelotes. Para anunciarnos, mi amigo tosió fuerte. Pero Mendel, las gruesas gafas plantadas en el libro, siguió sin vernos. Por fin, mi amigo dio unos golpecitos en el tablero de la mesa, igual de fuerte que se llama a una puerta; y entonces, al cabo, nos miró Mendel, se levantó las toscas gafas de marco de acero mecánicamente sobre la frente y, bajo las erizadas cejas gris ceniza, se clavaron en nosotros dos curiosos ojillos negros, despiertos, vivos, agudos y danzarines como la lengua de una víbora. Mi amigo me presentó y yo expliqué mi deseo, para lo que mi primera artimaña —mi amigo me la había recomendado encarecidamente— fue quejarme, como enfadado, del bibliotecario que no me había querido dar ninguna información. Mendel se recostó en la silla y escupió con cuidado. Luego se rio brevemente y, con una fuerte jerigonza del Este, me dijo:

—No ha querido, ¿eh? No, ¡no ha podido! Un *parch* es lo que es, un asno apaleado de pelo gris. Lo conozco bien, Dios nos asista, desde hace veinte años, y no ha aprendido nada en ese tiempo. Embolsarse el sueldo es lo único que hace. Mejor fuera que se dedicasen a pelar ladrillos esos doctos señores, en vez de a los libros.

Descargando de esta forma el corazón rompió el hielo, y un manso ademán me invitó por primera vez a la mesa de mármol cuadrada, abarrotada de notitas, ese altar aún desconocido para mí de las revelaciones bibliófilas. Expliqué lo que quería en un decir amén: las obras contemporáneas sobre magnetismo, así como los libros posteriores y las polémicas a favor y en contra de Mesmer; en cuanto hube terminado, Mendel guiñó el ojo izquierdo un segundo, como un tirador antes de disparar. Pero de verdad no fue más que un instante lo que duró ese gesto de atención concentrada, antes de enumerar enseguida de corrido, como leyendo de un catálogo invisible, dos o tres docenas de libros, cada uno con su lugar y año de edición, y un precio aproximado. Me dejó estupefacto. Aunque estaba preparado, no esperaba algo así. Y mi perplejidad pareció sentarle bien, pues, al instante, siguió tocando en el teclado de su memoria las paráfrasis bibliotecarias más maravillosas sobre mi tema. ¿Quería yo también saber algo sobre el sonambulismo y sobre los primeros intentos de hipnosis? ¿Y sobre Gaßner, las invocaciones demoníacas y la Christian Science y la Blavatsky? De nuevo crepitaron los nombres, los títulos, las descripciones; solo entonces comprendí con qué maravilla de la memoria única había dado en Jakob Mendel, con una enciclopedia, de hecho, un catálogo universal sobre dos piernas. Como mareado observé a aquel fenómeno bibliográfico envuelto en la cubierta poco vistosa, incluso algo mugrienta, de un pequeño baratillero de libros oriundo de Galitzia que, después de haberme soltado unos ochenta nombres como al descuido, aunque en su interior satisfecho de haber cantado triunfo, se limpió las gafas con un pañuelo de bolsillo que puede que hubiese sido alguna vez blanco. Para disimular un poco mi asombro, pregunté algo titubeante cuáles de aquellos libros podía conseguirme en el mejor de los casos.

—Bueno, ya se verá lo que se puede hacer —refunfuñó—. Vuelva mañana y Mendel le habrá conseguido algo, y lo que no haya encontrado, lo en-
contraré en otro sitio. Dinero en mano, todo es llano.

Le di las gracias educadamente y, por pura cortesía, cometí la impulsiva
bobada de ofrecerme a anotarle los títulos deseados en una hojita de papel.
Nada más hacerlo, noté un codazo de advertencia de mi amigo. Pero ¡demasiado tarde! Mendel ya me había echado una mirada —¡qué mirada!—,
una mirada a la vez triunfal y ofendida, burlona y calculadora, digna de un
rey, la mirada shakespeariana de Macbeth cuando Macduff exige al héroe
imbatido que se rinda sin luchar. Luego se rio de nuevo brevemente, la gran
nuez rodando arriba y abajo de manera curiosa en la garganta, como si se
hubiese tragado una palabra grosera con dificultad. Y habría estado en su
derecho de haber usado cualquier grosería imaginable, el bueno, el hon-
rado Mendel, pues solo un extraño, un ignorante (un *amhorez,* como diría
él) podía haberle sugerido algo tan ofensivo, a él, Jakob Mendel: a él, Jakob
Mendel, anotarle el título de un libro como a un aprendiz de librero o al empleado de una biblioteca, como si aquella mente librera incomparable, dia-
mantina, fuese a necesitar alguna vez una ayuda tan vulgar. Solo más tarde
entendí lo mucho que debía de haber molestado su singular genio con aquella oferta cortés, pues aquel judío oriundo de Galitzia, pequeño, arrugado,
por completo envuelto en su barba y, además, jorobado, Jakob Mendel, era
un titán de la memoria. Tras aquella frente calcárea, sucia, cubierta de mus-
go gris, se recogían en la escritura invisible del cerebro, como estampados
con acero moldeado, todos los nombres y títulos que habían sido alguna vez
impresos en la portada de un libro. Conocía, de todas las obras, hubieran
salido ayer o hacía doscientos años, al instante y con exactitud, el lugar de
edición, el editor, el precio, nuevo y de viejo, y recordaba de cada libro, con
visión libre de errores, también la encuadernación y las ilustraciones y los
suplementos en facsímil; veía cada obra, la hubiese tenido en las manos o la
hubiese atisbado solo de lejos en un escaparate o una biblioteca, con la misma claridad que el artista su creación aún interior e invisible para el resto
del mundo. Recordaba, cuando por ejemplo un libro se ofrecía en el catálogo de una librería de viejo de Ratisbona por seis marcos, enseguida que otro

ejemplar del mismo libro se había vendido hacía dos años en una subasta vienesa por cuatro coronas, y también quién lo había comprado; no: Jakob Mendel no olvidaba nunca un título, una cifra, conocía cada planta, cada infusorio, cada estrella en el cosmos eternamente oscilante y siempre giratorio del universo de los libros. Sabía en cada materia más que los expertos, dominaba las bibliotecas mejor que los bibliotecarios, conocía de memoria los almacenes de gran parte de las casas editoras mejor que sus dueños, pese a sus fichas y ficheros, mientras que él solo disponía de la magia del recuerdo, de aquella memoria incomparable, auténtica, como explicitaban un centenar de ejemplos. De hecho, aquella memoria solo se podía haber formado de manera tan diabólicamente infalible gracias al misterio eterno tras cualquier perfección: la concentración. Aparte de sobre libros, esta curiosa persona no sabía nada del mundo, pues todos los fenómenos de la existencia comenzaban para él a ser verdaderos solo cuando se refundían en letras, cuando se habían reunido y esterilizado en la página. Pero tampoco los libros los leía en el sentido propio, en cuanto a su contenido intelectual y narrativo: solo su nombre, su precio, su aspecto, su portada atraían su pasión. Improductiva y poco creativa en última instancia, nada más que un índice de cien mil entradas de títulos y nombres estampados en la blanda corteza cerebral de un mamífero, en vez de escritos en un catálogo como era habitual, esta memoria de librero específica de Jakob Mendel era, sin embargo, en su perfección única, un fenómeno no menor que el de Napoleón para la fisonomía, el de Mezzofanti para los idiomas, la de un Lasker para las aperturas de ajedrez, la de un Busoni para la música. Aplicado a un seminario, a un cargo público, aquel cerebro habría instruido y asombrado a miles, cientos de miles de estudiantes y eruditos, fértil para el saber, una ganancia incomparable para esas cámaras del tesoro públicas a las que llamamos bibliotecas. Pero este mundo superior estaba para él, el pequeño baratillero de libros sin instrucción oriundo de Galitzia, que no había acabado mucho más que su escuela del Talmud, cerrado para siempre; así pues, aquellas fantásticas capacidades no se desarrollaban más que como ciencia secreta en aquella mesa de mármol del Café Gluck. No obstante, si alguna vez la gran psicología (nuestro mundo intelectual carece aún de tal obra), que ordena y clasifica, con tanta perseverancia y paciencia como Buffon la variedad de animales, en su caso todas las variedades, especies y formas primitivas de ese poder mágico que llamamos memoria, la describe por separado y la expone en sus variantes, debería estudiar la de Jakob Mendel, este genio de los precios y los títulos, este maestro innombrado del saber del libro de viejo.

De profesión y para quienes no sabían, Jakob Mendel no era, por supuesto, nada más que un tratantillo de libros. Todos los domingos aparecían en la *Nueva Prensa Libre* y en la *Nueva Gaceta Vienesa* los mismos anuncios típicos: «Se compran libros viejos, se pagan los mejores precios, se acude de inmediato. Mendel, en lo alto de la calle Alser», y luego un número de teléfono que, en realidad, era el del Café Gluck. Mendel huroneaba almacenes, arrastraba con un viejo mozo de cuerda de grandes mostachones, cada semana, un nuevo botín a su cuartel general y, desde allí, de nuevo a donde fuese, porque para el comercio ordenado de libros carecía de licencia. Así que seguía siendo un baratillero, con una actividad poco rentable. Los estudiantes le compraban sus libros de texto: por sus manos pasaban de los cursos superiores a los más jóvenes; además, negociaba y facilitaba cualquier obra que se buscase por un mínimo suplemento. Con él, los buenos consejos eran baratos. Pero el dinero no tenía lugar en su mundo, pues nunca nadie lo había visto llevar otra cosa que la misma chaqueta raída, comer a mediodía otra cosa que un bocado que le traían de la fonda, tomar por la mañana, por la tarde y por la noche otra cosa que leche con dos panecillos. No fumaba, no jugaba, se podría decir que no vivía, solo los ojos estaban vivos tras las gafas y alimentaban el cerebro de aquel enigmático ser de manera incesante con palabras, títulos y nombres. Y la masa blanda, fértil, adsorbía ávida esta abundancia, como un prado las miles y más miles de gotas de la lluvia. Las personas no le interesaban y, de todas las pasiones del hombre, conocía tal vez solo una, puede que la más humana: la vanidad. Si alguien acudía a él en busca de información, fatigosamente buscada ya en otros cien lugares, y él podía dársela al instante, ya eso solo le proporcionaba satisfacción, placer, y quizá también que en Viena y sus arrabales vivían un par de docenas de personas que respetaban y necesitaban sus

conocimientos. En cada uno de los conglomerados informes de millones de personas que llamamos metrópolis hay siempre, desperdigadas por unos cuantos puntos, algunas facetas mínimas que reflejan un mismo universo único en superficies minúsculas, invisibles para la mayoría, valiosas solo para el entendido, el hermano en la pasión. Y estos entendidos de los libros conocían todos a Jakob Mendel. Igual que alguien que buscaba consejo sobre una partitura se dirigía a Eusebius Mandyczewski en la Sociedad de Amigos de la Música, y lo encontraba allí, con un casquetito gris en la cabeza, sentado cordial entre sus actas y notas, y con la primera mirada resolvía ya sonriente los mayores de los problemas; igual que aún hoy quien necesita información sobre el teatro y la cultura de la vieja Viena no deja de ir a ver al omnisciente padre Glossy;[1] con la misma confianza consideraban obvio peregrinar al Café Gluck, en busca de Jakob Mendel, los pocos bibliófilos vieneses devotos cuando tenían un hueso duro que roer. Una consulta de este estilo con Mendel me suponía, joven curioso, un deleite muy particular. Mientras que, cuando se le presentaba un libro menor, él solo cerraba la tapa desdeñoso y refunfuñaba: «Dos coronas»; ante alguna rareza o un ejemplar único, se apartaba lleno de respeto, colocaba una hoja de papel debajo y se veía que se avergonzaba de sus dedos sucios, entintados, de negras uñas. Entonces comenzaba a hojear, con ternura y cuidado, con un inmenso respeto, el raro ejemplar, página a página. Nadie podía molestarlo en esos segundos, igual que no se puede molestar a un creyente auténtico en su oración, y de hecho este mirar, tocar, oliscar, sopesar cada uno de estos trámites tenía algo de ceremonioso, de la sucesión reglada por el culto de un acto religioso. Acunaba la torcida espalda adelante y atrás, mientras gruñía y refunfuñaba, se rascaba la cabeza, emitía curiosos grititos primitivos, un dilatado y casi temeroso «Ah», un «Oh» de pasmado asombro y luego, de nuevo, un rápido sobresaltado «Ay» o «Ayayay» si faltaba una página o había una hoja como roída. Por fin, sopesaba con veneración el mamotreto en la mano, olfateaba y olía el obstinado cuadrilátero con los ojos entornados,

---

1   Karl Glossy (1848-1937) fue director de la Biblioteca y del Museo de la Ciudad de Viena, y era investigador en literatura y teatro. Fue el primer impulsor de la investigación de archivo en literatura. *[N. de la T.]*

238

no menos conmovido que una muchacha sentimental un nardo. Durante ese prolijo procedimiento, el dueño debía, por supuesto, no distraer su paciencia. Una vez terminado el examen, sin embargo, Mendel daba solícito, incluso entusiasmado, toda información, a la que añadía infaliblemente bravuconas anécdotas y dramáticos informes de precio de ejemplares similares. Parecía volverse más lúcido, más joven, más vivo en esos instantes, y solo una cosa podía enfadarlo mucho: si quizás un bisoño le ofrecía dinero por semejante tesoro. Entonces retrocedía ofendido como el empleado de una galería al que un americano de paso quisiera dejarle en la mano, por su aclaración, una propina; pues poder tener en la mano un libro valioso significaba para Mendel lo que para otros un encuentro con una mujer. Esos momentos eran sus noches de amor platónicas. Solo el libro, nunca el dinero, tenía poder sobre él. En vano intentaban grandes coleccionistas, entre ellos también los fundadores de la Universidad de Princeton, conquistarlo como consejero y comprador para sus bibliotecas: Jakob Mendel se negaba; no podía pensar en ningún otro sitio que en el Café Gluck. Hacía treinta y tres años, con una barba negra aún suave y tupida, y tirabuzones en las sienes, había llegado a Viena para estudiar el rabinato aquel aún joven encorvado del Este; pero pronto había abandonado al duro Dios único Jehová para entregarse al politeísmo reluciente y facetado de los libros. Entonces había encontrado refugio en el Café Gluck, que poco a poco se fue convirtiendo en su despacho, su cuartel general, su oficina de correos, su mundo. Como un astrónomo contempla a solas en su observatorio, a través de la minúscula mirilla del telescopio, todas las noches, la miríada de estrellas, sus misteriosos cursos, su cambiante caos, su extinción y su renacimiento, así miraba Jakob Mendel a través de sus gafas, desde aquella mesa cuadrada, hacia el universo de los libros, que también por toda la eternidad giraba y se reproducía de continuo, hacia ese mundo sobre nuestro mundo. Por supuesto, estaba muy bien considerado en el Café Gluck, cuya fama se entretejía para nosotros más con su cátedra invisible que con quien le daba nombre, el gran músico, el creador del *Alceste* y la *Ifigenia*: Christoph Willibald Gluck. Mendel era un aditamento de aquel lugar tanto como la vieja caja registradora de cerezo, como los dos billares tan remendados o la cafetera de cobre, y su mesa se guardaba como una reliquia. Porque sus numerosos clientes y peticionarios de información eran amablemente invitados por el personal a pedir algo cada vez que iban, de forma que la mayor parte de las ganancias de su saber fluían, en realidad, hacia la ancha cartera de piel que llevaba a la cadera el encargado Deubler. A cambio, Mendel, el de los Libros, disfrutaba de ciertos privilegios. Disponía de teléfono gratuito, le recogían las cartas y le llevaban todo lo recibido; la encargada de los lavabos, una mujer mayor y buena, le cepillaba el abrigo, le cosía los botones y le llevaba cada semana un hatillo de ropa a lavar. Solo él podía pedir a la fonda vecina el almuerzo, y todas las mañanas venía el señor Standhartner, el dueño del café, a saludarlo en persona a su mesa (aunque, en realidad, la mayor parte de las veces, sin que Jakob Mendel, absorto en sus libros, fuese consciente del saludo). Entraba a las siete y media de la mañana en punto y solo se iba cuando apagaban las luces. No hablaba nunca con los otros clientes, no leía el periódico, no notaba los cambios y, cuando el señor Standhartner le preguntó una vez educadamente si no leía con la luz eléctrica mejor que antes, al resplandor mortecino y titilante de los quinqués, él miró asombrado las bombillas: aquel cambio, a pesar del ruido y el martilleo de una instalación que había durado días, le había pasado por completo desapercibido. A través de los redondeles de sus gafas, a través de aquellas dos lentes centelleantes y permeables, solo se filtraban en su cerebro los millares de infusorios negros de las letras; todo lo demás pasaba por su lado como ruido vacío. En realidad, llevaba más de treinta años del tiempo de vigilia de su vida en aquella mesa cuadrada leyendo, comparando, calculando, en un incesante sueño continuo, interrumpido solo para dormir.

Por eso sentí como una especie de sobresalto cuando vi la mesita de mármol de los oráculos de Jakob Mendel vacía como una losa sepulcral resplandecer apenas en aquel salón. Solo entonces, habiéndome hecho mayor, entendí cuánto desaparece con cada persona así, primero porque todo lo único es cada día más valioso en nuestro mundo, que se vuelve sin remedio cada vez más monótono. Y, además, porque el joven inexperto que yo había sido había tenido la corazonada de un gran afecto por aquel Jakob Mendel. Y, sin embargo, yo lo había olvidado... por supuesto en los años de la guerra y en una entrega a mi obra no tan distinta de la suya. Ahora, sin embargo, ante aquella mesa vacía, sentí una especie de vergüenza ante él y, al mismo tiempo, una renovada curiosidad.

Porque ¿dónde estaba? ¿Qué había sido de él? Llamé al camarero y le pregunté. No, al tal señor Mendel, lo sentía, no lo conocía, ningún señor con ese apellido frecuentaba el

café. Pero tal vez el encargado lo conociese. Este adelantó torpe su panzón, dudó, se lo pensó: no, tampoco él conocía al señor Mendel. ¿Tal vez me refería al señor Mandl? ¿El señor Mandl de la mercería de la Floriangasse? Un sabor amargo me vino a los labios, el sabor de lo efímero: ¿para qué vivir si el viento borra, tras nuestros pies, hasta la última huella que dejamos? Treinta años, cuarenta tal vez, había respirado una persona en aquel salón de un par de metros cuadrados, había leído, pensado, hablado allí, y solo tres años, cuatro, habían de pasar para que llegase un nuevo faraón, y ya nadie sabía nada de José, ¡y ya nadie sabía en el Café Gluck nada de Jakob Mendel, el de los Libros! Casi furioso le pregunté al encargado si no me sería posible hablar con el señor Standhartner o si no quedaba nadie en el café del viejo personal. Ah, el señor Standhartner, Dios mío, hacía mucho que había vendido el café, había fallecido, y el antiguo encargado vivía ahora en su casita de camino a Krems. No, nadie seguía allí... Pero ¡sí! La señora Sporschil aún estaba, la encargada de los lavabos (vulgo: la señora del chocolate). Pero seguro que ella no se acordaba ya de un cliente en particular. No pude evitar pensar: a un Jakob Mendel no se lo olvida, e hice que la llamaran.

Vino, la señora Sporschil, con el pelo blanco desgreñado y pasos un poco hidrópicos, desde sus aposentos traseros, secándose aún apresuradamente las rojas manos en un trapo: era evidente que acababa de fregar su deslucido dominio o de limpiar las ventanas. Por su manera insegura, lo supe enseguida: le resultaba desagradable que la hubiesen llamado sin más aviso para presentarse bajo las grandes bombillas en la parte noble del café. Así que me miró primero desconfiada, con una mirada desde abajo, una prudentísima mirada humilde. ¿Qué podía yo querer de ella que fuese bueno? Pero, en cuanto le pregunté por Jakob Mendel, me contempló con los ojos abiertos, franca y directa, y se irguió echando los hombros atrás.

—Dios mío, el pobre señor Mendel, ¡que aún piense en él alguien! Sí, el pobre señor Mendel. —Casi lloraba, tanto se había emocionado, como la gente mayor siempre cuando se le recuerda su juventud, algún punto común bueno que se había olvidado.

Le pregunté si aún vivía.

—Ay, Dios mío, el pobre señor Mendel, debe de hacer cinco o seis años, no, siete, que murió. Un hombre tan amable, tan bueno, y pensar cuánto tiempo lo conocí, más de veinticinco años, él ya estaba aquí cuando yo comencé a trabajar. Y qué vergüenza cómo lo dejaron morir.

Se había ido acalorando; me preguntó si yo era pariente. Nunca nadie se había ocupado de él, nadie había preguntado nunca... Y ¿es que no sabía yo lo que le había pasado?

No, no sabía nada, le aseguré; tenía que contármelo, contármelo todo. La buena mujer se mostraba esquiva y avergonzada, y no dejaba de secarse las manos mojadas. Lo entendí: le resultaba penoso estar, como encargada de los lavabos, con el delantal sucio y el desaliñado pelo blanco, en medio del café y, además, no dejaba de mirar con miedo a derecha e izquierda por si la oía alguno de los camareros. Así que le propuse ir al salón de juegos, al antiguo sitio de Mendel: allí me lo contaría todo. Aceptó conmovida con un gesto, agradecida de que la entendiese, y fue por delante ella, la anciana, ya un poco vacilante, y yo detrás. Los dos camareros se nos quedaron mirando, asombrados por la conexión, y algunos de los clientes quedaron extrañados también por la irregular pareja que formábamos. Y allí, en la mesa de Mendel, me contó la mujer (algunos detalles me los completó más tarde otra conversación) la caída de Jakob Mendel, de Mendel, el de los Libros.

Así pues, me contó, Mendel había continuado yendo, aun con la guerra ya empezada, día tras día a las siete y media de la mañana, a sentarse y estudiar todo el día como siempre, sí; todos habían tenido la sensación, y hablado a menudo sobre ello, de que no se había enterado siquiera de que había una guerra. Yo debía de saber que Mendel nunca miraba un periódico y que no hablaba nunca con nadie; pero tampoco cuando los pregoneros habían proclamado a voces las ediciones especiales, y todos los demás se habían arremolinado alrededor, se había levantado ni escuchado

242

nunca. Tampoco había notado que faltaba Franz, el camarero (que había caído en Gorlice), ni sabido que habían hecho prisionero al hijo del señor Standhartner en Przemyśl, y no había dicho jamás una palabra sobre el pan cada vez más miserable, y sobre el hecho de que ya no le servían leche, sino aquel deleznable sucedáneo de café hecho de higos. Solo una vez se había preguntado por qué iban tan pocos estudiantes: eso había sido todo.

—Dios mío, el pobre hombre, nada le preocupaba ni alegraba más que sus libros.

Pero entonces, un día, había ocurrido una desgracia. A las once de la mañana, en pleno día, había venido un guardia con un policía secreta, había enseñado la insignia del ojal y preguntado si iba por allí un tal Jakob Mendel. Se habían acercado luego, de inmediato, a su mesa y, sin sospechar nada, él había creído aún que querían comprar libros o preguntarle algo. Pero enseguida le pidieron que fuese con ellos y fueron a llevárselo. Había sido una auténtica vergüenza para el café: todos se habían reunido en torno al viejo señor Mendel cuando lo habían levantado entre los dos, las gafas en el pelo y mirando a un lado y a otro, de uno a otro, sin saber lo que querían en realidad de él. Pero ella le había dicho al gendarme, en menos que canta un gallo, que debía de tratarse de un error, que un hombre como el señor Mendel no era capaz de hacerle daño ni a una mosca; pero, entonces, el policía secreta le había gritado que no se inmiscuyese en asuntos oficiales. Y, luego, se lo habían llevado, y no había vuelto durante mucho tiempo, dos años. Aún ahora que lo contaba seguía sin saber muy bien lo que querían de él.

—Pero puedo jurar —dijo acalorada la anciana— que el señor Mendel no puede haber hecho nada malo. Se equivocaron, pongo la mano en el fuego. Fue un crimen con el pobre inocente, ¡un crimen!

Y tenía razón, la buena y conmovedora señora Sporschil. Nuestro amigo Jakob Mendel no había hecho en realidad nada reprochable, solo (no fue hasta más tarde cuando supe todos los detalles) una tontería increíble, conmovedora, totalmente improbable incluso en aquellos tiempos absurdos, explicable solo por el total ensimismamiento, por la distancia lunar a la que parecía vivir en realidad. Lo que había ocurrido había sido esto: en la oficina de censura militar, obligada a vigilar toda la correspondencia

 243

con el extranjero, habían interceptado un día una tarjeta postal escrita y firmada por un tal Jakob Mendel, franqueada como es debido para otro país, pero —caso increíble— dirigida a uno enemigo, una tarjeta remitida a Jean Labourdaire, librero en París, Quai de Grenelle, en la que el mencionado Jakob Mendel se quejaba de no haber recibido los últimos ocho números mensuales del *Boletín Bibliográfico de Francia* a pesar de haber pagado por adelantado la suscripción anual. El funcionario encargado, profesor de secundaria, romanista aficionado al que habían encasquetado la levita azul de los reservistas, se asombró cuando le llegó a las manos aquel documento. Una broma tonta, pensó. Entre las dos mil cartas que tenía que registrar y analizar a la semana en busca de comunicados dudosos y expresiones sospechosas de espionaje, nunca había tenido entre manos un hecho tan absurdo: que alguien en Austria remitiese con tal despreocupación una carta a Francia, es decir, que hubiese echado al buzón tan cómoda y sencillamente una tarjeta para el extranjero beligerante, como si las fronteras no estuviesen cerradas desde 1914 con alambre de espino, y cada día de Dios no se redujeran recíprocamente Francia, Alemania, Austria y Rusia el número de habitantes masculinos en un par de millares de hombres. Al principio, visto lo visto, dejó la tarjeta como curiosidad en el cajón de su escritorio, sin dar parte de semejante absurdo. Pero tras unas semanas llegó de nuevo una tarjeta del mismo Jakob Mendel para un Bookseller John Aldridge de Londres, Holborn Square, preguntando si no podía enviarle los últimos números de la *Anticuarios* y, de nuevo, estaba firmada por aquel curioso individuo, Jakob Mendel, que con ingenuidad conmovedora adjuntaba su dirección completa. Ahora el profesor de secundaria hecho a su uniforme se sintió algo incómodo en su levita. ¿Se escondía al final algún sentido enigmático y cifrado tras aquella torpe broma? En cualquier caso, se levantó, dio un taconazo y le puso las dos tarjetas al comandante sobre la mesa. Este se encogió de hombros: ¡un caso curioso! Primero avisó a la Policía para que investigase si aquel Jakob Mendel existía de verdad, y una hora más tarde ya habían arrestado a Jakob Mendel y lo habían llevado, aún sintiendo vértigo por la sorpresa, ante el comandante. Este le presentó las misteriosas tarjetas postales y le preguntó si reconocía al remitente. Provocado por el estricto tono y, sobre todo, porque lo habían arrancado de la lectura de un importante catálogo, Mendel vociferó casi grosero que por supuesto que había escrito él las tarjetas. Uno tenía derecho aún a reclamar una suscripción ya pagada. El comandante se giró en la butaca en diagonal hacia el teniente en la mesa de al lado. Se hicieron un guiño cómplice: ¡un loco de remate! Entonces, el comandante sopesó si solo debía echarle un buen rapapolvo y espantar a aquel simplón, o si tomarse el caso en serio. En esta circunstancia de indecisión, las autoridades casi siempre se decantan por seguir el protocolo. Un protocolo está siempre bien. Si no sirve para nada, al menos no hace daño, y solo se rellena un montón de papeles sin sentido más entre otros tantos millones.

En este caso, sin embargo, hizo daño, por desgracia, a una pobre persona sin la menor sospecha, pues ya a la tercera pregunta se descubrió algo funesto. Le pidieron primero su nombre: Jakob, en realidad, Jainkeff Mendel. Oficio: baratillero (no tenía, de hecho, licencia de librero, solo un permiso de venta ambulante). La tercera pregunta fue la catástrofe: lugar de nacimiento. Jakob Mendel mencionó un pueblecito cerca de Piotrków. El comandante levantó las cejas. Piotrków, ¿no estaba eso en la Polonia rusa, cerca de la frontera? ¡Qué mala espina! ¡Mucha! Así que le inquirió con más rigor cuándo había conseguido la ciudadanía austriaca. Las gafas de Mendel lo miraron ignorantes y maravilladas: no entendía. Por todos los demonios, si tenía sus papeles, sus documentos, y dónde. No tenía nada más que su permiso de venta ambulante. El comandante levantó aún más las cejas. Entonces ¿cómo estaba lo de su ciudadanía?, que lo aclarase de una vez. ¿Qué había sido su padre? ¿Austriaco o ruso? Con toda la calma del mundo, Jakob Mendel contestó: ruso, por supuesto. ¿Y él? Ah, él había cruzado a escondidas la frontera rusa hacía treinta y tres años y, desde entonces, vivía en Viena. La inquietud del comandante aumentaba. ¿Cuándo había recibido la ciudadanía austriaca entonces? ¿Para qué?, preguntó Mendel. Nunca se había ocupado de tales cosas. Así que, entonces, ¿seguía siendo ciudadano ruso? Y Mendel, al que este insípido interrogatorio hacía rato que aburría, contestó indiferente:

—En realidad, sí.

El comandante se echó hacia atrás tan bruscamente impresionado que la butaca crujió. ¡Ahí estaba! En Viena, en la capital de Austria, en medio de la guerra, a finales de 1915, después de Tarnów y de la gran ofensiva, un ruso paseaba sin que lo molestasen, escribía cartas a Francia e Inglaterra, y la Policía no se ocupaba de nada. Y luego los cabezas de alcornoque de los periódicos se maravillaban de que Conrad von Hötzendorf no hubiese avanzado enseguida hacia Varsovia; luego se asombraban en el Estado Mayor cuando cada movimiento de las tropas se comunicaba mediante espías a Rusia. El teniente, por su parte, se había levantado y se acercó a la mesa: la conversación se convirtió nítidamente en interrogatorio. ¿Por qué no se había inscrito enseguida como extranjero? Mendel, aún de buena fe, contestó en su cantarina jerigonza judía:

—¿Por qué debería haberlo hecho enseguida?

En esa pregunta de vuelta, el comandante vislumbró un reto y preguntó amenazante si no había leído las promulgaciones. ¡No! ¿Es que no leía los periódicos? ¡No!

Los dos miraron al ya algo sudado, debido a la inseguridad, Jakob Mendel, como si la luna hubiese caído allí, en medio del despacho. Luego crepitaron los teléfonos, tamborilearon los teclados de las máquinas de escribir, circularon los ordenanzas, y Jakob Mendel fue entregado al calabozo del cuartel para que lo trasladasen con el siguiente grupo a un campo de prisioneros. Cuando le indicaron que siguiese a los dos soldados, miró indeciso. No entendía lo que querían de él, pero, la verdad, no estaba preocupado. ¿Qué podía tener, al fin y al cabo, aquel hombre del cuello dorado y la voz áspera contra él? En su mundo superior de libros no había guerra, no había malentendidos, sino solo el eterno saber y querer saber más de números y palabras, y títulos y nombres. Así que bajó las escaleras mansamente entre los dos soldados. No fue hasta que los policías le sacaron todos los libros de los bolsillos del abrigo y le pidieron la cartera en la que había guardado cientos de direcciones de clientes y notas importantes cuando comenzó a revolverse furioso. Tuvieron que sujetarlo. Pero, al hacerlo, por desgracia, se le resbalaron las gafas al suelo y eso hizo añicos su mágico telescopio al mundo intelectual. Dos días más tarde lo despacharon con un ligero abrigo de verano a un campo de concentración de presos civiles rusos en Komárom.

Sobre lo que debió de sentir Jakob Mendel en esos dos años de campo de prisioneros en lo que a horror mental se refiere, sin libros, sus amados libros, sin dinero, en medio de los compañeros indiferentes, toscos, en su mayoría analfabetos, de aquel enorme escombrero de la humanidad, lo que debió de sufrir allí, separado de su mundo de libros superior y único como un águila a la que han cortado el acceso a su elemento etéreo, sobre eso, falta todo testimonio. Pero el mundo desengañado de su insensatez ha ido descubriendo que, de todas las crueldades y los abusos de aquella guerra, no hubo ninguno más sin sentido, inútil y, por tanto, inexcusable moralmente, que el de juntar y encerrar tras alambre de espino a civiles desprevenidos, que habían superado hacía mucho la edad de servir, que habían vivido muchos años en un país extraño al que consideraban su patria y que, por pura confianza en eso mismo y en las leyes de la hospitalidad, sagradas incluso entre los tunguses y los araucanos, habían perdido la oportunidad de huir: un crimen contra la civilización, cometido de manera igualmente insensata en Francia, Alemania e Inglaterra, y hasta en el último rincón de nuestra Europa enloquecida. Y puede que Jakob Mendel hubiese sucumbido a la locura, como cientos de otros inocentes, tras aquella valla, o lamentablemente perecido de disentería, debilitamiento, ruina intelectual, si no lo hubiese devuelto a su mundo, por pura casualidad, justo a tiempo, un auténtico austriaco. Fueron, de hecho, varias las cartas de distinguidos clientes que, tras su desaparición, le llegaron al café; el conde Schönberg, antiguo gobernador de Estiria, fanático coleccionista de obras heráldicas, el antiguo decano de la Facultad de Teología de Siegenfeld, que trabajaba en un comentario de san Agustín, el octogenario almirante de marina retirado Edler von Pisek, que aún lo recordaba perfectamente: todos ellos, sus fieles clientes, habían escrito repetidamente a Jakob Mendel en el Café Gluck, y de esas cartas se le enviaron algunas al desaparecido en el campo de prisioneros. Allí cayeron en manos del, por fortuna, bienintencionado capitán, que se asombró de las distinguidas relaciones de aquel pequeño judío, medio ciego y sucio que, desde que le habían roto las gafas (no tenía dinero para

247

hacerse con unas nuevas), se encogía en un rincón como un topo gris, mudo y sin ojos. Alguien con aquellos amigos debía de ser, sin embargo, algo fuera de lo común. Así que permitió a Mendel responder a aquellas cartas y pedir a sus bienhechores su intercesión. Esta no dejó de llegar. Con la solidaridad apasionada de todos los coleccionistas, tanto sus excelencias como el decano se esforzaron en poner en marcha sus contactos, y sus avales combinados consiguieron que Mendel, el de los Libros, pudiese regresar a Viena en 1917, tras más de dos años de confinamiento, siempre con la condición de presentarse ante la Policía a diario. Aun así, podía volver al mundo libre, a su buhardillita, vieja, estrecha, podía volver a su amado comercio de libros y, sobre todo, a su Café Gluck.

Este regreso de Mendel del inframundo infernal al Café Gluck pudo relatármelo la buena de la señora Sporschil por experiencia propia.

—Un día... Jesús, María y José, creía que me engañaban los ojos... Ahí que se abre la puerta, ya sabe usted, de esa manera peculiar, solo una rendijita, que él tenía, y de pronto entra a traspiés en el café el pobre señor Mendel. Llevaba un raído abrigo militar lleno de zurcidos, y algo en la cabeza, que tal vez había sido en algún momento un sombrero, uno que habían tirado a la basura. No llevaba puesto cuello y tenía aspecto de muerto, la cara gris y el pelo también, y tan flaco que daba pena. Pero entra como si nada hubiera pasado, no pregunta nada, no dice nada, se acerca a su mesa y se quita el abrigo, pero no como antes, diestra y fácilmente, sino jadeando y con dificultad. Y no llevaba ni un libro como solía... No hace más que sentarse en silencio y mirando al frente con la mirada perdida, los ojos apagados. Solo poco a poco, cuando le habíamos traído todo el paquete de publicaciones que habían llegado para él de Alemania, comenzó a leer de nuevo. Pero ya no volvió a ser el mismo.

No, no era el mismo, no era ya el *Miraculum mundi,* el registrador mágico de todos los libros: todos los que lo vieron entonces me contaron apesadumbrados la misma historia. Algo parecía roto sin remedio en su por lo demás tranquila mirada, que leía como medio dormida; algo se había derrumbado: el espeluznante cometa de sangre debía de haber chocado estruendosamente, en su rápido paso, también contra la estrella singular, pacífica, serena de su mundo de libros. Sus ojos, durante décadas acostumbrados a las letras suaves, silenciosas, de garrapata de los escritos, debían de haber sido testigos de todo horror en aquel escombrero rodeado de alambre de espino, pues los párpados caían pesados sobre las pupilas antaño tan vivas e irónicas, y oscurecían adormilados y con los bordes enrojecidos la mirada antes tan animada tras las gafas reparadas con cuidado con finos alambres. Y lo más terrible: en la arquitectura fantástica de su memoria debían de haberse venido abajo ciertos pilares y toda la estructura había dado en el caos, pues nuestro cerebro es tan blando, un montaje de la más sutil de las sustancias, un instrumento de precisión finísimo de nuestro conocimiento, que una vénula comprimida, un nervio perturbado, una célula agotada, que cualquier molécula de este estilo descentrada, basta para desafinar la armonía esférica más soberana. Y, en la memoria de Mendel, aquel teclado único del saber, se habían paralizado desde su regreso las teclas. Cuando de vez en cuando alguien le pedía información, él lo miraba agotado sin entender ya bien, se equivocaba y olvidaba lo que le decían: Mendel no era ya Mendel, como el mundo no era ya el mundo. Ya no se acunaba ensimismado cuando leía, sino que, por lo general, se quedaba sentado rígido, las gafas dirigidas solo mecánicamente al libro, sin que se pudiese saber si estaba leyendo o solo adormilado. Más de una vez se le caía, me contó Sporschil, la cabeza pesadamente sobre el libro, y se dormía en pleno día, otras veces contemplaba durante horas la extraña luz hedionda de la lámpara de acetileno que en aquella época de escasez de carbón había sobre la mesa. No, Mendel no era ya Mendel, no era ya una maravilla del mundo, sino un hato de ropa y barba inútil, que respiraba con fatiga, derrumbado sin sentido en la butaca antaño mística, ya no la fama del Café Gluck, sino una deshonra, una mancha de grasa, maloliente, asquerosa, un parásito incómodo e innecesario.

Así lo vio también el nuevo propietario, de nombre Florian Gurtner, oriundo de Retz, que se había enriquecido en el año del hambre de 1919 con el estraperlo de harina y mantequilla, y había sacado al probo Standhartner el Café Gluck por ocho mil coronas a tocateja. Tomándolo entre sus robustas manos campesinas, se apresuró a renovar el venerable café: con bonos

sin valor compró justo a tiempo nuevos sillones, hizo construir un portal de mármol y hasta negoció por el local vecino para construir una sala de baile. Durante este apresurado embellecimiento le molestaba, por supuesto, mucho aquel parásito de Galitzia que se pasaba el día entero, desde temprano por la mañana hasta bien entrada la noche, ocupando él solo una mesa sin consumir nada más que dos cafés y cinco panecillos. De nada sirvió que Standhartner le hubiese encargado que cuidase a su antiguo cliente y que hubiese intentado explicarle qué hombre notable e importante era aquel Jakob Mendel; lo había entregado, se podría decir, con el resto del local como una servidumbre sobre la empresa. Pero Florian Gurtner se había empeñado en tener muebles nuevos y una caja registradora de aluminio reluciente con el convencimiento de quien está en momento de ganar, y solo esperaba una excusa para echar a aquel último resto molesto de pobreza arrabalera de su local devenido elegante. Una buena oportunidad pareció ofrecérsele pronto, pues a Jakob Mendel no le iba bien. Sus últimos ahorros se habían pulverizado en la trituradora de la inflación, sus clientes habían ido reduciéndose. Y para volver a subir escaleras como baratillero de libros, acumular libros como ambulante, para eso le faltaban las fuerzas al extenuado Mendel. Le iba mal, se veía en un centenar de pequeños indicios. Apenas pedía ya nada de la fonda y dejaba a deber cada vez más tiempo, a veces hasta tres semanas, incluso el más mínimo gasto en pan y café. Ya entonces quería el encargado ponerlo de patitas en la calle. Pero la buena de la señora Sporschil, la encargada de los baños, se compadeció y fue su fiadora.

Pero en el siguiente mes sucedió la desgracia. El nuevo encargado había notado ya varias veces que, al hacer las cuentas, nunca cuadraba la de los bollos. Cada vez resultaba que faltaban más panecillos de los que se habían pedido y cobrado. Sus sospechas recayeron enseguida, por supuesto, en Mendel, pues más de una vez había venido el mozo cojo a protestar que Mendel llevaba sin pagarle desde hacía medio año y que no podía sacarle ni un centavo. Así que el encargado prestó entonces especial atención, y dos días más tarde consiguió por fin, escondido detrás de la pantalla de la estufa, pillar a Jakob Mendel levantándose sigiloso de su mesa para ir al salón delantero y tomar a toda prisa dos panecillos de la cesta del pan, que se comió ávidamente. Cuando fueron a cobrarle dijo que no había comido ninguno. Así se aclararon las cuentas. El camarero informó enseguida del suceso al señor Gurtner y este, contento de tener la excusa largamente buscada, rugió contra Mendel delante de todo el mundo, lo culpó del robo e hizo gala incluso de no llamar de inmediato a la Policía. Pero le ordenó que se marchase al punto y para siempre. Jakob Mendel solo tembló, no dijo nada, se puso torpemente en pie y se marchó.

—Fue una canallada —así describió la señora Sporschil aquella salida—. Nunca olvidaré cómo se levantó, las gafas puestas sobre la frente, blanco como una sábana. No se tomó el tiempo ni de ponerse el abrigo, aunque era enero, ya sabe usted el frío que hizo ese año. Y, de puro sobresalto, se dejó el libro en la mesa, solo me di cuenta más tarde y quise dárselo. Pero ya se había ido. Y yo no me atreví a salir tras él a la calle porque en la puerta se había plantado el señor Gurtner para seguir gritándole de tal manera que la gente acabó por levantarse y arremolinarse a su alrededor. Sí, fue una vergüenza; me avergoncé hasta lo más profundo de mi ser. Algo así no habría pasado nunca con el viejo señor Standhartner, que lo echasen así solo por un par de panecillos: con él, podría haber comido sin pagar el resto de su vida. Pero la gente de hoy no tiene corazón. Echar así a alguien que se ha sentado en el café día tras día durante más de treinta años… Una auténtica vergüenza, y no le encuentro justificación ante el buen Dios, yo no.

Se había alterado mucho, la buena mujer, y con la locuacidad apasionada de la vejez repetía una y otra vez lo de la vergüenza y que el señor Standhartner no habría sido capaz de algo así. Así que, para concluir, tuve que preguntarle qué había sido, entonces, de nuestro Mendel, y si lo había vuelto a ver. Esto le dio fuerzas y se alteró aún más.

—Todos los días, cuando pasaba por su mesa, cada vez, puede creerme usted, me daba una punzada el corazón. Siempre pensaba dónde andará, el pobre señor Mendel, y, si hubiese sabido dónde vivía, habría ido a llevarle algo caliente de comer, porque ¿de dónde iba a sacar el dinero para la calefacción y la comida? Y parientes en el mundo, por lo que yo sé, no tenía ninguno. Pero, al final, como no sabía nada de nada, llegué a pensar que debía de haberse muerto y que no volvería a verlo. Y hasta pensé si no debía pedirle una misa, pues era un buen hombre y lo conocía desde hacía más de veinticinco años.

»Pero un día de febrero temprano, a las siete y media de la mañana, estaba yo limpiando el latón de las barras de las ventanas y, de repente (la verdad: me dio impresión), de repente se abrió la puerta y entró Mendel. Ya sabe usted: siempre fue encorvado y arrugado, pero esta vez era otra cosa. Me di cuenta enseguida, se balanceaba de un lado a otro, con los ojos vidriosos y, por Dios, con qué aspecto: no era más que piernas y barba. Me pareció siniestro cómo lo vi: me dio la sensación de que no era consciente de nada, de que caminaba en pleno día como un sonámbulo que lo ha olvidado todo, lo de los panecillos y el señor Gurtner y lo vergonzosamente que lo había echado; no sabía ni quién era. Gracias a Dios, el señor Gurtner no había llegado aún y el encargado estaba tomando un café. Así que me acerqué a él deprisa para explicarle que no podía quedarse, que no podía dejar que lo echase de nuevo aquel canalla —y, al decirlo, miró medrosa alrededor y se corrigió enseguida—, quiero decir: el señor Gurtner. Así que lo llamé: "Señor Mendel". Él me mira. Y, entonces, en ese instante, Dios mío, fue terrible: en ese instante debió de recordarlo todo, pues se sobresaltó y comenzó a temblar, pero no solo los dedos, no, todo le tiritaba, hasta los hombros, y se volvió a toda prisa hacia la puerta. Y ahí se cayó. Enseguida llamamos a la sociedad de utilidad pública por teléfono, y ellos se lo llevaron, con fiebre como estaba. Murió esa noche. Neumonía grave, dijo el médico, y también que no estaba del todo consciente cuando llegó al café. Que había venido como dormido. Dios mío, cuando alguien se ha sentado treinta y seis años cada día así, hasta una mesa es su hogar.

Hablamos aún mucho rato de él, los dos últimos que habíamos conocido a aquella persona tan especial: yo, a quien de joven, a pesar de su existencia microscópica, dio la primera idea de una vida completa de la mente; y ella, la pobre encargada de los baños que se mataba a trabajar, que nunca había leído un libro, que solo estaba unida a aquel camarada de su pobre mundo porque le había cepillado el abrigo y le había cosido los botones durante veinticinco años. Y, sin embargo, nos entendimos a las mil maravillas en la antigua mesa abandonada de Mendel, en compañía de su sombra conjurada por nuestra unidad, pues el recuerdo siempre une, y por duplicado aquel recuerdo en el afecto. De pronto, en medio de la charla, reflexionó:

—Jesús, qué olvidadiza soy. Aún tengo el libro que dejó entonces en la mesa. ¿Dónde iba a llevárselo? Y, luego, como nadie vino, luego me dije que podía quedármelo de recuerdo. ¿Verdad que no hice mal?

Lo trajo deprisa de su cuartito trasero. Y me costó reprimir una sonrisita, porque el destino juguetón y a veces irónico mezcla siempre lo conmovedor con lo cómico de manera maliciosa. Era el segundo volumen de la *Bibliotheca Germanorum erotica et curiosa* de Hayn, el compendio de literatura galante bien conocido por todo coleccionista de libros. Justo aquel índice escabroso —*habent sua fata libelli*— había sido el último legado que el mago desaparecido había dejado en esas manos rojas, ajadas, iletradas, que no habían sostenido nunca otra cosa que el misal. Me costó apretar los labios para que no se me escapase involuntariamente la sonrisa, y este leve titubeo confundió a la buena mujer. ¿Era tal vez algo valioso? ¿O me parecía que podría quedárselo?

Le di la mano con cariño.

—Quédeselo tranquilamente, nuestro viejo amigo Mendel se alegraría de saber que al menos uno de los muchos millares que le deben libros aún recuerda uno suyo.

Y luego me fui y me avergoncé ante el recuerdo de aquella buena anciana que, a su manera ingenua y sin embargo humana, había permanecido fiel a aquel difunto. Pues la iletrada había conservado al menos un libro para recordar mejor al hombre, mientras que yo, yo había olvidado durante años a Mendel, el de los Libros, justo yo que, sin embargo, debía de saber que los libros solo sirven para unir por encima del propio aliento a las personas y protegerlas así de la oposición inexorable a la que se enfrenta toda existencia: su naturaleza efímera y el olvido.